深圳职业技术学院学术著作出版基金资助出版

湖滨絮语

张效民 著

北京·旅游教育出版社

序

要不要为这本书写个自序，我犹豫许久了。现在决定还是写一个吧。大约20余年了，我在工作之余断断续续地写下了一些论文、书评、随感之类的东西，涉及的面比较宽泛，有教育、历史、文化和社会等多个方面，当然也比较浅薄。其中的一部分，已在一些报刊和书籍中发表过。还有些已经编成了《教育：我的心路历程》《中国历史文化散论》两本，交付出版了。也有的在我主编的一些书里。现在这本集子中的内容，主要是文化方面的几篇文章和一些文学论文、书评和序跋类文章，既不系统，也不深刻，但是都不出文化文学的大范围。出于敝帚自珍的心理，不忍舍弃，所以编成一本，也将出版。出版的初衷，当然应该有个说明，这就是写这个序的原因。这本书幸得我工作的单位深圳职业技术学院和北京旅游教育出版社的支持，才能有出版的机会，也应该在此表示由衷的谢意。

20余年来，我从一个高校文学教师，变成了一个基础教育工作者、高校教育行政管理者、政协工作者，日常事务极其繁忙。但是出于个人对于文化文学的崇仰和依恋，我还是利用工作之余的闲暇时间，读了一些书，写了一些阅读的体会和感想。我是把读书写作当成精神寄托的。我个人初始学习的关键期间，正处于“文革”中间。“文革”前读的是乡村的复式小学。复式小学，今天的人或许已经不知道了，就是一个班几个年级，一个老师。也就是一个老师要教几个年级的课，先把高年级的课上了，高年级的学生就做作业，老师再上低年级的课。或者先有一个成绩较好些的高年级学生做小老师，带着低年级的学生先学习，老师给高年级上课，然后再给低年级上课，如此这般，就是复式了。我有幸也当过这样的临时小老师。由于教师只有一位，除了语文、数学之外，其他课程就只能看教师的爱好来选上了。恰好我那个老师没有更多爱好，因此，我的兴趣爱好也不多，那唱歌跳舞的事儿，在我看来难度很高，非得高素质、高智商的人才能开展。我这样说，其实是说，我从小学开始，综合素养不高，兴趣爱好少。改革开放后读大学，那时对于读书，真有一种如饥似渴的感觉。记得当年在图书馆里抢座位，真的是无所不用其极，可以看出当时的大学生们对于知识的渴求。走上社会后，那些很多人都趋之若鹜的兴趣爱好，比如打麻将，我也没有什么兴趣。后来社会上一些成功人士又热衷于高尔夫运动，说是对于锻炼身体、延年益寿大有好处。但于我看来，那是高消费运动，我一个靠公家发工资的人，是无力消费的。因此虽然心向往之，但实不敢染指，深怕一旦养成习惯爱好，一发而不可收，那我可是承担不了的。所以即使有朋友热情相邀，说是不用你自己出钱，我也只得婉拒。花人家的钱搞高消费，我是不愿意的。要说明的是，当时还没有规定说不能打高尔夫。在我来说，只是出于一种对于高消费的抗拒心理。一个出身于农村的人，知道一场球下来的花费对于农村人来说意味着什么。还有就是出国旅游、海钓、自驾、游艇，等等，都是我无力消费、不敢问津的。既然这不能，那不能，唯一爱好就只有读书了。人家说读书是一种高端的精神享受，很对。但对于我来说，则是认为那是一种低成本消费的自娱活动，我可以消费得起的，也是很有兴味的。久而久之，读书不辍，继之以舞文弄墨，写下一些感想，二三同道间交流一下，既可自娱，亦可娱人，也是自得其乐，沉迷其中了。自觉其快乐也不会比其他那些少些。我这样说，并不是对于自费高端消费有看法、偏见，只是个人的一种习惯而已。凡是自己有能力高消费的人，尽管自便。

这本书的编辑方法，也想交代一下。第一部分是关于现当代作家的一些回忆和小说、诗歌及影视作品的评论文章，是以怀念著名作家艾芜开始，以怀念深圳作家张友高结束；第二部分是关于中国文化的演讲词和随笔文章；第三部分是自序和为他人写的序文；第四部分是几篇随笔；第五部分是我个人的一篇回忆文章，主要记述我到南山从事教育工作十三年的一些情况；第六部分是附录，收录一些朋友为我的作品所写的序文和介绍我的文章。这样看，眉目可能清晰一些。

这本书的书名，初拟为《湖滨絮语》，意思是在我所工作的深圳西丽湖畔的校园里，一个老头在那里絮絮叨叨说的话。因为和文化、文学有关，也可以叫作《趴在文化的篮子里做自己的梦》。

作者于深圳南山西丽湖畔

2017 年 9 月 20 日

目录

第一篇

第二篇

第三篇

第四篇

第五篇

附　录

致　谢

第一篇

我与艾芜研究

——谨以此文表达怀念艾老之意

一

盛夏酷暑,南方海滨城市热浪逼人。新的一月开始,周末将至,虽是学校假期,其实也十分繁忙,这是一个生活、工作节奏都很快的城市。确实是有些累了,正思谋着真该找个清凉地方休息一下了,手机的短信提示音响了,是那位一直把"家乡的老狗好,多年的老朋友好"挂在嘴边的明德兄的来信,告知:"艾芜故居一年内重建恢复,我上周去看了,包括罗家碾,都按艾芜文章中描述重建。"还说明年是艾芜老人诞生110周年,要我写纪念文章,还要我编一部《艾芜年谱》以资纪念。明德兄曾经供职于四川文艺出版社,是那里的资深编辑,在编辑这个行当里,是名气极其响亮的人物;同时也是著名的现代文学研究专家,写得一手极有见地的现代文学考据文章,通过他的考据,使诸多文学史上的著名人物的一些隐微与纠葛大白于世人;他还是一位著名的藏书家,自称书爱家——我也不知道这个称号为何如此拗口,反正他老是这么自称,似乎越是拗口,才越显古雅。当然,他的爱书、藏书也确实是货真价实,名不虚传的。我曾写过《赠龚明德先生》两首诗说他:"本是襄阳一狂生,西蜀沃土扎深根。文坛独树惊奇才,书山卓标诧异禀。央视频闻读写语,川台曾听编辑经。难得花甲归学府,咬文嚼字又舌耕。""襄阳才子住蓉城,文坛自号书爱人。眼厚唯因书读薄,背凸全由墨染深。六场名号绝俗缘,五旬标榜遁世情。

小楼悠然成一统，野鹤翩跹看风云。"诗里所说，都是写实，他确实多次在中央电视台讲述他的爱书聚书和做学问的经历与经验，也确实厌倦于为他人作嫁衣的编辑生涯而转入一所大学去教书了。

明德兄知道20多年前我曾在艾芜研究方面做了一些工作，也编过半部《艾芜年谱》发表在成都师专的学报上，与艾老本人和王蕾嘉老人也有一些交往。写纪念文章，于我当然是义不容辞，何况还是他老先生约稿，更是推脱不得。不过，因为谋食的领域早已转换，与文学圈子早就断了联系，20多年写惯了"等因奉此"的程式化文章，再写这样的纪念文章真是有些手生了呢。

时光真如白驹过隙。回忆起来，艾芜老人离开我们已经21年了，而我，离开四川成都来到这座海滨城市谋食也已经20个年头。这些年的我，已从当年满头黑发的中年人变成满头飘霜、即将退休的垂老之人。当年许多记忆已经渐渐淡去，但是关于艾老、王老的记忆却依然鲜活，二位老人的音容笑貌如在目前。

二

回想起来，与艾老的作品发生联系，应该是在1974年吧。那时我是一个高中毕业生，也是一位文学爱好者，因故认识家乡县文化馆的一位刘树成老师，他是南充师范学院中文系毕业的学生。那时好像是在周总理的努力下，各方面气氛比较宽松一些，一些省办的文学刊物开始复刊。记得有《四川文艺》《河北文艺》等。我记得在《解放军文艺》上看到过作家管桦的小说《惩罚》，还有《四川文艺》上发表的周克芹的《早行人》，还有就是艾芜的小说《高高的山上》。在这样的环境气氛中，县里就办了一个油印的文学刊物，刘老师就在编这个刊物。一次，大约是去送稿子，到县文化馆去找刘老师，他说起以上这些小说已经挨了批判了，尤其说到艾老那篇小说被批判的事情，使我记忆非常深刻。但是那时我其实对于艾老的经历和作品一点也不了解，只是知道他是一位老作家，因为在《四川文艺》上发表的作品再次被批判而已。当然因为读过这篇小说，没觉得有什么不好啊。不过既然上边在批判，或许真的有什么问题吧？这样，艾芜这位作家的名字就深深地留在记忆中了。

真正开始比较全面地接触艾老的作品，当始于当年我在南充师范学院中文系求学的时候。那时我是 78 级的中文系学生。记得第一、二学期学习的是现代文学。大概是第二学期吧，有一个时段是胡孝章老师给我们上现代文学课程。那时的大学老师可不像现在的老师那样，他们常常来学生寝室进行辅导，组织课后讨论。一次大约是上了曹禺的课，胡老师来到我们寝室，组织大家讨论曹禺的《雷雨》，大家发言踊跃，很是热烈。现在我已记不起在讨论中我说了些什么，可能是给胡老师留下了较好的印象，他就叫我整理讨论纪要。后来这个讨论纪要就在学校的校报上刊登出来。这以后，课程开始上到夏衍的《上海屋檐下》，这是一部戏剧作品，已经是别的老师上课了，课堂上涉及夏衍的另一部戏剧《赛金花》，授课的老师介绍了《赛金花》发表后的各种评价，其中一说似乎是主张“国防文学”者的，大约说，《赛金花》也是一部好作品。从当时有限的资料中，我们知道，鲁迅先生对于《赛金花》这部剧作的评价是不高的，还在文章中对这部作品进行了尖锐的批评。那个时候的我们，应该说还是血气方刚，对于鲁迅有着一种近乎盲目的崇拜，价值观念又比较封闭僵化，因此我就有了一种站在“民族文学”观点上批评《赛金花》的冲动，随之也就写成一篇“论文”呈送胡老师，得到胡老师的支持。现在想来，胡老师未必同意我的那些粗浅的观点，他是支持我们这些学生多做一些研究，多写一些文章。当然这篇文章未能公开发表，但是也是我开始写论文的首次尝试，大约是胡老师看我“尚堪造就”，从此我就得到了胡老师的特别关照。他要求我多读艾芜的作品，对艾芜进行研究。他说，艾芜是四川老一辈作家中他最喜爱的作家之一。艾芜的作品色彩绚丽，充满异国风情，边地风光，反映下层人物的生活，艺术水平高，很值得研究。建议我先从艾芜的《南行记续篇》开始研究。于是，我就借来《南行记续篇》集中精力阅读，八易其稿，写出了一篇《努力把美献给读者》的文章。经胡老师审定的稿子最后寄给了云南昆明的文学刊物《滇池》杂志，不久就收到一位署名洛汀的先生的回信，说已定发表于 1981 年第 5 期的刊物上。记得他还说，现在不少人写论文总是引经据典，读来让人头痛，认为我那文章比较清新，说的都是自己的话，总之是一番鼓励（现在我与洛汀先生久失联系，只是当时知道他是《滇池》的主编，昆明市文联的主席。前些年听说他已作古，对于这位我的研究工作中从未谋面的启迪者,我深深地感激他,永远地怀念他)。后来登载那篇文章的刊物就寄来了。这个消息在学校里引起一阵涟漪,同时对于我研究艾芜也是一个巨大的鼓舞,增强了信心。这以后胡老师建议我编写《艾芜年谱》,他说,研究作家一定要知人论世,一定要从编写年谱开始,建议我给艾芜老人写信,请求艾老支持。他说,艾芜老人是一位得到过鲁迅先生扶持的作家,他对于年轻人一定会支持的。这样,我就鼓足勇气给艾老写了一封信,说明我的情况,并向他请教一些问题。

信发出去了。怀着忐忑不安和期待的心情等待着回信,一周过去了,两周过去了,没有回音;三周过去了,还是没有回音;一个月过去了,仍然没有回音。期待渐渐变成了浓重的失望。仔细想来,如我一个大学学子,贸然给一位素不相识的大作家写信,并请求对自己的课题予以支持,确乎是十分冒失、唐突和不恭的举动。他不予回信也是可以理解的。想到这些,心情也就渐渐平静下来了。

一天课间休息,负责取报刊书信分发给大家的同学突然说我有一封自四川省文联寄来的信,要我去取,真是意想不到的事情发生了。艾芜老人确实给我回信了。那心情是何等激动,真可以用"激动的心,颤抖的手"来形容。艾老在回信中首先对于回信太晚表示了歉意,他说之所以回信晚了,是因为云南人民出版社组织他和作家高缨一起再次南行,到当年第一次南行的故地去感受一下改革开放以后的生活。刚刚回到成都,才见到我的来信。随后就我所提出的问题做了答复。老作家态度之平易、诚恳,对于青年学子的关爱,都给我留下了深刻的印象。这对我此后的研究产生了巨大的鼓舞。当时,学校的一位讲师因研究省内另一位刚刚产生较大影响的中年作家而致信作家本人,但一直未能得到回复,对于艾老给我回信一事,这位讲师深表羡慕,说是"老作家待人就是不一样"。两相比较之下,我更感到自己的幸运和艾老对于年轻人的关心和爱护。

三

1981 年 1 月 10 日和 15 日下午,我和班上一位女同学陈慈一起到了成都,在红星路的新巷子 19 号院子里敲响了艾芜老人的门。开门的是一位高高瘦瘦的和蔼老人,正是艾老。这是我第一次见到艾芜这位声名远播的老作家,这是一位非常平易、安详、睿智的老人。这一次,我们对艾老进行了比较细致的采访,从他的个人经历到他的一些具体作品的写作背景、作品的风格特色,他都一一耐心回答。他回答得很认真,丝毫不因我们的提问肤浅而拒绝、而轻视。这次采访的内容经我们的整理,发表在 1982 年第 1 期的《南充师院学报》上,据当时负责编辑工作的徐其超老师说,为了这个稿子他们还专门送呈艾老,请他予以校正后才发表的,应该说,其史料价值和准确度还是很高的。还有件事可以说说,就是关于发表这篇采访文章的署名,也还经历过一番波折呢。原来是学校担心一男一女同班同学一起署名,有鼓励后来的同学在校谈恋爱之负面影响,因此,坚决反对陈慈同时署名。没有办法,只好以"张效民等"的方式署名。这里把这个插曲写出来,既带有正名的意思,也是为了对于陈慈——我的同学,我的妻子的纪念——她已经于 2005 年 5 月因身患绝症,不幸离开了这个世界。

还是回到那次对于艾老的访问吧。我们的采访即将结束时,艾老起身拿出他刚刚出版不久的几本著作,坐在桌前,微笑着看着我们,然后平静地问:"我在这里的赠书签名怎么写好啊?"艾老肯定是看出我们的关系,但是因为第一次见面,他也不好直接询问,而使用这种含蓄的方式一语双关地询问着我们的关系。在得到确切答案后,艾老微笑着以他那特有的纤秀字体在赠送给我的《艾芜中篇小说选》和《作家的童年》第三集上题字"赠给张效民陈慈同志,一九八一年一月十日于成都"。看着艾老的题字,我们都感到十分的温暖。现在我打开艾老的题词,心中仍然涌动着一种难以名状的复杂的感觉。感动仍在,温暖依旧,酸楚丛集。这以后直至 1982 年 7 月我大学毕业,我和艾老的联系,我向艾老请教,都是通过书信联系。而艾老对于我的来信也总是有问必答,有求必应。在这个阶段里,除了期待艾老的新作早日问世之外,我在胡孝章老师指导下阅读了在学校图书馆能够借阅的艾老所有作品,开始了对于《艾芜年谱》的编撰。还应学校汪泽树老师之约,为学校校外函授辅导写过一篇文章,就是分析艾老 40 年代的小说《石青嫂子》的文章。那时汪老师负责编写学校的校外本专科函授的辅导读物,他知道我比较专注于艾老的作品,因此让我来完成这个任务,当然也包含着对于学生的提携之意,这是我当时就能体会得到的。

1982年7月,我们大学毕业了。学校领导考虑到我在校期间发表过几篇论文(除了对艾老作品开展研究外,我和张康、陈慈等同学还对唐代孟浩然的作品开展研究,我也在中华书局当年出版的《文史知识》上发表过小文章),有点研究兴趣,把我分配到距离成都比较近的成都师专工作。我非常感谢学校领导对我的照顾,高高兴兴地去成都师专报了到。接待我的中文系主任在和我谈工作分配时询问我的意见,告诉我说中文系有几门课缺教师,是外国文学、中国现代文学和现代汉语,而先我报到的一位四川师大的毕业生已经选择了外国文学。我就选了中国现代文学,其实,我本来是希望在古典文学方面下点功夫的。不是自己有这个能力,而是"文革"刚刚结束,似乎搞古典文学可以离现实政治远一点。但是选中国现代文学我也很高兴,因为这样就可以有更多时间研究艾老的作品了。

成都师专虽然前面冠有成都二字,其实并不在成都,而是在距离成都48公里的彭县(即现在的彭州市)。那时从彭州到成都一定会经过一个叫新繁的小镇。新繁解放前也是一个县,县城就在这个镇上,解放后这个县被撤了,现在属于新都县管辖。彭州、新繁都是艾老少年时代生活过的地方。在成都师专工作,距离成都不远,距离艾老的老家更近,对于我的艾老研究工作的开展是很方便的。

有了这样的方便条件,我和艾老的联系更加紧密。那时授课任务不重,课余时候,经常到成都艾老家中拜望。有时出差途经成都,也去艾老家中拜见,经常也可以见到王老——王蕾嘉老人。王老对于我的拜访也很欢迎。记得有次去万县参加省师专教院现当代文学研究会的会议,或者也许是参加由万县师专举办的何其芳研讨会,大约是在冬季的一个日子里,在艾老家里再次见王蕾嘉老人,在告辞时,王老拉着我,把桌上的酒心糖塞满了我的两个衣兜。说实在话,那是我此前见到过的最为精美、最为豪奢的糖果了。印着精美图案的糖纸包裹着一粒粒形状十分考究的糖果,放在嘴里一咬,就溢出些许酒浆来,满嘴就洋溢着五粮液酒的芳香,使人至今难忘,至今怀念。

从成都去万县,要在傍晚时分先乘火车到重庆,还要换乘轮船才能到达,真可谓长途跋涉,十分辛苦。大冬天的,穿着一身棉衣,坐在成都到重庆的慢车上,在夜色中摇摇晃晃地行进,早晨五点多钟到达重庆,紧接着就是匆匆忙忙地赶到朝天门码头，买上去万县的船票，等候一两个小时才坐上船，这才顾得理理随身带的东西，这才发现，装在棉衣上两个口袋里的酒心糖果早就被挤扁了。真是“穷光蛋过不起富家日子”啊！现在想起，仍然觉得十分可惜，也更加怀念艾芜和王蕾嘉两位亲切可敬的老人。

总而言之，我得到了艾老本人及其家属的认可，可以经常自由拜访。艾老有一些接待活动，他也通知我去参加。比如，1984 年 12 月，青海师大中文系教授范泉先生带着他的研究生刘为民、李怀亮因为编写《中国现代文学流派史》来成都拜访艾老，这项工程我也参加了，艾老就写信要我参加。艾老和范泉先生是老朋友。20 世纪三四十年代，范泉先生主编当时著名的文艺刊物《文艺春秋》，艾老在那本著名的刊物上曾经发表过作品，与范泉先生结下了友谊。范先生是上海人，40 年代在上海时曾经为党做了不少工作，“皖南事变”后营救过新四军重要的领导干部谭启龙。解放后范先生担任上海出版学校校长，因为著名文艺理论家的揭发，说他是国民党的暗藏特务，因而受到诸多极不公正的待遇，被发配青海的边远寒酷山区数十年，历尽艰辛，可谓九死一生。直到改革开放后，谭启龙同志复出担任青海省委书记时才被解放，调到青海师大中文系担任教授。他说，因为这位著名理论家在检举他后不久，也遭到了沉重打击，投进监狱几十年，遭遇比范泉先生还惨，所以就不在公开场合说出他的名字了。听范先生说到这些往事，我感到他是既同情那位理论家，也显示出范先生宽和的心态。这次两位老人相见各自畅谈经历，气氛热烈。我的印象，艾老所设家宴也十分丰盛精美，其中一道叫作“鸡闹”的菜是我第一次吃到的，确实显示了艾老待朋友的热情，也显示出川菜的精美。记得曾经打听过这个菜的做法，艾老向大家介绍说，这个菜是用鸡胸脯的肉剁碎，再把鸡蛋清打散，混合一起，充分搅拌匀后，加作料蒸出来的。范泉先生后来调回上海，担任上海书店出版社主笔，他老当益壮，主持编辑出版了《中国近代文学大系》。那时他主持的《中国现代文学流派史》，因为工作繁重，委托上海社科院潘颂德研究员改编成《中国现代文学流派社团词典》，由上海文化出版社出版。现在范泉先生也已经作古，但是他给我留下的那种壮心不已的情怀，他为文化文学事业孜孜不倦的奋进精神，却深深地印在我的脑海中。

我也经常就一些相关问题直接向艾老提问。比如，就艾老的籍贯问题，他在

《我的童年时代》一书中说是湖北麻城县，但是80年代面世的《汤氏家谱》中却说是"湖南洞口县"。就此，我询问艾老，他答复说"当然应该依据家谱的说法"。我还带我的学生去艾老家中向他请教。当时学校主张多带领学生开展课外研究活动，我就成立了艾芜研究小组，开了一门选修课《艾芜研究》。带学生去艾老家中，他也非常欢迎，非常热情地回答着青年学子们七嘴八舌的各种提问，一点也不觉得麻烦。在艾老家中，或者1987年艾老骨折后住在医院里，我也多次去看望，现在也记不住究竟有多少次，但是印象深刻的有在艾老家中我还见到了四川大学的艾芜研究专家毛文和黄莉茹，他们也鼓励我认真深入研究艾老的作品。1990年8月末的一天，我受《云南文化报》的委托，以该报特约记者的名义，在医院里对艾老进行了采访。说到云南，艾老非常兴奋，他眼中闪现着向往的光芒，深情地回忆起对于云南的美好印象。他说，云南并不是人们想象的那样落后、封闭，而是很早就十分开放的。他说，那时云南思茅一带受法国文化影响很深；滇西受英国文化影响也很大。云南人民接触西方文明比内地很多地方都要早得多。这次访问一共持续了两个多小时，艾老一点也不觉得辛苦。访问记后来在《云南文化报》上发表，据说还得到了云南省委宣传部的表扬。1991年我还和龚明德兄一起陪同著名诗人、人民文学出版社著名编辑牛汉先生拜访过艾老。后来在人民文学出版社出版的《新文学史料》刊物上发表的艾老的一系列回忆性文章，就是在这次拜访中由牛汉先生向艾老约的稿。

四

由于艾老及其家人的支持，我的研究进程加快了。《艾芜年谱》上半部1984年在《成都师专学报》发表；紧接着我抓紧时间于1988年撰写了《艾芜评传》，由西南财经大学出版社自费出版。然后又因为洛汀老师来信说这个本子的印刷质量不好，有点像抗日战争时期的出版物那样简陋，于是又对这个本子进行了修订，1993年出版了《艾芜评传》的修订本。遗憾的是，这个修订本出版的时候，艾老已经仙去，再也听不到他对这本书的评价了。《艾芜评传》的出版，得到了艾老对于内容的肯定，艾老还一再说一个青年人自费出书，经济上压力大，一定要购买一些以表支持。去年我去成都，在电话里与艾老的儿媳王莎交谈，她还说到此事，也使我很是感动。我还发表了研究《丰饶的原野》的论文，先在《成都师专学报》发表，后来又在《南充师院学报》上公开刊出。以后我参加过几部文学史的编写，尤其是在四川省师专教院现当代文学研究会编写的《中国现代文学》一书中，我负责小说史、散文史部分的概述，在那里对于艾老的作品也做了认真讲述。

1992 年 12 月 5 日，艾老因患大叶性肺炎在成都去世。得知这个消息，我在万分悲痛中发去唁电寄托哀思，也对家人表示慰问。12 月 15 日我参加了在成都殡仪馆举行的告别仪式，为艾老最后送别。那天从世界各地、全国各地和成都各界聚集起来为艾老送别者达到数千人。大家怀着悲痛的心情，依依不舍地送别这位为中国现代文学天空增添异彩的伟大作家，送别这位平易亲切和蔼慈祥的老人。其场面令人久久难以忘怀！在艾老灵前，我曾默默发誓，一定要把《艾芜传》写出来，以慰艾老在天之灵。

1994 年，我离开成都师专南下深圳，在南山区教育局任职，先是在研究室担任语文教研员工作，不久到教育科学研究所工作。1995 年出差回成都，在成都群众艺术馆江沙兄支持下，突击完成了《艾芜传》的写作，交由江沙兄列入“皇冠文丛”，由四川民族出版社出版，完成了我对艾老的承诺，心里感到一阵阵轻松。在这本书的结束部分，我写下了“名胜埋骨，高风亮节昭千古；文章流芳，宏文华章传百代”一联，表达我对艾老的敬爱之意。我还说，“你已将以整个生命和内心情感铸就的瑰丽华章，嵌入中国当代文学的浩浩长空”，我觉得，对于艾老，这样的评价还是十分恰当的！

五

今天，在我写这篇文章的时候，艾老离开我们已经整整 21 年了。岁月的风霜，抹去了多少浮嚣，消退去多少斑斓的色彩。对于那些曾经一同呼吸着相同空气的历史人物，我们终于可以以冷静、理性的态度去审视，去评价，去解说。对于艾芜这位作家，这位已经走进历史的人物，我们以及我们的后人，也必然会以更加理性和挑剔的目光来重新审视和重新评判。我当然不可能干预我之外的人们的评价，也不可预知未来的人们将会如何来评价他以及他的作品的创作成就。但是就我个人而言，我仍然认为，艾芜这位作家的名字将永远镌刻在中国现当代文学的天空中，闪闪发光。那是一种无可替代的异彩，永不磨灭！如果说得更加具体一些，那就是在这几个方面对于我们今天的人们还将留下受用不尽的启迪。

我认为艾老对于人生的态度是值得我们认真学习的。艾老的人生态度是积极的。纵观艾老的一生，他的那种对于理想的追求，是他人生选择和人生事业的强大的精神支柱，激越澎湃的精神动力源泉。在他的一生中，无论 20 年代的离家南行，还是缅甸生活的苦难经历；无论 30 年代在上海的奋斗，还是 40 年代战争乱局中的颠沛流离；也无论是在新中国成立后复杂的政治环境中，还是在“文革”苦难中，他都执着地坚守着自己的理想、信念。他总是相信一定能够见到阳光灿烂的明天，坚信苦难、灾祸、流离、漂泊总是暂时的，雨过必然天晴，坚信国家民族和个人一定有着美好的未来。贫穷压不倒他，苦难击不垮他，政治的寒风也吹不倒他。没有悲观，没有绝望，没有自我抛弃，他的生命的河流总是一路欢歌，一路向前，欢快地奔向未来。无论如何艰难困苦，生命之树常青，追求之志弥坚！

艾老对事业的执着追求也值得我们学习。艾老的青少年时代即对文学有着非同寻常的爱好。他是从文学作品中汲取思想的营养，走上了他最早的追求之路的。对于文学事业，他始终坚守着最初的承诺，他的选择是从一而终的。无论是在怎样艰难的生存境况中，他都把优秀文学作品作为汲取精神力量的源泉。青年时代的漂泊中，一有闲暇，他就在随身携带的小本子上写写画画，记录下自己的点滴感受，描绘着心中美好的图画，书写着普通人善良的本性与生存的顽强。他的笔从未曾离开过对下层普通人民的关注，他把对普通人、下层人民生活的苦难与欢欣、美好与善良的书写作为自己终生的事业，坚持到人生的最后一刻。他总是深深地植根于丰富复杂的现实生活，植根于最为普通的社会群体，这是他创作的取之不尽、用之不竭的源泉。他爱他们，喜欢他们，他的文学事业的追求与成功，都和这个群体息息相关。他的煌煌十卷数百万字的著作,记录的是他对文学事业的坚守。他倦于非文学的各类场合,倦于广场的酬酢,一心一意为了自己选定的事业而奋斗努力,他的成就与他的坚守紧密关联。

艾老还有一个令人最为景仰、永难忘怀的地方是他的为人,他的道德品行。艾老一生可谓著作等身,成就卓著,地位崇高,但是他从来都是平等待人,不打官腔,不说套话,不说大话,与他对谈时,真有如沐春风之感。他无论对大人物还是对青年学子一律平等,没有架子,没有装腔作势,就像一位和蔼可亲的老爷爷。巴金老人曾说,艾芜寡言,其实他对青年谈话总是娓娓动人,一如奔流欢快而又非激流涌动般的平和。现代文坛上有一句广为流传的评价圈内人的话,"艾芜都说如何如何",那么,对于这位被评价的人士的结论也就基本定型了。因为艾老是楷模,他不惹是非,不说是非。我与艾老交往的十几年中,确实没有听到他对于文坛内外人士有何负面的评说。即使谈到那场史无前例的灾难时,他也未曾对于那些参与迫害过他的人有何重话。他忘不了"文革"中被关在昭觉寺里的时候,那些小战士对他的哪怕是一个温情的眼神。他总是从人们扭曲的表现中发现他们内心的善良,人性的闪光点,总是关注着哪怕是苦难生活中那些美好的东西。他宽和待人,诚恳慈祥,从不锱铢必较。他珍爱友情,对于青年时代的老朋友念念不忘,对于帮助过他的人时常怀念,对于青年人对他的要求,他尽力帮助。艾老这种情怀,实在说,今天已经极难见到,因此,弥觉珍贵。

艾芜老人,他的为人处世,他的音容笑貌,他的道德文章永远活在我的心中!

2013 年 9 月 13 日于深圳西丽湖畔

永远的纪念

——《为了忘却的记念》赏析

这是一篇纪念性的文章，但又不同于一般的纪念和哀悼性文章。这要从作者当时所处的特定的社会背景和被纪念者的身份来说，文章纪念的是被国民党当局杀害的“左联五烈士”：柔石、殷夫（白莽）、冯铿、胡也频、李伟森。当时正是国民党实行法西斯文化专制主义的白色恐怖时期，对于五烈士，鲁迅的悼念是深刻的，但又“吟罢低眉无写处”，三年后写的这篇文章中说：“要写下去，在中国的现在，还是没有写处的。”了解这些，我们可以说，这是一篇在“没有写处”写出的深沉的悼念文学战友的文章，写出文章的本身，既是对战友的怀念，也有着对国民党当局暴行的揭露。这是我们理解《为了忘却的记念》所表达的情感的一个基点。

不同于一般的悼念文的写法，鲁迅没有过多地去直接抒发对烈士的怀念之情，而是采取回忆与烈士交往的一些生活细节的方式，来寄寓怀念的深情。正是通过对与白莽、柔石等人具体交往的细节的白描，突出地刻画被怀念者的音容笑貌与性格特征，使之能在读者的头脑中永生。在这篇文章中，花费笔墨最多的，自然是柔石。文章中开首记叙与白莽的交往后，接着就转入对以柔石为主体的回忆。文章先说“那时我在上海，也有一个惟一的不但敢于随便谈笑，而且还敢于托他办点私事的人，那就是送书去给白莽的柔石”，既自然地引出了柔石，又交代了他与柔石的非同一般的亲密关系。接下来以“硬气”“迂”来概括他的性格，并以“令我忽而想到方孝孺”来作比，使人们在对照中对柔石的性格有更进一步的了解。然后直接写他的革命文学活动的各个方面，而用“躲”来形容。“躲”者，执着、坚韧、心无旁骛之谓也，写出他对革命文学的倾注心力。作品还以具体事例来表现他的“迂”，这种"迂"气,是他入世未深,心地单纯所致。文中写道:"他相信人们是好的,我有时谈到人是会怎样的骗人,怎样的卖友,怎样的吮血,他就前额亮晶晶的,惊疑地睁圆了近视的眼睛,抗议道'会这样的么?——不致于此罢?'"在朝花社倒闭之后,他对于"人心唯危"说怀疑减少了,但叹息中也仅是"真会这样的么?——""仍然相信人们是好的。"这种单纯、善良的"迂"气,在鲁迅笔下写得活灵活现。作品写"他的迂渐渐地改变起来",但实际上也未能真正改变,反而因此闹出一些笑话,由此也更使人感到他确是"迂"得生动,"迂"得可爱。文中写他内在的善良,"他和我一同走路的时候,可就走得近了,简直是扶住我,因为怕我被汽车或电车撞死",表现出柔石的善良,不顾自己的高度近视而时刻注意保护鲁迅的安全,也体现他们无私的友谊。鲁迅还用点睛之笔写道:"无论从旧道德,从新道德,只要是损己利人的,他就挑选上,自己背起来",这既是对柔石性格和精神的概括,同时也是一种升华。文章也记叙了和白莽的交往,用简略的勾勒和白描的写法,给白莽画下了一幅生动传神的速写。"我们第三次相见,记得是在一个热天。有人打门了,我去开门时,来的就是白莽,却穿着一件厚棉袍,汗流满面,彼此都不禁失笑。"这里的描写很传神,时间是"热天",白莽刚从狱中出来,穿的是"一件厚棉袍",汗流满面是必然的,这形象是真实的,也是奇异的;不是叩门,而是"打门",表现出他欲见鲁迅心情之急迫,这富于戏剧性的相会和相视而笑的传神动作神情,更能深深印入读者的脑海。

作品所表达的情感是复杂的,深刻的,而又是细腻的,对于革命战友的怀念是深沉的,而对于他们的被残害,既有对当局的无比愤慨,也有对"芳草零落"的无比痛惜,这两种情感交汇于文中,时起时落,相互激荡,形成极为强大的情感冲击波。但在当时无写处的中国,这种情感形诸于文,又不可能酣畅淋漓,无所顾忌地加以表达,"我只用这样的笔墨",写几句"刚开头却又煞了尾"的文章。但他又坚信,"将来总会有记起他们,再说他们的时候的。"这里表现出一种极欲喷射而出又不得不强自压抑在心内的"含蓄",是一种具有极大爆发力的沉重而复杂的情绪。鲁迅对于战友的感情也是极为细腻的。知道柔石被捕的消息后,鲁迅心中想的是"天气冷了,我不知道柔石那里有被褥不?我们是有的。洋铁碗可曾收到了没有?……"这里的感情不仅仅是战友的情谊,这种无微不至的关怀,细腻的情感,还包含着父兄一般的深沉的爱心!而他选取的一幅珂勒惠支的木刻《牺牲》由《北斗》刊出,“算是只有我一个人知道的柔石的纪念”,也在某种程度上体现了鲁迅的这种感情。

这篇文章写得非常自然,是“发于情”,信笔写来,不事雕琢而自得其妙的文章。叙述角度是回忆,在对五烈士的往事回忆中,娓娓地讲述出来。由于同五烈士的交往的疏密有间,所以文章重点写柔石,次写白莽,再次冯铿,至于其他两位,或“没有会见过”或“也只见过一次面”,无从多写,因而重点突出,主次清楚,使文章写得疏密相得,剪裁合宜。文章叙述各人往事又互为勾连,上下承接,以一种深沉的悼念之情贯通全文,形成紧针密线的艺术整体和回环往复的情感场,使人读后为之动容。

2000 年 5 月 10 日

(说明:这篇和下一篇关于鲁迅杂文的赏析文章,发表时署名“陈慈”。陈慈是我的亡妻,她已于 2005 年 5 月不幸逝世。这两篇文章是我们共同写作的。收在这个集子中,也是作为对于她的深情的纪念。)

流产究竟比不生产有希望

——《流产与断种》赏析

《流产与断种》一文，写作于 1925 年 12 月 20 日，发表于当年 12 月 22 日北京《国民新报副刊》。后与此前发表的《读经与读史》《捧与挖》《最先与最后》一起，以《这个与那个》的总题目，收入《华盖集》。从发表与结集的情况来说，课文的注释"选自《华盖集》……"显得太笼统，应注为"选自鲁迅《华盖集·这个与那个》"才更为确切。

这篇文章的针对性是很强的。1925 年 7 月 4 日出版的《现代评论》第二卷第三十一期刊登江绍原《黄狗与青年作者》一文，认为由于报刊的编辑者不知选择，只要稿子，青年作者就"天天生产——生产出许多先天不足，月份不足的小家伙们。"随后徐志摩等人也发表文章应和，把青年作者发表不够成熟的作品斥为"流产"。同年 10 月 2 日，徐志摩在他主编的《晨报副刊》发表《副刊殃》一文，指责青年作者"籍副刊作出风头的场所，更属堕志"。这些文章对于青年作者的创作进行不加分析的横加指责，是不利于青年作者的健康成长的。

本来，青年作者的作品不够成熟，存在这样那样的不足是很正常的。如果是出于关心爱护提出批评，指出不足，以促进其尽快地成长起来，那是属于正常的文学批评的范围，是无可厚非的。但是，汪原放、徐志摩等人的文章却对青年作者的创作一概抹杀，在实际上呼应了当时社会上的那股复古主义思潮。所以，鲁迅的着眼点就并不在于纯文学批评，而是把在文坛上出现的这种现象和当时社会与中国传统文化的一些现象联系起来考察、批判的。当时，五四运动的高潮刚刚过去，社会上出现了一股浓厚的复古主义思潮。章士钊利用他担任教育总长的地位，大力提倡尊孔读经；以南京大学为基地的《学衡》派，在他们把持的刊物《学衡》上也连篇累牍地发表文章，“掊击新文化而张皇旧学问”（见鲁迅《估学衡》，收入《热风》）；而曾经一度参加新文化运动的后来的“现代评论派”诸君（包括徐志摩、汪原放等人在内），在他们的刊物上和文章中，也一再表示对于青年的不满，这在客观上也就符合了复古派的主张，妨碍了青年的成长。

在这个时期，鲁迅仍然坚持着他五四时期的进化论思想：寄希望于青年。他把传统文化视为一个大染缸。在他看来，中国的传统文化窒息了生机，泯灭了人们反抗和前进的欲求。他说：“古国的灭亡，就因为大部分人的组织被太多的古习惯教养得硬化了，不再能够转移，来适应新的环境。若干分子又被太多的坏经验教养得聪明了，于是变性，知道在硬化的社会里，不妨妄行。”（《十四年的读经》，收入《华盖集》）他还把传统文化比喻为“人肉筵宴”，而“这人肉筵宴现在还排着，有许多人还想排下去。扫荡这些食人者，掀掉这筵席，毁坏这厨房，则是现在的青年的使命。”（《灯下漫笔》，收入《坟》）在鲁迅看来，青年受传统文化的影响最小，他们是改造国家现状的有生力量，是当代中国人中最有希望的部分，代表着未来，有着广阔的未来。所以对于当时这些妨碍青年成长的社会现象，鲁迅是十分警觉的，他的批判也是十分猛烈、不留情面的。他主张“我们目下的当务之急，是一要生存，二要温饱，三要发展。苟有阻碍这前途的，无论是古是今，是人是鬼，是《三坟》《五典》，百宋千元，天球河图，金人玉佛，祖传丸散，密制膏丹，全都踏倒他。”（《忽然想到·六》，收入《华盖集》）对于《学衡》派的复古主张，鲁迅极为鄙夷地写道：“夫所谓《学衡》者，据我看来，实不过聚在‘聚宝之门’左近的几个假古董所放的假毫光；虽然自称为‘衡’，而本身的称星尚且未曾钉好，更何论于他所论的轻重的是非。”（《估学衡》）以极其挖苦嘲讽的语气予以坚决的否定。所以，一旦鲁迅看到主张复古、贬斥青年的论调，就要坚决地加以批判。这篇《流产与断种》，就是在这种背景下写的，体现的也是鲁迅寄希望于青年，爱护青年，呵护青年成长的思想。

这篇文章是由几篇与青年创作有关的文章而引发的，但是批判的重点却是当时带有极大普遍性的社会现象。鲁迅概括起来就是：于旧状况那么心平气和，于较新的机运就那么疾首蹙额；于已成之局那么委曲求全，于初兴之事就那么求全责备？这就把问题的特殊性转换成了社会的普遍性。接着，鲁迅采用引申的方法，来显示这种社会现象的荒谬性："知识高超而眼光远大的先生们开导我们：生下来的倘不是圣贤，豪杰，天才，就不要生；写出来的倘不是不朽之作，就不要写；改革的事倘不是一下子就变成极乐世界，或者，至少能给我（！）有更多的好处，就万万不要动！……"这里要注意的是，鲁迅在"或者，至少能给我（！）有更多的好处"的"我"字后加了一个"（ ）"，在"（ ）"中加上了"！"号，这是一种特殊的修辞方式，把那些貌似公允高超的先生们的虚伪和自私性顺手就揭露了出来。这样，这些先生们的荒谬和自私的面目就被暴露了出来。写到这里，鲁迅仍不罢休，还要继续剥出这些所谓的"革命家"的论调的实质，是以"公平，稳健，圆满，平和"的面目，用"调查，研究，推敲，修养"的说教，来禁锢青年的思想和行为，使他们"老死在原地方"，鲁迅用自己曾向导师们请教为例，来证明这类人思想的底蕴："我也曾有如现在的青年一样，向已死和未死的导师们问过应走的路。他们都说：不可向东，或西，或南，或北。但不说应该向东，或西，或南，或北。我终于发现他们心底里的蕴蓄了：不过是一个'不走'而已"。'不走'就是不尝试，不探索，不改革，不前进，因而也就没希望，没前途，这就是那些先生们所真正希望于青年们的，也就是他们对青年们求全责备可能引起的后果。最后明白摆出自己的观点："如果我们永远要听见人类的足音，则我以为流产究竟比不生产还有望，因为这已经明明白白地证明着能够生产的了。"

徐志摩等现代评论派的先生们毕竟还以新派自居，不能完全等同于复古派，他们在当时的一些青年中也还具有较大的影响，他们的这些议论也还有一些实际的依据，也有一定的迷惑力，仅靠饱含义愤的批判是解决不了问题的，关键是要把道理讲透，以理服人，才能达到预期的目的。鲁迅也是深知这一点的，所以，这篇文章是同一时期中说理最为充分，论辩态度也较为平和的。文章开始时说："我现在相信，发明这话的是没有什么恶意的，不过偶尔说一说；应和的也是情有可原的，因为世事本来大概就这样。"这里虽然是使用欲抑先扬的杂文手法，但态度的较为平和却是可以感受到的。接下来以愚妇人对小孩学步的态度，来证明那些对青年求全责备的先生们的荒谬：连愚妇人都明白的道理，为什么这些号称知识高超的学者却不懂呢？然后举自己请教的例子来说明一部分维护旧文明、旧文化人物的真实心态；再进一步推理说："坐着而等待平安，等待前进，倘能，那自然是很好的，但可虑的是老死而所等待的却终于不至；不生育，不流产而等待一个英伟的宁馨儿，那自然也很可喜,但可虑的是终于什么也没有。”用不确定的语言表达方式,来表达一个确定的思想观点,也显得比较平和。从这里可以看出,鲁迅在写作杂文时也是比较讲究对象、方式和效果的。谁说鲁迅的杂文只有尖刻呢?

这是一篇杂文,也同样显示了鲁迅杂文的一贯的特点。首先是思想的深刻,认识的敏锐独到。应该说,在当时的文坛上,汪原放、徐志摩文章中所提到的现象也是存在的。但这只是文坛上的非主流、非方向性的现象。而鲁迅则是采取由此及彼、由现象到本质、由个别到普遍的观察社会的方法,所着眼的则是一种与个别现象相联系的普遍的社会现象,一种于社会的发展有着较大危害的、事关社会方向的大是大非问题。两相比较,就显示出鲁迅的思想家的特点。其次是论证方式上的特点。鲁迅采取欲抑先扬、层层剥笋、对比论证、归谬等多种手法,融说理、嘲讽于一文,以直接揭露和暗示、弦外之音相结合的方式,使形形色色的有害于青年的发展、成长从而也有害于社会前进的论调原形毕露,达到了批判揭露的目的。

这篇文章毕竟是由文坛现象所引发的。鲁迅对于当时文坛上对于青年作者求全责备的现象也十分反感。他在北京师范大学附属中学发表过《未有天才之前》(收入《坟》)的著名讲演,批评当时的一些“恶意”的批评家是“不平家”,他说:“恶意的批评家在嫩苗的地上驰马,那当然是十分快意的事;然而遭殃的是嫩苗——平常的苗和天才的苗。幼稚对于老成,有如孩子对于老人,决没有什么耻辱;作品也一样,起初幼稚,不算什么耻辱的。因为倘不遭了戕贼,他就会生长,成熟,老成;独有老衰和腐败,倒是无药可救的事!”这个思想与《流产与断种》的思想是一脉相承的,可以相互参看。有趣的是,这篇文章开头说:“近来对于青年的创作,忽然降下一个‘流产’的恶谥,轰然应和的就有一大群。我现在相信,发明这话的是没什么恶意的,不过偶尔说一说;应和的也是情有可原的,因为世事本来大概就这样。”这里使用“恶意”一语,不知是鲁迅先生有意与《未有天才之前》勾连起来,还是顺手牵羊的偶尔为之?

应该说明,鲁迅在文章中所批判的是传统文化的负面的东西,因为是杂文写作,笔锋尖锐、用语激愤,体现了先生此期杂文的一贯风格,并不能完全代表鲁迅先生对于传统文化的全面评价。同时文章的重点也在于保护青年,反对那些过度贬斥青年创作的大人物,正所谓“偏激的深刻也”!这是我们读这篇文章应该注意的。

2000 年 5 月 14 日

试论李劼人系列长篇小说创作的史诗追求及其借鉴意义

在文学史上,长篇小说往往是一个时代文学成就的重要标志,这个趋向在越是晚近的文学史上越为突出。而史诗性的长篇小说,往往又以其对于社会时代的真实刻画与对时代精神的深刻表现而在整个长篇领域中占有十分重要的地位。正是这些方面,作为中国现代文学史上反映辛亥革命前后社会变迁史诗性作品的第一人,李劼人做出了显著的贡献。他的长篇历史小说创作的史诗性追求及其成功实践,奠定了他在中国现代文学史上崇高而独特的地位,并为后人提供了颇具启迪,足资借鉴的经验。

对长篇小说史诗性的追求,在李劼人来说,是一种自觉的主体意识。在开始创作之前,他就明确意识到,他所要创作的是一部史诗性的作品,而不是其他任何一种小说。他曾经说过:“一九二五年起……便起了一个念头,打算把几十年来所生活过,所切感过,所体验过,在我看来意义非常重大,当得起历史转折点的这一段社会现象,用几部有连续性的长篇小说,一段落一段落地把它反映出来,”而“那时的计划,是以一九一一年即辛亥年的革命为中心,此之前分为三小段,此之后也分为三小段。预先布局出的,是此前的三小段,同时把书名也拟定了,即《死水微澜》《暴风雨前》《大波》”[1]。据此,李劼人设想构思中的这部作品,比起已写成出版的这三部作品,规模还要宏伟得多。但就那时已有详细构思并终于完成面世的这三部作品来看,李劼人所关注的是“历史转折点”“意义非常重大”的社会现象,无疑在他的创作思想中,“史诗性追求”是十分明确的。因此,我们可以说,对作品的史诗性的追求,是李劼人关注的焦点,也是他小说意识的核心。对小说史诗性的追求,是他艺术追求的最重要也是最突出的方面。

当然，追求“史诗性”在这时只能是作家的主观愿望和目标，最根本的问题还在于作家创造的作品是否能达到这一目标，或者说，作品在多大程度上达成了与作家主观愿望的契合。面对洋洋数百万言的长篇巨制，我们不得不承认，作家的追求在相当高的意义上是达到了。他的作品被誉为中国的“大河小说”，“毫无疑问是三十年代长篇小说大家之一。”并指出“李氏的风格沉实，规模宏大，长于结构”，“有直逼福楼拜、托尔斯泰的气魄”[2]的艺术特点，因而是“小说的近代史”，李劼人因而有“中国的左拉”[3]之称，这些都代表着研究界了无异词的看法，这一点，在今天更是用不着多加引述和论证的了。正是在这样的研究背景下，我们把研究的目光投射到李著“史诗性”追求的特点上来。我们认为，李著“史诗性”追求所产生的特点，主要在以下几个方面体现出来：

（1）在古老中国社会的传统与近代各种西方新思潮冲撞激荡的广阔社会历史思想文化的背景下，以前所未有的巨大的规模反映出四川社会政治、经济、思想、心理、文化等各个方面自 1894 年至辛亥革命爆发前后几十年间的发展变迁，并由此表现出中国近代历史转折时社会发展的大趋势，是李著显著的特点。一个时代有一个时代的社会特点，因而也可以说，一个时代有一个时代的史诗。而之所以被称为某一时代的“史诗”，则因为作品确实真实深刻地反映了这一时代最为生动的历史事象和历史的本质特点，并在这一前提下，表现出历史前进的不可阻挡的大势。如果这个论断不错的话，我们可以说，李劼人的三部长篇历史小说对于近代四川社会各个阶层，各个方面，各种势力错综复杂的社会矛盾的兴衰演替进行了细致真实的描写，因而具有极高的认识价值和思想意义。学者们在编撰《四川近代史》时，竟然从李劼人作品中去摄取历史材料，从中即可看出作品严格的历史真实和生活真实，表现出李劼人作为一个追求其创作“史诗”特点，真实反映四川近代生活及其发展演变的严谨的史家风范。当然，这里所说的“真实”，非仅指一般意义上的真实，而是指表现历史事件的全面、完整意义上的不加讳饰的“真实”。举凡作品中的描绘，无不深刻准确地描绘和表现着那一时代人们所特有的精神和思想的真实状态。比如，作品描写人民群众对于“教会”和“教民”的反抗、厌憎，诸如当时风起云涌的打教堂事件和驱赶洋人的行动，固然在相当的意义上表现了中国人民大众同帝国主义的矛盾，“清王朝封建统治与广大群众和各民族的矛盾”[4]……但只要我们读一读当时广为散发流传的“打教堂”的“白头帖子”,即可看出这里面包含着多么复杂深刻的动机和原因:这里有着根深蒂固的传统的封建主义的尊王卫道的思想;有着强烈的盲目排斥的狭隘的排外主义情绪;有着多么自私而又荒诞不经却又自以为是老子天下第一的愚昧和反科学主义!当然,这里也有着对于洋教肆虐,清廷却又奴颜婢膝的痛愤。作者在描写这一切的时候,当然没有因强调真实而淹没干扰了对这个运动的本质方面的表达;但也不像后来的人们那样,只强调民族的反抗的正义性,而把从中表现出来的本民族的诸多病态的劣根性掩饰起来。读这样的作品,确实能引起读者正视历史的勇气和对于历史的深刻的反思,这正是我国近现代之交时期一种特定的民族心灵的写照,是中西文化交流冲撞的必然现象,即在历史真实性方面来讲,也起到了诸多历史教科书所起不到的作用。又比如《大波》中描写同志军对于他们的同情者陈锦江等革命党人和陆军新军的失去人性的疯狂的屠杀,读之使人毛骨悚然,也使人由此看出:没有革命纲领,没有长远的革命目标,鱼龙混杂而又未经教育而在一时汇集起来的乌合之众,是多么愚昧、短视和凶残:他们为了几支枪,竟连同盟的友军也要屠杀,这是难以用误会来原宥其过的。这种骨子里的自私和残暴,不也正可以引起我们对中国历史和中国民族劣根性的深思吗?当然,我们也可以看到,历史的前进必然伴随着血污,有挫折,也有混乱,并不如一些单纯善良的人们所设想的那么美好,那样的一帆风顺,也非如一些历史教科书中所描绘的那般干净和简单。这种真实地不加讳饰地表现历史的本来的形态的勇气,李劼人之前是少有的,而李劼人之后相当长的历史时期内,似乎尚无作家具有过这种勇气。也唯有这样的真实性而不是经过过滤筛选而失却历史运动原本具有的纷繁复杂的状貌,甚至混乱血腥的“真实”,才真正能给后来者以深刻启迪,才真正能产生震慑人心的艺术力量。

不仅如此,李劼人还通过作品中大大小小纷纭万象的事件的描写,展示出在西方民主科学思想的触导之下,各种错综复杂的社会矛盾的演变和激化,表现出封建清王朝必然崩溃的历史趋势。诚如张秀熟先生指出的,“这三部小说所反映的时代是从甲午战争到辛亥革命。这个时代中国的特点是矛盾的尖锐与突出:帝国主义与中国人民大众的矛盾(这是两个主要矛盾),官僚地主阶级与新兴资产阶级的矛盾……资产阶级的革命派与改良派的矛盾,所有几千年自奴隶社会起即累积下来的旧矛盾与在中国历史上没有的新矛盾,都集中在这一时期,错综纠结,相引相排,蔓延激荡,炸药潜埋,砰然一声,几千年来中央集权的封建专制帝国,立被推翻……只有用文学作品才能有血有肉地极尽纤微地把它极其难测度的所表现出来的外貌与隐伏着的错综复杂的内蕴形象化地反映出来,成为推动时代前进的一面镜子。”[5]从而,他的作品就不仅仅是要交给读者一个有关历史运动的抽象的现成的结论概念,而是历史的本来形态,读者即可在阅读中面对历史现象而做出自己的理解概括与评论。从这一历史重大转折的背景来看,则李劼人是在中西文化第一次全面交汇的背景下,更是在这一前提下来展示与表现这一段中国历史的重要阶段中,中西文化冲突交融的现状与西学渐进,民智渐开,一种崭新的思想文化观念渐次形成而成为那一阶段社会思想主潮。因此,李劼人的小说才被视为“小说的近代的《华阳国志》”[6],才成为四川近代社会生活和社会思想文化演进的一部形象真实的编年史式的百科全书,从而也就成为中国近代社会生活的一幅生动的缩影。

(2)作为史诗性追求所显示的第二个特点,就是李劼人在作品中塑造了众多的形形色色的生存、活跃于这一特定时期历史舞台上的人物形象。小说毕竟不等于历史著作,历史著作可以而且也必须对历史做出事件的勾连和抽象的概括和叙述,而历史小说则除了要求作家生动地再现已经逝去的生活事象,还要求塑造出一大群鲜明生动的具有典型意义的人物形象来。如果没有这样鲜活的人物,那么也就失去了作品作为小说而存在的理由。而在历史小说中,历史事件不再是已经消失的社会生活的失去了生动具体原貌的事件过程的抽象叙述,而是被还原再现的具体可感可触的由那个时代各类人物的活动所构成的社会生活的本来形态,由特定历史时期中各类人物生动、活跃、挣扎、腾跃而构成的活生生的真相。人是历史的主体,是历史前进发展的动力,正是他们的各种具体的活动,各种在具体心理动机支配下的具体行为所构成的合力推动了历史的或快或慢的演进。正是在这样的意义上,我们说在史诗性的历史小说创作中,能否写出各类人物的具体的历史特点,并进一步塑造出具有典型意义的形象,是创作成功与否的标志。只有写出生活在具体历史环境中的人,写出他们的行为,他们的性格,更进一步深入他们的心灵,写出他们复杂的心态和欲求,才可能使作品超越一般历史小说而向史诗性小说的高度升华。另外,各类具体人物的活动和心态所积累的总体构成,又是作品中人物生活于其中并表现自己典型性格的典型环境(包括具体的社会环境和文化环境)。正是在这样的环境中,李劼人给我们描绘出那几十年间活跃在四川以成都为中心的社会生活舞台上的形形色色的三教九流的人物,上至高官缙绅,下至芸芸众生,新老军阀、兵痞、袍哥、学生、革命党、维新派、小官吏、太太、小姐、地主、妓女、小掌柜等,无不活灵活现,均极栩栩如生。在这数百人物中,作者又以相当集中的笔力,塑造出蔡大嫂、蔡傻子、罗歪嘴、刘三金、顾天成、郝达三、郝又三、赵尔丰、端方、蒲殿俊、罗纶、黄太太、楚用、葛寰中、尤铁民、苏星煌、周孝怀、伍大嫂、吴凤梧、香芸、香荃等一系列各具代表性、典型性的人物形象。这群人物与更多的其他人物交相辉映,共同组成这一完整的人物长廊并在这一文学世界的天空中闪射着耀目的光彩。

李劼人作品中的人物塑造,往往具有现实的原型,其中半数甚至大多数都是历史上的真实人物。怎样塑造好这类人物,是严格意义上的历史题材小说所面临的共同问题。当然,对真实人物进行刻画,对于作者自有其方便之处,但更多的,倒是给作者带来了极大的限制。这里的关键,似乎并不在于读者往往会以历史上的真实人物与小说中的人物去相比照,因为对广大读者而言,尤其是几十年后的读者来说,历史上有无其人及其人的情况如何,是他们所不主要关心的。他们关心的倒是文章中所提供的人物性格。因而,更重要的是在于作家是否能够准确把握住历史人物的性格,深入到他们的内心世界里去,去寻求小说人物与历史人物的契合,人物行为与其心灵动机的契合。李劼人就是致力于寻求这种契合点的作家。他注重展示人物在已大异于几乎数千年不变的历史文化环境中的具有崭新特点的历史背景中的各方面的心理欲求和行为动机。这里有老辣狠毒、死心塌地维护封建统治的反动官僚,也有见风使舵的滑头政客,也有意气飞扬的革命党,也有抱残守缺的维新派,还有争权夺利的新军阀,也还有带有一定程度的追求现代意义上的性爱的蔡大嫂、黄太太,还有在社会最底层挣扎的下莲池的人们。正是在这众多人物性格发展历程的展示中,塑造出生动的人物形象,一大批具有此前任何时代也不可能具有的新质的人物由此活跃在他的笔下,也由此显示出社会变迁大趋势对于人物思想行为乃至心灵的不可抵抗的影响力。作家成功地刻画了这一系列的人物形象,并通过作为历史构成因素和主体的人的性格变迁,展示了这一特定历史时期文化演变与心灵蜕变史,从而形成了李劼人小说史诗追求的突出特点。

(3)李劼人历史小说创作史诗追求所显示的第三个特点,是作品中的现实环境,历史文化环境和人物活动、事件发生的具体空间环境的契合和成功描绘。在小说中,环境是人体活动的具体的场所,又是人物性格产生与发展的依托,同时这种环境既是现实的,又是具体的,而且是历史的、文化的。只有达成这三种环境契合,既写出其现实性,又写出其具体性和历史性的文化的特点,才能为人物性格的展示与发展,人物形象的塑造提供深刻的现实依据和历史文化的依据,也才能更真实地表现事件,刻画人物,增强小说的历史和社会氛围,这在历史小说的创作中尤为重要。李劼人的历史小说的环境的构建,正是准确地体现了这三者的统一。作家准确地刻画出了从甲午战争到辛亥革命这一历史阶段四川社会的历史氛围,表现和刻画出这一时期中国社会各类人物的不同心态及其不断的发展演变,使这一切所构成的现实社会环境得到了十分真实的展示,从而为不同人物的不同性格的形成和发展探寻到了生活的、现实的、社会的依据和原因。

作家还注意突出这种环境的具体性。三部历史小说所发生的地点是具体的、确定的,那就是四川以成都为中心的广大区域。李劼人注意在大的区域的确定的前提下,十分真实准确地刻画其中任何一件大事件或小事情所发生的地点的经得起严格的地理学检验的真实性。读他的小说,犹如在我们的面前展示着一幅彩色的地图,作家正指点着地图对我们叙述着那一个又一个的大大小小的历史事件。总之,李劼人是在作品中刻意地塑造着或者"重建"着以成都为中心的具体的地域空间环境,这样把人物的活动和事件发生安置在一个具体得无可怀疑的固定空间里去展开,增强了作品的真实性,也因而具有浓郁的地方特色。[7]

还需要特别强调指出的是,李劼人对于环境的描写,还着重展示出现实环境的历史性。作品中对于各类人物思想心理的展示,不仅仅是刻画人物对现实事件的反应,更重在刻画人物行为反映的思想文化的依据,如前所述,支配打教堂的行为的人们的心理动机就具有十分深刻的历史文化的内涵。举凡作品中有关人们的言谈举止,尤其是都市官场生活的人们不仅"之、乎、者、也",而且他们的行为都由历史积淀在自己的头脑中的文化心态所支配。写出支配人们行为动作的历史文化的深层原因,就是寻绎出生活的具体环境与历史文化的累积的结合部。从某种意义上说，人既生活在现实社会中，同时也是历史文化的产物和载体。每个人都生活在特定的历史文化环境中，他们的思想都逃不脱历史文化的支配和控制，同时又在呼吸和传递着这种特定的历史文化。从这个方面看，也只有真正在刻画现实环境的同时，刻画出这一环境中所包含的特定的历史文化因素，才真正能刻画出深刻动人的典型人物来。更为突出的是李劼人的长篇历史小说还注意细致地刻画事件发生的人文景观和民情风俗。作者以相当多的笔墨，去描绘以成都为中心的四川各地的山川风物与人文景观，如武侯祠、青羊宫、川西北路的木厂会，成都的灯会、花会、茶馆、酒肆，叙述成都城邑的沿革变迁以及"扯地皮风"的市民风习等，娓娓而道，生动鲜明，由此，使作品所表现的事件带上浓厚的历史文化的氛围，在这样的背景中产生的各种历史事件，活跃的各种人物，就更显真实生动。

(4)恢宏而开放的艺术结构，是李劼人长篇历史小说的又一明显特点。追求"史诗性"效果的小说，由于其内容的广泛、人物的众多，所反映的矛盾纷繁复杂，决定了小说的艺术结构的宏大性。同时，纷纭变幻的社会运动和社会生活，形形色色、挣扎翻滚的人物，广阔的社会生活画面、社会历史文化背景和地方特色的展示，都决定了需要作家具有营建宏大结构的深厚的艺术功力。只有恢宏结构才能为社会运动的展开，为人物形象的塑造表现以及各种背景的展示提供广阔的、足够从容施展的空间。这不是没有限制的扩大篇幅。这里所说的恢宏，是以恰当地反映社会生活为前提的，同时也是指李劼人创作所表现出来的特点。我们要说的是:李著的艺术结构既是恢宏的，而又能在相当大的程度上避免这类小说结构中容易出现的纷乱和琐碎。作家在每部作品中，都设置一至两个贯穿性人物，并把几个家庭作为描绘的重点，以展示人们心理的变化和交代作为背景的一些事件，而在对最为关键的三部曲的高潮——保路运动的描绘中，则通过各种视点来对这种壮大场面作直接的描绘，这样，既线索分明，主次有序，又能写出社会运动的本来面貌，而紧紧围绕着表现中国社会重大转折和中国近代历史发展的大趋势来进行。这种高超而又沉实的艺术结构功力委实令人叹服不已。

李著的艺术结构既具有恢宏的特点，又具有开放性的特点。所谓开放性，指的是作品所具有的对所描绘的社会生活的广泛的容受性。具体地说，作品既把社会生活运动的主要空间控制在以成都为中心的四川社会的特定的空间地域，但同时又注重多方面表现这里的事件人物和整个中国社会的特殊联系，如写清政府与赵尔丰的文电交驰，写端方的自湖北入川，王人文的自川北逃亡，武昌的起义等，都从结构上给予保证，从而突破了结构的封闭性，为完成"史诗性"追求提供了结构的保障。正因为如此，作家才能潇洒从容地剪裁和铺排着社会历史运动，安排着人物的活动，调动着各种背景。而也正是这种胸罗时代风云，而笔底潇洒从容，才显示出作家深湛的艺术结构能力。

李劼人的长篇历史小说确实是完美的史诗性作品，而其史诗性的追求最终在作品中得以实现，则决定于作家主体素质及其持久而艰苦的努力。研究李劼人创作这几部小说的创作情况，我们当能从中受到启迪。

首先，李劼人具有史家的卓越的史识史见，具有艺术家的深厚的艺术表现力，具有文化民俗学者的博识与深邃，具有语言学者的丰富的语言知识。这诸多因素构成一位创作大家所必备的基本的素质和条件。当然，这一切素质，都不是一蹴而就的，而是一个长期积累和准备的过程，同时也是一个不断提高和升华的过程。李劼人在《谈创作经验》一文中曾说过，虽然辛亥革命是他所亲历的事件，而他当时即认为具有重大意义，但他并未贸然下笔，却是经过相当长的思考和准备，才正式动笔的，而在这几部书出版得到郭沫若的高度评价之后，他在解放后"参加了政治学习（我对政治学习是用了功的），回头再看辛亥革命运动，比前二十年更清楚，更透彻了。这次写《大波》，就想深入运动的本质，因此所反映的生活面就要广阔得多……"[8]由此可见作家作为"史家"认识的升华。在艺术方面的能力和有关各方面知识的积累，李劼人也下过一番实在的功夫。正是有了这样扎实的积累，作家的主体素质得以提高，他才能创作出具有史诗意义的优秀的长篇历史小说来。

其次，李劼人能够从中国古代优秀史传文学传统中和西方文学尤其是法国文学宝库中汲取适合于自己的与自身审美要求相契合的艺术营养，并以我为主，为我所用，从而使自己的创作能站在巨人的肩头，取得巨大的成功。李劼人曾谈到重写《大波》的情况。为重写《大波》避免旧版《大波》存在的不足，他把自己的创作与中外古今的大部头历史小说的创作进行比较，从中得到很大启发[9]。如果追溯到以前，在他读中学时，他即大量阅读中外小说，并善于创作故事并吸引不少听众听讲。由此可看出李劼人对我国古代长篇史传小说的熟悉和深研。而《大波》的结构，也可看出其受《三国演义》等小说影响的状况。另一方面，李劼人对于西方文学具有十分深入的研究。尤其对法国文学的研究，在当时乃至今日，他的观点仍然具有意义[10]。他精心研读和翻译的法国文学名著计20余部(篇)。正是在这种研究和翻译中，他得到了仅凭阅读所难以体味到的艺术三昧。还应指出，李劼人在创作中对外国作家的借鉴，决不限于法国作家，从《大波·第三卷书后》中可以看出，他所采取的塑造人物形象的方法，是在对法、英、俄、西班牙作家和中国古代作家进行反复比较后取舍的。这种比较而定取舍的方法，使李劼人在创作中能从自己的创作需要出发，取其所长，弃其所短。

再次，李劼人具有对他所表现的那个时代社会生活的真实体验和严谨认真一丝不苟的创作态度。他本人作为那一时代许多事件的亲历者，对许多事件人物相当熟悉。但他并不以此自恃，而是不断地收集材料，研读许多著述，进行反复的比较核实，寻绎并把握住隐藏在事象深层的各种联系和本质后，在自己具有对于材料的真实性的确信时才动笔写作。他强调："从我四十年所尝过的写作甘苦，可以总结出这样几条：最重要的是生活。写作必须要有生活，而生活的丰富，全靠自己多留心、多体会。怎样练习写作呢？要多看、多读，读得留心，读得精……可以借助于书本，从中去获得许多广博知识。这是间接生活。""有机会还要到生活中实证一下，加以选择"[11]。这里强调的多方面熟悉生活，是李劼人成功经验的总结，也是肺腑之言。对于自己的创作，他追求精益求精。1957年，他曾说："我一直没有满意过我所写的东西，如果时间充裕，我还要把过去写的加以痛改"，他还强调："要写好一部作品，必须多改，不要图一道成功"。他这里所强调的"痛改""多改"[12]，可称为他创作的座右铭。正是在这种不懈的持续努力中，他的作品才可能如此臻于完美！凡此种种，才能使他的"史诗性"追求成为现实。

最后一点，也是李劼人创作中最具有启迪性的一点是：始终坚持自己的创作追求和美学主张，不为各种因素所干扰，不为各种思潮所动摇，坚持在文艺创作上的特立独行，哪怕是在当时影响巨大的主流的文艺主张，也没有能够从根本上动摇李劼人对于自己创作思想的坚持。经历过20世纪文艺思潮演变的人们不会忘记，李劼人改写他的这一系列作品的时候，也正是所谓"革命现实主义和浪漫主义相结合"口号漫卷中国文坛的时候，我们不能说这股创作思潮对李劼人一点影响也没有，但是从李劼人改写的这系列作品的实践成果来看，我们可以说，李劼人是坚持了自己的创作理念的，它的作品基本上没有受到这股创作思潮的影响。他坚持"必须尽力写出时代的全貌，别人也才能由你的笔了解到当时历史的真实。"[13]坚持历史的真实，坚持真实地反映历史的错综复杂的全貌，就是李劼人史诗性创造成功的决定性原因。在艺术上，面对来自各方面的批评意见，李劼人也绝不人云亦云，他采取的是从古今中外作家的历史题材作品的创作中去汲取营养，加上自己的独立思考以定取舍的办法，接受其合理的因素。比如，对于有人认为"《大波》中出场人物似乎太多，有些是面目不清""许多人物好像是多余的"[14]等的批评，李劼人一方面说"我感谢读者给我的启示"，另一方面结合自己的创作，以古今中外作家的创作经验来加以对照，既坚持自己的主张，也汲取有益成分来校正自己的创作[15]。可以说，正是由于李劼人对于自己创作理念的坚定不移的坚持，不趋时，不逢迎，不随波逐流，特立独行，才显示出自己的独特的创作个性。这些也许就是李劼人史诗性长篇小说创作的成功经验留给今人的主要启迪吧！

【注释】

[1]李劼人:《死水微澜·改本前记》，见《李劼人选集》第一卷，四川人民出版社，1980年第1版第4页。

[2]司马长风:《中国新文学史》，昭明出版社，1978年再版本第51页。

[3][6]郭沫若:《中国左拉之待望》，原载1937年《中国文艺》第一卷第二期，转自王锦厚等编《郭沫若佚文集》上册300-310页；四川大学出版社，1988年11月，第1版。

[4][5]张秀熟:《李劼人选集·序》，四川人民出版社，1980年第1版第4页。

[7]可参拙作《李劼人、老舍创作地理环境之比较》，中国文联出版公司，1989年1月第1版《李劼人作品的思想与艺术》，第333页。

[8]李劼人:《谈创作经验》，见《李劼人选集》第五卷，第539页，四川文艺出版社，1986年3月第1版。

[9]李劼人:《大波·第三卷书后》，见《李劼人选集》第二卷下册，1442-1443页，四川文艺出版社，1980年2月第1版。

[10]李劼人的有关法国文学研究的论文及译文序跋，收在《李劼人选集》第五卷中。

[11][12]李劼人:《谈创作经验》,见《李劼人选集》第五卷,四川文艺出版社,1980年2月第1版,第544页。

[13]李劼人:《大波·第二部书后》,见《李劼人选集》第二卷中册,四川人民出版社,1980年2月第1版,第953页。

[14][15]李劼人:《大波·第三部书后》,见《李劼人选集》第二卷下册,四川人民出版社,1980年2月,第1442-1444页。

为改革开放立传，为深圳特区画魂

——试论张友高长篇小说《深圳大道》的史诗性艺术特色

今年是改革开放30周年，也是深圳经济特区创立28周年，当此极具纪念意义的历史时刻来临之际，张友高先生创作的反映深圳改革开放历程的鸿篇巨制《深圳大道》问世了。我对这部作品极具期待。一方面，是因为对于这部作品的创作我曾经起到过一些催生的作用；另一方面，则是因为我和友高先生相知甚深，他的所有的文学和影视类作品我都阅读和观赏过。有的作品的创作，我还以不同的方式，或深或浅地参与过，对于他发愿要创作的这部在他来说还是第一次反映的题材的作品，我自然有着一种特别的关注之情。在认真反复地阅读作品后，我的心灵受到了深深的震撼，我为作品的成功感到高兴，对于他呕心沥血的巨著感到由衷的敬佩。

一

我认为，《深圳大道》是一部具有史诗追求的而且在一些方面已经具备史诗性作品某些特质的成功之作。

史诗原是来自西方的文学概念。伏尔泰指出："史诗一词来自希腊文"，"原意是谈话。只是由于习惯相沿，这个词才与用诗体写的关于英雄冒险故事的叙述联系起来。"他还说："就诗体本身来看，它是一种用诗体写成的关于英雄冒险事迹的叙述”[1]。指的是“古代叙事诗中的长篇作品。反映具有重大意义的历史事件或以古代传说为内容，塑造著名英雄的形象，结构宏大，充满着幻想和神话色彩。”后来又指出“比较全面地反映一个历史时期社会面貌和人民群众多方面生活的优秀长篇叙事作品（如长篇小说），有时也称为史诗，或是史诗式的作品”[2]。早期的史诗，“由于反映历史的真实性和可靠性，往往成为研究历史的重要依据，具有重要的史料价值。在一段相当长的时期内，不少人曾经怀疑荷马史诗中叙述的时间的历史真实性，但是后来的考古发现不仅打消了这种怀疑，反而使人对诗中的某些细节描写的精确和真实为之惊愕。”[3]“史诗一般以真实历史事件为背景，描写的多为对本民族具有普遍意义的事件。”[4]“由于史诗的广泛叙事性质和它包含的深刻社会意义，现在人们常常把比较全面地反映一个历史时期的社会面貌和人民生活的结构复杂、画面广阔、意义深刻的优秀长篇叙事作品，如优秀的长篇小说等，称作史诗或是史诗式的作品”[5]。

史诗性的长篇小说创作，在西方曾经产生过广泛影响，比如英国文学大师司各特的创作。司各特一生创作了7部长篇叙事诗、27部历史小说和一批中短篇小说与历史传记。其《最末一个行吟诗人之歌》《艾凡赫》《昆丁·达沃德》等作品最为著名。他“最大的贡献是他的历史小说，它们像一幅幅巨大的历史画卷，把从中世纪到资产阶级革命时期英格兰和苏格兰的社会生活包罗无遗。不同时代的风貌和社会习俗，各个历史时期宗教、民族、阶级的斗争，都被生动地描写出来。他还善于表现普通人民在历史运动中的作用和历史发展的趋势”[6]。因此，可以说，司各特正是以他的大量优秀的、以历史事件为题材创作的系列作品，赢得了巨大的声誉，奠定了在英国文学和西方文学史上的崇高地位，也极大地丰富了整个西方文学创作的内涵，开辟出一个崭新的史诗性小说创作的局面。

再比如法国文学大师巴尔扎克的系列作品。巴尔扎克对于司各特非常尊敬，他“希望自己能作为英国小说家司各特的晚辈，照世界原样表现世界。”[7]他说：“法国社会将要作历史家，我只能做他的书记，编制恶行的清单、收集情欲的主要事实、刻画性格、选择社会上主要事件、结合几个性质相同的性格特点揉成典型人物，这样我也许可以写出许多历史家忘记了写的那部历史，就是说风俗史。持之以恒，百折不挠，我也许可以完成一部描写19世纪法国的作品。”[8]正是在这样的思想指导下，巴尔扎克一生完成了91部小说作品，这些被他自己统称为《人间喜剧》的皇皇巨著，“描写一个时代的两三千出色人物”，也就是说，“这就是一个系代呈现出来。”他把他的这些总称为《人间喜剧》的作品划分为“私人生活、外省生活、巴黎生活、政治生活、军事生活、乡间生活等场景。在这部分里罗列着构成这个社会的通史的全部‘风俗研究’。”“这是这个社会的全部事实和功业的集成”[9]。正是这样的创造追求，才使他的《人间喜剧》正如恩格斯所说，“是当时法国社会特别是巴黎‘上流社会’的卓越的现实主义历史。”[10]使他当之无愧地成为19世纪最为伟大的作家之一。

又如俄罗斯文学大师列夫·托尔斯泰《战争与和平》等作品。托尔斯泰是俄国最为伟大的现实主义作家。他的《安娜·卡列尼娜》《战争与和平》《复活》等作品是他最为重要的代表作。他在小说史上的贡献是“以特有的概括的广度，创造了史诗体小说。像《战争与和平》那样的巨著，再现了整整一个时代，气势磅礴，场面广阔，人物众多(500以上)，历史的事实融合着艺术的虚构，奔放的笔触糅合着细腻的描写；在巨幅的群像中显示出个人的面貌，于史诗的肃穆中穿插有抒情的独白，变化万千，蔚为奇观”。[11]

在我国，真正称得上史诗性创作的，当属著名作家李劼人的《死水微澜》《暴风雨前》《大波》等系列作品。曾经留学法国而又对法国文学深有研究的李劼人[12]，以他的《死水微澜》《暴风雨前》《大波》而闻名于中国现代文坛，赢得世界性声誉。在自述他的创作时，李劼人说：“一九二五年起……便起了一个念头，打算把几十年所生活过，所切感过，所体验过，在我看来意义非常重大，当得起历史转折点的这一段社会现象，用几部有连续性的长篇小说，一段落一段落地把它反映出来，”而“那时的计划，是以一九一一年即辛亥年的革命为中心……预先布局出的，是此前的三小段，同时把书名也拟定了，即《死水微澜》《暴风雨前》《大波》。”[13]，因此他的作品被司马长风誉为“大河小说”，“毫无疑问是三十年代长篇小说大家之一。”并认为：“李氏的风格沉实，规模宏大，长于结构”，因而是中国“小说的近代史。”[14]

分析研究以上中外作家的史诗类小说作品，可以概括出史诗性小说具有的一些共同的文学特征：一是题材的重大性特征，二是作品故事的编年性特征，三是主要人物的英雄性和人物的丰富性特征，四是故事产生环境的风俗画特征，五是叙事空间的宏大性特征，六是历史事件表现的真实性和深刻性特征。这些特征在史诗性作品中是相互联系的综合整体，凡被称为史诗性作品的都应该具有这些基本特征，换句话说，凡具备以上特征的文学作品，即可称为史诗性作品。下面我们可以以此为参照来分析《深圳大道》的创作特点。

二

纵观《深圳大道》，可以说，这是一部已经具备了史诗性作品某些特质的优秀作品。作为我国文坛上第一部全过程、全方位、立体化反映改革开放伟大历史进程的小说，《深圳大道》具备了作为史诗性小说的以上特征，在一些方面还具有一定的突破性的意义。

首先是题材所具有的重大性特点。改革开放是影响现代中国发展的关键性抉择，是在中国社会历史处于关键时刻中国共产党做出的极其重大的、改变十余亿中国人生活、影响社会主义中国和中华民族前途命运、关乎生死存亡的战略性决定。而深圳作为中国改革开放的“排头兵”“试验田”“窗口”，既是中国改革开放的风向标，也是中国改革开放的示范地。深圳28年改革开放的历程和取得的成就，就是一幅中国改革开放辉煌成就的精彩缩影。从这个意义上说，选择深圳迄今为止的改革开放的全部历程作为背景和题材来进行小说创作，为改革开放立传，为深圳特区画魂，就具有毋庸置疑的重大性。

再看作品故事的编年性特点。作品所展示的特区改革开放和建设的故事，完全是严格按照改革开放以来深圳经济特区改革开放发展的历程来展开的。举凡深圳所发生的一系列重大事件都在作品中或者直接或者间接地得到了展示或者是表现。从改革开放前后深圳的大规模逃港事件到蛇口风波、再到发端于罗湖的租地事件、大规模的招商引资、证券风波、清水河大爆炸、邓小平同志的两次南巡产生的对于中国改革开放的重大影响、再到高新科技产业发展的重大决策，科学发展观的落实和和谐社会的建设，以及我们始于1992年的城市化浪潮和前几年实施的旧城村的改造等，均按照其自然的进程一一展现在我们的面前，可以说这部小说以其对于深圳改革开放的真实历史带领我们对于特区发展的历程作了一个全面的回顾，一次全方位全过程的扫描。既使未曾亲历深圳改革开放发展的读者能够清晰地感受到深圳的发展历程，也使在不同时期参与深圳建设发展的特区人能够通过文学的形式来对于自己亲身经历的那场改变中国、从而也是改变世界的革命进行一次全面的回顾与反思。我们作为深圳发展的参与者和深圳历史的见证者，读来血脉贲张，激动不已，不由得增添了对于特区的拓荒牛们由衷的敬意和深圳建设发展辉煌成就的自豪感！在今天我们纪念改革开放30周年和深圳经济特区成立28周年之际，这种情感尤其强烈！

再看人物。《深圳大道》涉及的人物众多，具有明显的英雄性和丰富性特征。作品中数十位人物可以分为虚实两组来研究。一是虚写的人物，在作品中可以看到一批现实深圳真实的领导干部和各种人物，对于他们，作品只是在必要的时候点出他们的名字，不去具体描画他们的行动，或者说不让他们介入具体的故事进程，这样做的意义在于既在文学作品中留下了他们的英名，肯定他们对于深圳改革发展的历史性贡献，又避免了一些现实人物的对号入座，减少了作者创作的现实风险。二是实写、着力去描写和塑造的人物，尤其是浓墨重彩地塑造了具备英雄品格的赵长征、陈达中等一批改革开放中涌现出来的改革开放时代的英雄人物。这些人物处于推动社会发展的关键工作岗位，作者把他们置于改革开放中各种矛盾冲突的风口浪尖上去锻炼考验，让他们在社会的、政治的、情感的各种纠葛中去充分展示他们的思想和才华、他们的魄力和怯弱、他们的痛苦甚至绝望、他们的奋斗和失败、他们的希望与无奈，以此来充分展示他们内心世界中英雄的特质，强化他们敢闯敢干、敢于创新，敢为天下先，不惧千难万险和个人得失所创造的改革开放的宏伟业绩。这些人物具有十分鲜明的史诗性英雄特征。还有活跃在特区建设各个方面的人物，比如以文海生为代表的深圳本土村民们、来自湖北革命老区的刘氏兄弟以及在北京一些研究机构的一些具有影响力的专家学者；来自社会底层的打工人员、外商和与各种人物有着一定情感纠葛的几位女性人物等。《深圳大道》以一部五十余万字的小说，塑造出这样一批性格、面貌各异，思想、理想不同，具有不同价值观和人生、情感追求的人物，实非易事。更为可贵的是，作品中这些人物，大都具有鲜活的艺术生命，他们的言谈举止都体现出鲜明的个性风格，尤其是那些本土人物和基层社会人物的塑造，更是绘声绘色，给人入木三分之感。

还可以看看作品对于深圳的历史文化、社会心态及其演变和民情风俗的描绘。深圳具有较为厚重的历史文化的积淀，这座城市的前身南头曾经是东晋时代的东莞郡治所在地；深圳地区是当年海上丝绸之路的重要枢纽；文天祥“惶恐滩头说惶恐，零丁洋里叹零丁。人生自古谁无死，留取丹心照汗青”的一曲悲壮之歌也在这片土地上唱响；深刻影响中国近代历史的鸦片战争也在这片土地上打响；在作品中也有对于文氏家族和黄氏家族历史的考索；我们也可以看到在这个昔日的荒僻之地客家文化的深厚遗留和传承，比如对于文氏家族的古风犹存的待客之道的描写等；我们还可以看到作品对于深圳千百年流传下来的独具特色的开丁节和民间拜寿风俗的描绘等，都足以说明，无论是历史上的深圳，还是现实中的深圳，仍然传承着中华民族的文化根基，流淌着中华文化的血脉。这些民情风俗画面的描绘既丰厚了作品的内涵，更是实现了史诗性小说描写社会“风俗史”的要求。

我认为，更为重要的是作者还着力于对于改革开放现实运动中各类人物精神世界的展示及由此集中表现深圳的时代精神风貌。无论是从历史还是从现实的角度看，深圳这片土地都可以说是一座移民的热土。尤其是改革开放以来，沐浴着新时代的阳光雨露，来自祖国四面八方的深圳新移民们甚至也可能还有来自全世界的一批淘金者们，怀着各自的理想和愿望来到这片土地上，以他们各自的思想、方式、手段来追逐着他们的梦想。这就形成了改革开放以来深圳新移民文化的突出的特点。这就是敢于冒险、敢于创新、敢闯敢干敢试，敢为天下先的精神特质，这也是改革开放以来深圳贡献给中国社会的最为宝贵的精神财富。同时，作品也在一些人的行为中表现出强烈鲜明的躁动浮嚣的社会心态。这里面既有着契合于我们时代需求的精神特征，也有着不利于城市长远发展社会文明进步的破坏性因素。这个方面，在作品中也得到了比较充分的表现。比如对于来自于贫困山区的刘氏兄弟的所作所为的描写和对于来自香港的“方神仙”的心态的刻画，就很深刻地展示了那些破坏性因素对于深圳长远发展的干扰。因此，说《深圳大道》以作者对于深圳文化的独到思考展示了一幅幅民情风俗画和社会文化心理，是不过分的。

现在让我们看看作品的叙事特点。发端于1978年的中国改革开放30年的历史，是人类历史上史无前例的波澜壮阔的重大历史进程，是改变世界的重大的历史事件。作为中国改革开放排头兵和试验田的深圳这28年的历史是中国改革开放的一幅生动的缩影。从某种意义上说，写深圳的改革开放历史，就是集中地反映中国的改革开放。选择如此重大的历史事件和历史进程作为描写的对象，无疑对于作者来说是一个严峻的考验。无论是作者驾驭如此重大的题材的能力，还是作者对于这段历史的认识水平都可能限制着作品思想的深度和反映的广度，从而影响着作品的成就。这里我们仅仅以作品的叙事为例来加以考察研究。

以深圳改革开放的历程作为作品的题材，自然应该把深圳的改革开放作为作品的主要描写对象。但是，深圳是全国的深圳，作为改革开放的排头兵和试验田，深圳固然有着先行先试的“特权”，但是仍然是全国改革开放的大局中的一颗棋子，有时还会受到来自上上下下、方方面面的干扰和制约。如果作品仅仅把笔触局限于深圳一隅，就不可能更加深刻地展示深圳改革开放的意义与价值，也会影响作品的深刻性。因此，作品采用了以深圳改革开放历史进程为主线的多线条、多支点的点、线、面结合的开放式网状结构方式，以此来构筑起以赵长征、陈达中两代改革英雄为枢纽和连接点的上联京城、外接香港、内联红安乡村的巨大弹性结构；对发生在深圳的各类事件，基本上是由发生在蛇口、西湾文氏家族和赵长征、陈达中的矛盾冲突和赵长征、陈达中、文海生、刘氏兄弟的家庭与各自的情感纠葛中来展开的，由此支撑起《深圳大道》的宏大的艺术空间。如巴尔扎克为他的人物的“系代呈现”寻求“一些框架”“一些画廊”[15]一样，张友高也为他笔下的人物活动提供了广阔的舞台。这是一个繁富而又有序的艺术构架，这个宏大的艺术空间构架为作品对于改革开放的宽广角度和更深层次的反映奠定了一个坚实的基础。

任何史诗性作品，对于作为其反映对象的那段历史的表现，都要求具有真实性和深刻性。在这里，真实性是基础性的要求。只有真实地反映一段历史，把深刻性蕴于其中，其深刻性才可能真正得到体现。我们在相当长一段时间，过分强调对于深刻性的表现，这当然没错，但是，作为文学作品来说，如果它反映的历史事实失去真实性的基础，其所谓的深刻性就只能成为空中楼阁，这就正如产生于20世纪的那一批反映农村合作化运动的作品那样（当然这些作品也具有其特定的认识价值）。作为深圳改革开放历史的参与者和见证人，我们读《深圳大道》就感到了作品中真实的力量。首先是，深圳的路就是这样走过来的，深圳的发展就是这样闯出来的，深圳的发展就是伴随着各种矛盾冲突、利益冲突以及冲突的不断发生、不断解决的过程，应对各种各样的挑战而发展的。在这里，最为关键的，就是深圳人“杀开一条血路”的勇气与决心，就是深圳人敢为天下先的敢闯、敢试、敢冒的大无畏精神！这里有改革者的胜利，也有改革者的悲壮地倒下；有改革的高歌猛进，也有改革的曲折徘徊；有改革者的一往无前，也有一些人的投机、蜕变与堕落。这里有着来自全国各地淘金者的奋斗与苦痛，也有他们的发达与沉沦；大千世界，芸芸众生，都在这片土地上生存、挣扎、发展，他们要尽手腕，钩心斗角，为的是在这里寻找一个适合他们生存的、实现他们梦想的舞台。这些官场的、商场的、情场的争斗厮杀，其实都是在一个重大的历史转折关头的世象人生，而历史也正是在这种纷繁杂乱的表象深处迈开了它前进的步伐。对于这种种世象的真实反映是史诗性作品的基础性要求，因为历史的规律蕴藏在真实的表象之中，如果没有真实，就完全丧失了对于规律深刻地反映的可能性。我们可以看到，正是在这以改革为主旋律、主场景的形形色色的世态世象的真实表现中，我们看到了深圳发展的清晰的脉络，得出了改革开放是深圳奇迹诞生的决定性因素，勇于创新是深圳的“根”和“魂”的结论，也由此得出只有社会主义才能救中国，只有改革开放才能使中国真正快速发展、繁荣昌盛，实现中华民族的伟大复兴的强大力量正是在于坚持中国特色社会主义前提下的改革开放！

三

下面我想谈谈张友高先生的创作态度。我认为张友高是一位珍爱历史、正视现实的现实主义作家。创作《深圳大道》之前，他还创作了《徐海东大将》《中原突围》《平型关大捷》等一系列革命历史题材的电视剧和反映教育改革的小说《霹雳彩虹》。前两部电视连续剧已经拍摄完成并获得全国“五个一工程”奖等重要奖项。这些电视剧作品大都以他的家乡的革命历史为题材，塑造了一批光彩照人的革命英雄形象。这些作品既表现了革命战争的残酷，也洋溢着浓烈的英雄主义和浪漫主义的情怀。进入21世纪以来，张友高的创作转向了现实题材，他的《霹雳彩虹》以教育改革为背景，塑造了一批在教育领域里积极改革探索的教师形象，应该说是我国第一部全面反映中国教育改革的作品。他的《深圳大道》更是一部全面、立体地反映我国改革开放的史诗性作品。可以说，张友高的全部创作都表明，他是一位革命历史的歌唱者，一位热火朝天的改革开放生活的历史记录者，是中国改革开放历史的一位忠实的“书记员”。作为一位深圳改革开放历史的参与者与见证人，他在《深圳大道》的“后记”里这样表白：“大潮涌动，催生了深圳，山魂海魄，铸就了特区独特的性格。这座大气之城本身就是一部史诗，一部‘撼世之作’。”他“在海边泡久了，心头的文学牛皮癣就开始发作，总想把自己在大时代浪潮中亲历亲闻的情感故事记录下来。越是抓挠越是同样难奈。”[16]这种对于生活的激情和执着，以反映时代大潮为己任的严肃认真的现实主义创作态度，在当下我国文坛上，应该是不多见的。

最近，著名文艺理论家仲呈祥在谈到当前创作时，概括出五种不良倾向：一是用生理快感取代艺术欣赏；二是在唯美的旗号下制造荒诞；三是崇尚自然主义；四是庸俗地戏说；五是现实题材的滥情风和豪华风。[17]我认为这样的概括是十分准确的。在我们的文坛弥漫着这样种种不良的创作风气的时候，《深圳大道》的出版面世，应该说具有十分特殊的意义。

四

《深圳大道》也存在一些不足，主要体现在以下几个方面：一是作品对于处于改革开放前沿的那些开拓者们、那些改革英雄们的塑造突出了类型化的特点。这无论是对于外号“赵大炮”的赵长征，还是对于体现知识化、现代化的新一代官员陈达中的塑造上都有明显的表现。二是由于作者试图避开真实人物的故事参与，使作品在描写深圳高层决策过程时过于虚化，使赵长征和陈达中们的行为失去了组织的依托,也使市委、市政府的决策有时变得儿戏。其实,领导班子决策过程最能展示班子成员的认识与能力,最能展示不同的领导成员的性格与风采,缺乏对于领导层决策细节的描写,直接影响了对于改革开放领军人物思想的先导性和智慧性的表现,导致对于他们的思想深度和人物性格的表现受到损害。三是作品对于深圳建设国际化城市的努力缺少应有的表现。深圳的改革开放,既是一个面向世界的引进来的过程,也是直面世界走出去的过程,还是一个不断以世界发达城市为目标的追赶过程。实际上,深圳的改革与发展,已经越来越受制于世界经济发展的影响,这在我们国家已经与世界经济融合的今天,还将变得越来越明显。

但这些不足,应该说是《深圳大道》白璧微瑕。我知道,张友高先生正在创作一部以蛇口的改革、发展、衰落和再崛起为题材的作品,我们有理由相信,张友高在新的创作中必将取得新的突破,为广大读者奉献出更加精美的文学大餐。对此,我充满信心。

【注释】

[1]伏尔泰:《论史诗》,见伍蠡甫等编《西方文论选》上卷,上海译文出版社,1979年6月新1版,第320-321页。

[2]见《辞海》,上海辞书出版社,1990年2月出版,第816页。

[3][4][5]见《中国大百科全书·外国文学卷》,中国大百科全书出版社,1998年10月北京版,第933页。

[6]见《中国大百科全书·外国文学卷》,中国大百科全书出版社,1998年10月北京版,第941页。

[7][8]巴尔扎克:《〈人间喜剧〉前言》,见伍蠡甫等编《西方文论选》,上海译文出版社,1979年6月新1版,第161,168页。

[9]巴尔扎克:《〈人间喜剧〉前言》,见伍蠡甫等编《西方文论选》,上海译文出版社,1979年6月新1版,第175页。

[10]巴尔扎克:《〈人间喜剧〉前言》,见伍蠡甫等编《西方文论选》,上海译文出版社,1979年6月新1版,第161页。

[11]见《中国大百科全书·外国文学卷》,中国大百科全书出版社,1998年10月北京版,第

1019 页。

[12]李劼人先生对于法国文学的研究是很深入的。他曾经翻译了法国作家福楼拜、莫泊桑、都德、龚古尔等的 11 部中长篇小说。他研究法国文学的论文《法兰西自然主义以后的小说及其作家》发表在 1922 年 5 月《少年中国》第三卷十期(上),是现代文学史上最早介绍和研究法国文学的作家之一。见《李劼人选集》第五卷,四川文艺出版社 1986 年 3 月第一版,第 451-500 页,660 页。

[13]李劼人:《死水微澜 · 改版前记》,见《李劼人选集》第一卷,四川人民出版社,1980 年第一版,第 4 页。

[14]司马长风:《中国新文学史》,昭明出版社,1978 年再版本,第 51 页。

[15]巴尔扎克:《〈人间喜剧〉前言》,见伍蠡甫等编《西方文论选》,上海译文出版社,1979 年 6 月新 1 版,第 175 页。

[16]张友高:《〈深圳大道〉创作后记》,见《深圳大道》,海天出版社,2008 年 4 月第一版,第 403 页。

[17]仲呈祥、张金尧:《必须坚持"美学的历史的"文艺批评标准》,见《求是》,2008 年第 21 期,第 52-53 页。

在张友高《深圳大道》北京研讨会上的发言

我非常高兴作为友高同志的老朋友，参加他的作品《深圳大道》的高规格的研讨会。我对友高是比较熟悉的。我认为，友高同志是一位珍爱历史，正视现实的现实主义作家。友高同志出生于农家，他当过乡干部，直接和农民打过交道，在武汉大学读书时，研究过五年的党史，所以对革命历史比较熟悉。尤其他的家乡，湖北大悟，那是红四方面军的根据地，同时呢，在解放战争中，中原突围，重大革命历史事件的发生地。然后就是闯深圳，现在是十四个年头吧，亲身经历了深圳的改革和发展，尤其是对深圳教育的改革发展有直接的参与。同时，友高同志当过记者，又具有记者的敏感性。他在创作《深圳大道》之前，刚才胡平主任也介绍了他的一些情况，创作了《徐海东大将》《中原突围》，这都是发生在他的家乡的革命历史事件，还有《平型关大捷》等一系列的革命历史题材的电视剧的剧本。前两部都已经正式播映，中央电视台的黄金时段正式播映，并获得了“五个一工程”奖、金鹰奖等重大的奖项。在本世纪初，他的创作又转向了现实题材，他写了一部以深圳课程改革，教育改革为题材的《霹雳彩虹》这样一部作品。这个作品也塑造了一大批教育改革前沿的光彩照人的人物形象。

《深圳大道》我觉得更是一部全方位、全景式、立体式的多层次反映我国改革开放的作品，一部巨著，全书50多万字。他的这个创作的历程表明他既是一位革命历史的歌唱者，也是一位热火朝天的改革开放生活的历史记录者，是中国改革开放历史的一位忠实的书记员。他作为一位深圳改革开放历史的参与者和见证人，在《深圳大道》的后记当中，讲他的经历和创作关系，讲得非常清楚。他讲“大潮涌动催生了深圳，山魂海魄铸就了特区独特的性格，这种大气之城本身就是一部史诗，一部撼世之作”。他说“在海边泡久了，心头的文学牛皮癣开始发作，总想把自己在大时代浪潮中亲历亲闻的情感故事记录下来。越是抓挠越是同样难耐。”这种对于生活的激情和执着，以反映时代大潮为己任的严肃认真的创作态度，在我们当今的文坛上恐怕是不多见的。

具体说到《深圳大道》，我认为他是在追求一种史诗性的长篇小说的创作。我自己把这个史诗性的长篇小说大致概括了六个方面的特征。

一个是题材的重大性。深圳是改革开放的前沿，以前叫前沿、窗口、试验田。同时深圳又是改革开放的一幅精彩的缩影。这个“精彩的缩影”这句话是温家宝同志在2006年深圳召开的特区工作座谈会上讲的，今年两会期间他又说深圳是全国改革开放的一面旗帜。因此，写深圳也就是写我们中国的改革开放。他选择写深圳改革开放的全过程，实际上是在为改革开放立传，为深圳特区画魂。这是第一个方面。

我觉得史诗性小说的第二个特点，就是他的人物英雄性和丰富性。称史诗的作品如果没有英雄性的人物，人物形象不丰富那是名不副实的。大家在这个作品中可以看到一系列，一批改革开放的英雄，和在深圳这一段历史当中翻腾、涌动，在那里打拼的各式各样的人物，非常丰富。所以我认为这个史诗的特点他大致上也具备了。

第三点呢，要容纳这么多的人物，要反映这个时代的生活，那么史诗性的作品应该具备结构的宏大性。我觉得这个作品的结构方面也是非常宏大的，既写深圳，但是又通过陈达中和陈达中的出生地，他的湖北的大悟县联系起来，同时也与他的读书的经历当中的北京的上层联系起来，包括“赵大炮”赵长征，都是这样一个情况，同时通过香港的投资商，又和香港结合起来，这样就形成了一个宏大的开放式的艺术构架。还有一个就是时代精神的反映，具备了深刻性。我个人觉得对于深圳，像小平同志当年讲过，深圳的经验就是敢闯，敢冒，敢干，敢为天下先，这就是深圳的精神，深圳的根，深圳的魂。所以我们感觉到这也是我们整个中国改革开放的时代精神的一个概括。深圳的精神在某些方面也体现了我们这个时代的精神。深圳走过的道路也可以就是我们中国以后要走的道路，所以在时代精神的表现上，是非常准确的，也是深刻的。还有呢，他反映深圳的事件，具有编年史的这种特点。

我们作为深圳改革开放的一个亲历者，友高同志到深圳十四年，我到深圳今年是十五个年头，那么深圳从改革开放刚开始到现在这个历史时段中大大小小的历史事件，尤其是那些非常重要的历史事件，都在作品中得到表现，尤其是关乎深圳发展前途、方向的一些节点，这些重大的时间节点，他都展现了出来，具有非常丰富的真实性和认识价值。他的真实性体现在80年代改革初期的时候，除了整个建设工地的纷繁，到处都是大工地以外，那段时间，就是我们90年代中期去的人，感觉深圳各个层面的混乱。各个人物在里面打拼，各种手段，可以讲是无所不用其极，都在为自己的生存，为自己的发展，为实现自己的梦想，在那里不择手段拼搏。但是这是社会的世相，是风俗化，这在作品中也有很好的表现。因此我觉得，从这几个方面来说，可以说他某些方面是实现了他写一部史诗性的小说的一个追求。

刚才讨论中大家讲了作品存在的一些不足，我都觉得是比较准确的。我知道友高同志正在写一部以蛇口的改革开放作为题材的长篇小说，已经动笔了，据说写得很痛苦，什么时候写出来还不知道。我们相信他在新的作品当中能够以此为戒，取得更大的成绩，在反映深圳的改革方面取得更大的文学成就。

一篇反腐倡廉的檄文

——读《影子》有感

张志明同志是深圳市民主促进会会员、红岭中学的退休教师。可以说，张志明同志退而不休。他是一位业余作家，退休前，主要精力放在教学工作方面，教学工作的成绩相当突出；退休后，他把全部精力都投入到文学创作上，先后出版了长篇小说《圈子》《少年16岁》，现在又一部长篇小说《影子》脱稿，组成《青春三部曲》，实在可喜可贺。《影子》刚完稿，他又着手以“文化大革命”为题材的《风雨十年》的长篇小说的创作，该书是一本约有九十万字的巨著。这种战斗不息、永远不知疲倦的精神，确实令人钦佩。

一个退休老人，怎么会有这么高的创作热情？这在《影子》的《后记》里可以找到答案，他对人生、对社会有话要说。作为人民的作家，必定是人民群众的代言人，作品一定会反映人民群众的心声。当前，社会上的一些腐败现象，老百姓早已深恶痛绝；大家都希望我们的干部能像孔繁森、任长霞一样廉洁奉公、热心为群众办事，长篇小说《影子》正是反映了群众这一诉求。

目前，反腐倡廉的小说、电影、电视剧很多，但《影子》和它们没有任何雷同之处。作品以其独特的情节、人物形象、艺术场景展现在读者面前，再加上亲切的群众语言，所以能把读者深深地吸引住。尽管作者一再声明，无论人物、事物、场地都是虚构的，但读者读后觉得真有其人，真有其事，这就说明作品具有很强的可信度、感染力。首先，作品塑造了贾为真、向盰明、贾维箴这几个新时代青年的艺术形象，他们虽然还具有一定的书生气，但他们有情、有义、有思想、有朝气，在错综复杂的社会实践中，他们悟出了一个真谛：永远不当贪官污吏。他们和腐败分子作了不懈的斗争。贾为真是高干子弟,又是名牌大学毕业的博士生,但他“不踩着父亲的肩膀当巨人”“要以自己的实力立足于社会”。他到海河市搞社会调查,不是凭官方的介绍信,也不凭借父亲的声望和关系,而是以一个打工仔身份到蔓灕集团公司下属的 APT 厂打工,和工人生活在一起,了解合资厂里工人工作生活的情况。打工妹向盱明,她长相漂亮,却不愿当有钱老板的“小秘”,而要用自己的劳动创造自身的价值。她不知道贾为真是高干子弟和博士生,却和他肝胆相照,两人都发誓永远不当贪官污吏,共同的理想使他们结为伉俪。在别开生面的婚礼上,她才知道贾为真的真实身份,在美丽的“骗局”中她又惊又喜。贾为真则认为,只有隐瞒了自己的身份,才能找到真爱。当他处理完蔓灕集团公司董事长项冠璆的贪污案后,市长匡诤枫要他留下来当蔓灕集团公司的董事长,他不干,却带着妻子向盱明到四川去作农村调查。一对淡泊名利、一心追求正义的夫妻形象跃然纸上。

贾维箴也是名牌大学毕业的本科生,由于他的名字读音和贾为真相同,使他“因福得祸”。他到海河市找工作,项冠璆误以为他是高干子弟,便安排他在蔓灕集团公司工作,指使女儿项繻茗拼命地追求他。在和贾为真那一对同时同地举行的婚礼上,项冠璆父女知道贾维箴不是高干子弟,项繻茗被气得发疯,项冠璆因贪污案败露逃走。项冠璆被处决后,留下私生子小建发和遗孀黄矶。一边是发了疯而带有贪污案的妻子,一边是岳父留下的遗孤遗孀,这些担子都落在贾维箴身上。假如贾维箴和项繻茗离婚,真是一了百了。但作者不作这低能儿的处理,而是让人物在逆境中、在困苦中去升华人生价值。贾维箴把项繻茗的病治好,鼓励她去投案自首。当贾维箴任 APT 代厂长时,有些年轻漂亮的女子向他投之以桃,他却不敢报之以李。他从岳父的教训中,悟出了一个道理:一个人手中有了权、金钱,美女自然会送上门来,假如不廉洁自律,一定会掉进腐败的泥坑。项繻茗从轻发落后,被送到青海劳教。项繻茗提出,刑满释放后,她要留在青海工作,做一个全新的人,要贾维箴把她母亲、弟弟带到青海团聚,贾维箴欣然同意。通过具体的情节描写,一个勇于负责、正直无私、坚持正义的男人大丈夫形象巍然屹立。反腐倡廉,作者不是用简单的说理,而是用情和爱融化在人物的命运中。

项冠璆是作品中被否定的形象,他是贪污腐化分子的典型,作者对他进行了无情的鞭挞、嘲笑、挖苦。但作者对项冠璆这个反面人物的描写,不是简单化、脸谱化，而是把他写成有文化、有工作能力、有血有肉、有情有感的人。项冠璆的致命伤在于贪财好色，这一弱点使他走上了贪污腐化的道路，直至自我毁灭。这就为天下贪污腐化分子敲响了警钟。作者对反面人物的批判，不是停留在简单的文字说明中，而是通过人物命运发展的逻辑，进行合情合理的剖析，看上去是那么自然，浑然天成。

作者善于用对比的手法去突出人物的个性，深化主题。对比又有横向比较和前后对比两种。贾为真和向盱明一对，同贾维箴及项繻茗另一对，是横比。项繻茗以为贾维箴是高干子弟前和知道他不是高干子弟后，是前后对比。其他人物、场景也有类似的对比法。总之，作者描写人物是立体的，不是片面的、线性的，所以能使虚构的人物变成真实的人物，呼之欲出。

作品不但对主要人物的描写很成功，就是对一些次要人物也写得栩栩如生，具有鲜明的个性。如项冠璆的私生子小建民，虽然是一个只有五六岁的孩子，出场次数很少，着墨也不多，但他那调皮、天真活泼的个性，也写得惟妙惟肖。看来作者很有写作经验，不愧是一个老作家。

作品情节曲折，却不离奇，因为每一个巧合、突发事件的出现，作者都事先埋下伏笔，反复做出暗示，使读者在恍然大悟中又觉得合情合理。如项冠璆的老情妇钱茹花的三次出现，他的新情妇钱芷青实则是自己的私生女的发现，都体现出这一点。说明作者在构思情节时，已作了全盘的考虑，每一个细节巧作安排，写得非常细腻。

作品贴近生活，贴近现实，贴近读者的心灵，读者读后都觉得是发生在自己身边的事，真实可信，这就使作品具有很强的感染力。总之，无论从思想性、艺术性的角度看，《影子》都是一本好书，是现实生活的一面镜子，是一篇反腐倡廉的檄文。

2005 年 5 月 10 日

超脱狭小的格局——感受黄海

——读黄海的第二本诗集《树叶的舞蹈》

标题,准确一些的话,应该是“感受黄海的诗”,或者是感受黄海的诗集《树叶的舞蹈》,但如果这样的话,就显得累赘。现在时兴短标题,感受……,感受……,怪时髦的。当然,也不仅仅是赶时髦,我对感受两个字特别满意,感者,感觉也,受者,得到也。那文章的内容自然就是读黄海的诗的感觉印象,得到的体会、美感,避开了理性的、全面的、论述的艰难。要说感受,第一,黄海是一个“好色”的诗人,是一个讲究色彩调和,重视色彩使用的诗人。赤、橙、黄、绿、青、蓝、黑、白,精心布置的调色板,使他的歌唱充满诗情画意,不是凡·高的大红大绿,色彩浓烈斑斓的画面,而是清新的、淡雅的、活泼的、优美的水墨画。“红了樱桃,绿了芭蕉”的那种感觉,“浓似春云淡似烟,参差绿到大江边”的那种感觉,“桥西一曲水通村,岸阁浮萍绿有痕”的那种感觉。光打比方似乎有点隔靴挠痒,不着边际,那就举两首诗来看看:

一双双亲近泥土的手
向左插一行希望
向右插一行希望

老水牛耕一幕烟雨
布谷鸟唱遍每一村每一户
层层叠叠,纵纵横横
擦擦眼也就绿了

——《桂林春耕图》

合欢树伸出绿色的小手
想触摸这明净的天空哦
长安街
花朵一样的街灯
街灯一样的花朵

——《长安街是一条河》

还可以举一些,但篇幅有限,恕不多列举。从这些诗行中我们不也可以体会出诗人“好色”的本性来吗？这里还应该说明,黄海尽管喜欢使用色彩来为他的诗歌增色,但对于色彩的使用又很谨慎且有他的偏爱。他的诗常常使用色彩来点染,着色不多,即“境界全出”,尽显风流。他似乎有点偏爱代表温馨、明快的色彩,即使用热烈的红色,他也尽可能把这种浓烈冲淡一些,使他的诗情显得更温润一些。

要说感受,第二,黄海是一个唯美的诗人。或者说,他是一个带有唯美倾向的青春型诗人。在他的诗中,总是去发掘美,表现美,歌颂美。他歌颂青春,歌颂爱情,歌颂蓝天碧海,歌颂春月秋花,歌颂一切他接触到的美好事物,美好的情感。这一点,根本不需引文论述,只要打开他的诗集,即可得到印证。你会感觉到,唯美正是他诗中一个十分鲜明的主题。

记得美学家曾经说过:美是生活。对此,我颇有疑问,但如果说美在生活中,我倒是非常赞成的。美在生活中,并不是说每一个人都能够发现生活中的美,也不是在任何时间、任何地点都能够发现生活中的美。实际的情况是,生活中不缺少美,美要依赖美的眼睛去发现,要依赖美的情怀去体会。人们对美的认识有共同点,有相通之处,但不同的人发现美,体验美却有不同的视角,不同的特点。黄海善于从生活的细节中去发现美,发掘美,并努力通过适当的方式传递给读者分享。举些例子来看:

你看,他是跟谁在 kiss
哦！原来是一尊建筑模
妻子切菜的刀顿然停住

装作生气，嘴唇鼓鼓

这下我们的工程师可着了慌
赶忙奔过去捧起妻子的脸膛
“你……怎么了？你……
哈哈！让我也给你一个kiss吧
正像我们初恋时在树林里一样！

——《工程师和他的妻子》

在日常生活中，诗人发现生活的情趣，从一些细微的、微乎其微的矛盾瓜葛中去发掘和表现美，在极为琐细的生活场景中展示美的一瞬，美的愉悦使人心领神会。

劳动是人类的本分
为了理想也为了生存

走进社会我们上的第一课
姐妹们，我们去打工

领件工衣佩张厂卡
我们是消费者又是生产者了

加班加班还是加班
剩余劳动怎能蚕食我们的青春

领到工钱我们逛街熙熙攘攘
学孔乙己“多乎哉不多也”地喊

为了今天的诺言明日的理想

姐妹们，我们去打工

——《姐妹们，我们去打工》

众所周知，打工生活是十分辛苦的，但是在我们诗人的笔下，这群打工姐妹却是那样地朝气蓬勃，甚至可以说有一种劳动者的自豪感。因为他们充满了对未来的希望，对明天的期待。黄海就是这样，能够深入到打工者的内心深处，去描绘他们灵魂深处的波澜，去发掘美的东西，表现美的东西。

要说感受，第三点，黄海是一位善于经营诗的结构和语言的诗人，也就是说他是一位讲究诗艺的诗人。他的诗，总是给人一种明显的形式美感，诗行的排列总是力求美观，这大概是追求闻一多先生所说的形式美和结构美吧。但对于黄海来说，这并不是主要的，更值得重视的是他对于诗的内在结构美的重视和追求。读他的诗，你往往出乎意料地得到一种惊喜，一种发现，一种愉悦。读《工程师和他的妻子》是如此，读他的《船员与月亮》也是如此，读他的许多诗都是如此。他常常是把不同的生活场景中的意象，巧妙地并列起来，形成一种崭新的意象组合，带有现实生活特征的意象和更多倾向于主观意象的组接，产生出一种十分特别的、新颖的、强烈的审美效果。

木鱼傻笑偷懒的小和尚
牛仔裤给柔姿裙照相

——《开元寺掠影》

船员拥有两轮月亮
一轮在波浪里
一轮在蓝天上

波浪里依依的是妻子
蓝天上闪闪的是儿子

一轮托着醉晃晃的船
一轮指明生命的航向

——《船员与月亮》

在诗中，木鱼、小和尚所代表的寺院生活和以牛仔裤、柔姿裙所体现的世俗生活奇妙地组合在一起，形成一种强烈的对比，产生崭新的、生动活泼的意象，尤其是“傻笑”的木鱼、偷懒的小和尚，把木鱼拟人化，写出小和尚的憨态，再和牛仔裤、柔姿裙们的动作组合起来，置于同一生活画面，就能唤起读者丰富联想和想象，既产生一种幽默感，又能引起读者更深层次的思考。至于把天上的月亮和波浪中的月亮（实际上是船员心目中妻子的幻象）组接起来，就能唤起读者美好的情愫。

黄海还十分讲究诗歌语言的选择和锤炼，由此使他的诗充满一种内在的张力和爆发力，包涵丰富，言有尽而意无穷，含蓄蕴藏，回味悠远。还是要举例来说明。《选票上的太阳》是黄海诗中很有代表性的一首。诗从“0”的形状着手，写到“0/是表示集合的图示法/是……”，接连12个描述“0”的诗句，写“0”是什么，大多从其自然属性上着笔，但最后却石破天惊般写下“‘0’/在选票上/是太阳”的诗句，具有极强的震撼力，犹如一轮喷薄而出的太阳，光芒四射，热力逼人，使诗的境界由此而别开生面，爆发出一派崭新的境界。

要说感受，最后一点，黄海是一位日臻成熟的诗人，从80年代初到现在，他笔耕不辍，已有两本诗集出版，现在正处在由青春型诗人向成熟型诗人转化的末期。其重要的标志，是他诗中的社会容量正在不断扩展，诗风日益厚重，日益大气，正从相对狭小的格局中超越出来，迈向更加广阔的前景。

原载1999年5月9日《深圳商报》

古韵新声颂鹏城

——读沙雁先生《深圳赋》感言

巨人奠伟业，盛世开新篇。当兹特区成立二十五周年之际，沙雁先生不顾年高体弱，精心撰写《深圳赋》鸿文一篇，情真意切，文采斐然，一气呵成，使人爱不忍释。海天出版社闻之，欣然决定出版，并嘱予作序以壮其盛。余以晚辈后学，岂敢以作序自许，唯有采恭读之态度，记述读后之感想，或可有助于读者也。

夫赋之为体，肇于先秦，出于诗骚。汉有大赋，铺张扬厉，辞雄句丽，多为鸿篇巨制；魏晋小赋，抒情叙事，发露世情，曲尽幽微，亦应时代进展；六朝骈文，赋之新变；迄至唐宋，赋分两途。律赋为应试之用，所谓“朝为田舍郎，暮登天子堂”之敲门砖也；文赋杂以散文，融抒情、叙事、写景、议论为一炉，技艺趋于化境。逮至元明以降而至清末，赋体时有名家。纵观五千年中华文明，赋体确为其重要载体。举凡文学巨匠，文章巨子，无不浸淫辞赋，佳作实多，史迹斑斑，可证可考，可谓源远流长者矣。人道是：赋体是最能够体现发挥汉字优势之体裁，实在是高明之见识。惜乎五四以来，时代变幻急速，应其巨变之需要，弃文言而用白话，赋体遂告衰落，百年之间，或者可见一二，则惊其为凤毛麟角者矣！

《深圳赋》出于深圳实施文化立市战略之际，以其正宗律赋之规格，高远阔大之气魄，音韵和谐之篇章，溯历史之源流，颂今日之巨变，展未来之宏图，使人心驰八极，神飞古今，回首处，几千年往事，注在心头；看今朝，廿五载成就，昭示世人；想未来，创辉煌大业，前程似锦。所谓一篇《深圳赋》，恢宏鹏城颂，实乃奉献于深圳特区二十五周年与文化立市之厚礼也。

赋文三段。首段述深圳之文化历史渊源以及得名之由来，虽是作赋者之惯例，但也见沙老之匠心。三百余字，既述历史文化与中原之渊源，也说深圳之地理方位，再讲深圳曾有的繁华，更重在勾画出三千年深圳苦难凝重的岁月。以一句“实难酬海晏河清也矣”为结，实为力挽千钧，三千年历史旧账一笔结清，为下文开启出门户来。

下段承接而来，“或云沧桑正道，诚哉斯言”一句领起，共和国开国后三十年深圳的历史数语带过，而浓墨重彩铺写战略决策转换后深圳的改革开放，歌颂“邓公卓识超凡，毅然指点江山”，遂有“深圳特区崛起，自兹骏业鸿开。偕百族同胞，共创辉煌于盛世；看三春深圳，欣书斑斓绮丽之华笺”。这一段总的作用是承前启后，在此之前为纵向叙写深圳的历史；自此后开始利用赋体文体之所长，采用铺陈手法，充分展示改革开放给深圳方方面面带来的深刻变化。横书六区特色，都市新颜；细说百业兴旺，行行率先；用语之华丽，可谓“美轮美奂”“锦簇花团”；气势如虹，可谓一气呵成，文脉流贯。说物质，更关注精神，自“偕深圳之集贤”以下，讲深圳人才聚集，精神振奋，实践小平理论，落实科学发展观，发扬深圳精神，“永创辉煌之大业”“再写光华璀璨之鸿篇”，把读者思绪带向了广阔的未来，使人遐想无限，对深圳的未来充满信心。此为第三段之内容。

夫赋之为文，铺张扬厉，讲对仗，重排比对偶；多文采，广采辞藻，融铸典实；至于律赋，承骈赋之格局，对仗严整，声韵和谐，而加严格之押韵要求，作赋者正所谓“戴着镣铐跳舞”，因用于科举考试，在旧时代善作者不少，但大多阐释经义，歌功颂德，内容表达受到限制，思想难于深刻，影响或产生于一时，但殊少名作千古流芳。但殊少非同绝无，律赋高手间有出神入化者，匠心独运，在严格局限之小天地中经营出广阔的世界来。唐诗大家之中，即有兼善于此者。比如元白、李杜之属，诗既高妙，赋亦大家。均因其很强的艺术创造力所致。即以《深圳赋》而言，可圈可点处随处可见。

一曰音韵流畅。全篇三段，一二段各依一韵；三段两韵，其间一到三段内两韵之间转韵自然，如山涧飞泉直下，然后转流入平缓之河床般和谐。二曰对仗工稳。赋体要求对仗，无对仗无以言赋，尤其是律赋。《深圳赋》对仗极其工稳，如说深圳之号鹏城“枕珠江而倚畴野，趋南海而展翼翎”；再如“新中国百废俱兴，古南岭一改旧颜”；“梧桐翠岭，出岫之云霞袅娜，莲花青岱，伟人之笑貌长存”，等等；更值得一说者,第三段中“美也欤”“壮也哉”“诚也哉”三句叹词,各领一段,内容层递而出,循叹物质文明,赞精神风貌,颂未来前景顺序,排比而不完全受严格对仗所限,所谓文不害意,文助意达,亦可谓创新之一举也。三曰情真意切。研究者常诟病律赋之文多用于科举,当时作者实多,传世佳作较少。原因在于作者对于命题限定写作之事物,缺乏现场直观感受,感情实难真诚。沙老先生命笔《深圳赋》,绝非杜少陵献三大礼赋之用意,唯以长期生活于春天故事发源地之一名深圳建设参与者身份,目睹廿五年巨变,情动于中而形诸笔墨的感情喷发而已。借古赋之体,抒发对于深圳的满腔热情和殷切冀望,故而情真切,不做作,读来使人感同身受,极能引起共鸣。四曰语短意长。以千余字之篇幅,写深圳数千年历史,融古今未来于一炉,读来使人思接千古,意连万仞,浮想联翩,更觉改革开放事业之伟大与前无古人,对于深圳辉煌未来凭添了无限之信心,所谓“更瞻鹏城之明日,再写光华璀璨之鸿篇”,此之谓也。

观诸今日,正当转变经济增长模式,构建和谐深圳、效益深圳之时。决策诸公,雄才大略,高瞻远瞩,审时度势,谋定而行,依法治市,廉政善政。高张特别能改革、特别能创新、特别能开放之大旗,誓以特区特别之为,立特区特别之位;全市上下,唯以创新发展为要务,求真务实,真抓实干,凝聚移山心力,率先神州科学发展,成就深圳千秋伟业。鸿业斯张,景象如旭日升腾,云蒸霞蔚;继往开来,气势似雷霆飚起,倒海排山。万众归心,群贤毕集,共襄大业于盛世。据天时地利与人和,沾溉岂仅止于一域!是吾辈有厚望焉,必待克期而成者也。再读《深圳赋》,益增感想,形诸笔墨,缀于篇末。如有幸公诸同好,见览于达者,则幸甚,吾不敢辞续貂之讥也!

2005 年 1 月 1 日于大南山脚下,2005 年 8 月 18 日改定

天地男儿　沧桑正道

——论改革开放以来报告文学的创作趋势，兼谈《天地男儿——南岭村纪事》的艺术尝试

一

在中国传统文学的词典里，是没有报告文学这个词条的。据我所知，报告文学一语，是中国的舶来品，是20世纪二三十年代左翼文学界从世界左翼文学阵营引进来的。在中国现当代文学的话语中，报告文学是被定位为文学的轻骑兵的。是“散文的一种，是文艺性的通讯、速写、特写等的总称。”其特点是“直接取材于现实生活中具有一定典型意义的真人真事，经过适当的艺术加工，但不能虚构，迅速及时地表现出来，发挥社会作用。”这种对于报告文学特点的概括，基本上可以涵盖中国现当代报告文学的创作实际状况。但是，中国改革开放以来，随着社会生活的深刻变化，广大读者阅读兴趣的转移和作家创作思想的转变，报告文学成为最受读者欢迎的一种文学样式，形成了报告文学创作的新的高潮和新的创作潮流。包括报告文学在内的整个中国文学发生了极其深刻的变化，面貌为之一新。就报告文学来说，原有的“五四”以来关于报告文学的定位也已经远远不能包含20世纪80年代以来中国报告文学创作的实际状况。这一点，只要把中国现当代文学史上的《饿乡纪程》《包身工》《一九三〇年春在太原》《为了六十一个阶级弟兄》等作品和《哥德巴赫猜想》《生命之树长绿》《西部在移民》《神圣忧思录》《倾斜》《没有家园的灵

魂》《伤心百合》以及最近问世的《天地男儿》等作品对读,你就会强烈地感受到这种迥然不同的区别。

综观20世纪80年代以来中国报告文学创作的生态状况,我们可以概括出一些新的特点。主要有:

题材的新闻性。这里讲的新闻性,不仅指的是现实生活中刚刚发生的事情,也指虽然是过去时代的事件,但由于种种原因,一些真实的情况并不为广大读者所知,对于读者来说,虽然距今也有一段时间了,但这些事件的真实状况,仍然是新闻。真实地反映这些事件,仍然能为广大读者所欢迎。

内容的纪实性。纪实,指的是对人物事件的真实描述。这是报告文学与小说等虚构性文体的本质区别。当然,纪实并不排斥在某种特定的背景下对于人物心理的推测性表现,但这种表现,必须符合人物当时心态的实际,也不能完全避免对于事件的某些因果性联系的推测与议论,但这都要符合事件发展的客观实际环境和众所周知的结果。否则,就违背了报告文学的质的规定性,而不成其为报告文学。

时空的宏观性。这是本时期报告文学作品反映内容所发生的时空的广阔、宏观的特点。这时期报告文学已不满足于"轻骑兵"的角色,而是利用自身的灵活的优势,极力拓展自己表现范围的时空领域。这样的结果,就使报告文学获得了迥然不同于以往的宏观的特性,从而影响了、带动了报告文学文体和表现手法上的一系列革新。

手段的综合性。随着中国改革开放进程的持续展开,社会生活内容的深刻变化,信息技术和影视作品的普及,报告文学艺术观念的更新,报告文学创作不再固守以前的疆域,表现手段在保持原有的一些优势以外,又融入了小说人物描写、心理表现以及影视作品的一些手段等,日益走向综合化。这种趋势既适应了报告文学所反映的社会生活内容的新变化,也受到其他文学作品、文艺作品创作的影响。

风格的思辨性。中国改革开放以来,伴随着全国性的对于历史文化的反思,报告文学也不甘落后,在反映现实中人民群众关心的社会热点问题的同时,也出现了一股以表现过去时代重大历史事件为题材特点的揭"谜"、解谜的创作潮流。这些作品，无论是反映现实生活或者是反映历史事件，都注重反思，注重对于形成现实或者是历史事件的历史文化根源进行追问，这就给作品带来了明显的思辨的特点。

我个人认为，以上概括可以大致描述出最近20年来中国报告文学创作的基本生态面貌。在新世纪里，中国报告文学这些特点还将可能会继续得到强化。

二

中国是一个农村人口占绝大多数的国家，改革开放以来，中国农村面貌发生了深刻的变化。广大农民在改革开放、市场经济潮流的强有力冲击下，改变了原有的生产生活方式，农民的思想意识、观念已经从落后、封闭走向开放和现代文明。但是，十分遗憾的是，反映中国农村这种前所未有、意义十分深刻的改变的报告文学作品并不多见。就我个人的阅读视野来说，80年代中后期，蒋子龙写过《燕赵悲歌》，麦天枢写过《西部在移民》等，这些作品在当时的读者中产生过较大的影响。当时，我正在内地一所大学讲授中国现当代文学的课程，我不仅在课堂上向学生介绍讲授这些作品，还在编写教材时选入《中国当代文学作品选》，这个教材后来成为几十所大学的当代文学的通用教材。我选用这些作品作为教材，并不是因为和这些作者有什么关系，借此来互相吹捧，其实，我至今也和他们没有什么联系，更没有“倾盖如旧”的机会。我当时也是有感于此类题材作品的少见，好的更少，因而特别珍惜，想借这些作品让我们新的一代学生了解我们的农民的现实的各种生存状态。但可惜的是，此后一个相当长的时期内，反映农村题材的报告文学作品就十分稀见。偶尔见到一两篇，也很难感受到阅读《燕赵悲歌》《西部在移民》时那种强烈的冲击和震撼。

正是在这样不断的期待和失望之中，林雨纯、郭洪义的长篇报告文学作品《天地男儿——南岭村纪事》面世了。怀着急切的心情，我认真地阅读了这部25万字的作品，深深地感受到，正如该书封面上所说：“这是一部中国乡土的传奇”“一部新时期的创业史”。作品以宏观的视角，形象生动地展示了南岭村“三百年沧桑，二十年巨变”的历程，深刻细致地揭示了“往昔穷困地”之所以成为“今日第一村”的各种深刻的社会和内在的原因，表现了改革开放以来，在中国共产党的领导下，南岭村的共产党人是怎样带领群众转变观念，适应社会主义市场经济的要求，克服外在的困难，从摆脱贫困到走向富裕、走向现代化的伟大创举。《天地男儿——南岭村纪事》的意义当然不仅仅是形象生动地描绘了一个农村村庄的巨大变化，由于作者是把南岭村的变化置于中国改革开放的宏伟时空中来展示，也由于作者是以南岭村的先辈们历尽千辛万苦寻找美好幸福生活的历史文化图景作为作品的文化依托，所以，《天地男儿——南岭村纪事》就不仅是一个人、一群人、一个村庄的创业史，而是中国农村在共产党领导下，在新世纪的奋斗史的缩影。张伟基——这个作品浓墨重彩着力描写的领头人，就成为千百万引领一个又一个农村走进富裕行列的领头人的突出代表和具有典型意义的人物形象。天地男儿，沧桑正道，这部书所描绘的南岭村的改革开放和富裕起来的历程，启迪我们：富而思源，富而思进。是党的改革开放的政策给南岭村提供了历史的机遇；也是以张伟基为代表的南岭共产党人带领广大群众大胆开拓，改革创新，抓住机遇，进行了融入市场经济潮流的成功实践。应该说，这对于我国广大的农村来说，无疑是具有极大的普遍意义的。

“忽如一夜春风来，千树万树梨花开”，我们殷切地盼望有更多的反映农村题材的好的报告文学作品出世。

三

关于《天地男儿——南岭村纪事》的思想意义和艺术上的特点，已经有过许多文章加以分析。这里拟谈几点看法。

首先，是作品所显示的恢宏的气度。我想说，在目前所见到的农村题材的报告文学作品中，《天地男儿——南岭村纪事》是规模最大、气势最为恢宏、生活容量最为巨大、对现实农村改革生活剖析思考最为深刻的一种。但是应该说，就作品所直接表现的南岭村而言，这毕竟只是一个小小的村庄，要获得具有普遍性的品格，需要作者以更为宏观的视野，超越现实和历史的眼光来做出全新的艺术处理。就我们现在所见到的作品来说，确实是形象深刻地揭示了南岭村之所以在20年间从过去的“鸭屎围”而变为现在的社会主义现代化新农村的谜底，这就是邓小平理论、改革开放以来党的路线、方针、政策的指引。是中国共产党高举邓小平理论的旗帜，实践“三个代表”重要思想而极大地解放了生产力，调动了广大农民奔向富裕的现代化道路的积极性。这样厚重的内涵，决定了作品必须要把南岭村置于世界潮流、历史文化和中国改革开放波澜壮阔的广阔现实的背景下，全方位地加以透视。写南岭村变化的历程，但时刻不忘今天的南岭是历史的、过去的南岭的延续；写南岭村巨变的历程，时刻不忘南岭是中国的南岭、广东的南岭、深圳的南岭。南岭的变化与全国、广东、深圳的发展息息相关；写南岭村人的奋斗，处处不忘展现党的政策的英明和中央、省市领导的关怀；写南岭村的发展，注意与世界发达国家的农民生存状态相比较。在这样广阔的时空中，南中国海滨的小村庄就由此获得成为改革开放中国农村的缩影的可能。作者把大量的各类事件有机地组织起来，还原为生活的原生状态，作品就获得一种先声夺人的气势，就展示了以南岭村为前景、以中国改革开放为现实背景、以客家历史和先祖创业艰辛史实为历史文化背景的广阔画面。作品具体写的是中国南海边一个在省级地图上都难以找到的小村庄，但我们却分明感受到了作者对于世界的、历史的、现实的宏观的把握。这种以小写大、尺水兴波的艺术表现才能，读来令人叫绝，能给人以极大的艺术启迪。

其次，是作品强烈的思辨色彩。思辨，指的是对于事物产生的原因以及前景的思考和辨析。思辨的依托是作者深刻的思想和深厚的学养；思辨的文化依据是作者对于所反映的对象所处的历史文化背景的透彻的认识；思辨的现实依据是对客观事物现状及其发展趋势的准确把握；思辨的高层次结晶是具有普遍性意义的哲理呈现。我觉得，在这些方面，《天地男儿——南岭村纪事》也作了十分有益的尝试，使作品具备了突出的文化思辨和哲理的色彩。随手引用作品中的段落来加以说明：

在漫漫的历史长河中，让贫穷走出生活，一直是中国人的梦想。有多少农民领袖，面对破碎的河山，面对苦难的乡亲，描绘过“均贫富，等贵贱”的升平画图？从陈胜、吴广，到李自成、洪秀全，前赴后继，一连串的追求，一连串的破灭。倒是战乱频仍，让东晋诗人陶渊明抒发了一个真实的梦——富足而祥和的桃花源。

桃花源，千百年来牵动着炎黄子孙渴望的目光和寻觅的脚步。

20世纪80年代，改革开放使历史的列车驶进张伟基命运的转折点上。随着一代伟人"摸着石头过河"的一声号令，深圳沉睡的土地顿时翻了个身。张伟基敏锐地预感到，机遇正像好梦一样来临。一个领导着700多村民的村官，当执政的中国共产党给了他施展才干的空间，他要凭借中国农民的智慧来酿造南岭生活的芬芳美酒。

即便在今天，张伟基也不知道，若干年前和若干年后，南岭村作为一个中国农村，在华夏大地乃至全世界的意义。但是为了这个，他曾经彻夜难眠，曾经累倒在工地。他用整个身心，甚至不惜生命的代价，在南岭村创造着这个独特的当代桃花源。

这是一种诗化的语言。诗一般的语言中包含了深厚的历史文化内容，潜藏着对于历史文化深刻的思考。引而不发，结论留给读者去做出。像这样的段落在作品中随处可见，但又十分融洽地化人作品相关的部位，成为作品的不可或缺的构成因素，使作品的文化含量大为增强，思辨的哲理性特点也随之凸显。

最后，是作品对于人物描写的新的尝试。这里有几个方面的情况值得重视。一是作为叙事性文体的一种，报告文学描写事件是天经地义的事情。但这里就潜伏着一种危险，就是很容易落入许多同类作品容易出现的毛病：见事不见人。须知，事件是人的活动的过程和结果的外在呈现。事件是"表"，人的活动及支配这种活动的思想是"里"，只有处理好这种"表"与"里"的关系，事件的展示才获得了内在的动因，人的思想、感情、行为才有了依托。二是处理好主要角色和其他众多人物的关系。在一部报告文学中，写人物是必然的，但写人也必须有主次之分，着墨一定有浓淡之别。但又不能把主要的描写对象处理成"鹤名于九霄"般的人物。只有处理好这种人物之间的关系，既浓墨重彩地去描绘主要人物，又写出其他人物的个性、特点来，一部报告文学所展示的人物的形象序列才能收到相互辉映、相得益彰之效。三是与虚构性的作品不同，纪实性的报告文学在刻画塑造人物的时候，只能选取现实人物的行为和生活细节来挖掘其内心的生活，表现其性格的特征，而不能把生活中未曾发生过的事件和行为加之于人物身上。如果这样做了，那么，报告文学的纪实性特征也就相应丧失，作品也就成为小说而失去了报告文学赖以存在的理由，其对于现实社会生活的影响力也就大为削弱。读《天地男儿——南岭村纪事》，我感到作者在这些方面都是处理得很恰当的。作品中的主角当然是张伟基，作者选取他几十年来的一系列生活片段来展示他的追求、他的困惑、他的无奈、他的迷惘、他的奋斗、他的执着、他的精明和他的胸怀甚至他的一些缺点，这样现实中的张伟基就被活生生地移植到作品中，成为报告文学画廊里的鲜活的人物形象。其他的一大批人物，包括张伟基的同伴、亲人、上级领导、港商、打工者等，也大都显示出自己的特点、自己的面貌，读来生动感人，也很好地衬托了张伟基这一人物。或者说，正是他们的生动存在，张伟基的形象才更加显得真实可信。这种人物描写的辩证法，值得我们的报告文学作者们学习借鉴。

2001 年 7 月 5 日于深圳南山区教育局

在个性与心灵的全方位、深层次展示中实现艺术的突破

——略谈十集电视连续剧《徐海东大将》的艺术创新

在各类艺术创作中,突破就意味着创新。从某种意义上来说,突破是创新的同义语,创新是突破的因,突破是创新的果,突破必然是创新。但是,应该指出的是,艺术上的创新并不容易。往往有这种情况,创作者自己苦苦求索,力求创新,而且,也自以为实现了突破和创新,但实际的情况是回过头来看,仍然是在原地打圈圈。艺术这块领地实在是太神奇,它似乎具有一种神奇的、无比巨大的吸引力,把一切试图脱离它原有范围的任何努力都泯灭得干干净净,有时甚至不留一点痕迹。

假如这种说法还有些道理的话,那我们就有更加充足的理由来肯定电视连续剧《徐海东大将》。这是一种努力追求突破而又实现了这一追求的关注重大革命历史题材的影视剧创作,在以往一二十年的创作实践中,已经形成了一些固定的套路。大体上是:一、展示一个重大革命历史事件,以突出这一事件在国家民族发展历程中的巨大意义和作用。在作品中,革命领袖人物在革命进程中的旋天转地般的、叱咤风云、运筹于帷幄之内,决胜于千里之外的功绩较为充分地得到了展示,为观众塑造了光彩照人的需要仰视的领袖人物的个人形象或者是领袖人物的群像。在这类作品中,人物的形象系于事件的展示,而事件因人物的行为而显得波澜壮阔,使人有荡气回肠之感。但在这同时,也就很难对领袖人物的内心世界加以深入具体地展示和描述。这样,领袖人物给观众带来的就是一种敬佩、崇敬的感情。在美学上,这是一种崇高的、使人肃然起敬的美学特点。二、传记似的表现方式。重点是写领袖人物的成长过程,是一种从奴隶到将军的过程的形象展示。这类影视

作品以一位领袖人物作为作品的传主，当然也会有其他人物，但是其他人物的出现也都是为塑造传主服务的。他们或者是传主的同事、战友，或者是传主成长的关联人物、关键人物。他们的活动与行为，都是围绕传主的成长而展开的。这类影视作品也有战争的场面，但是从总体上说来，已没有第一类作品那种波澜壮阔的历史画面的展示，而是人物成长的必不可少的附着性场景。这类作品的美学特点因编创人员自身的美学追求而不同，也因为传主各自的情况而有异。在这类作品中，因为其传达史记性作品的特殊性所决定，为编创者提供了创造人物形象的较为广阔的艺术空间。但因为人物成长是一个较长的历史时期，人物的性格也是不断发展变化和丰富的，作者很难集中去展示人物的深层次的内心世界，去突出人物的最主要的性格特征。更有甚者，一旦把握不好，人物性格还可能被长篇的叙事性画面所消融。

在这种艺术和创作背景下，观众有理由要求在屏幕上看到个性鲜明、内心世界更为丰富、与广大观众能产生更大、更强烈共鸣的领袖人物形象，于是第三类创作模式就应运而生。电视连续剧《徐海东大将》就是这类作品中较为优秀的一部。也可以说，这是一部力图突破、力图创新而又取得突破创新的力作。这种突破、创新主要体现在以下几个方面：

在题材选择上，作者摈弃了绝大多数同类作品的选材方式。不是按传统的传记片的从奴隶到将军的叙事模式，而采用抉取徐海东大将一生中最为光彩照人的一个片段，即从 1932 年 6 月红四方面军仓促撤离鄂豫皖革命根据地至 1934 年红十五军团与中央红军会师陕北，举行直罗镇战役止这一段艰苦奋斗的革命历程，来塑造徐海东这一感人至深的英雄形象。众所周知，影视艺术是一种最为直观、最为形象的视觉艺术形式，而电视连续剧则是这种艺术形式中以形象化叙事性最为突出其特点的。一般地说，具有生死存亡般的巨大意义。因此，观众的要求、欣赏心理和艺术口味就不能不成为编创者必须考虑的首要因素。从这几个方面来考虑，《徐海东大将》在选材上，避免了领袖人物电视剧的传统的、按部就班的、从生到死的叙事模式，截取这段历史作为人物活动的舞台，既有激动人心的艰苦卓绝的战争故事，又便于集中笔力来展示人物的丰富多彩的性格和深层次的内心情怀，大大拓展了电视连续剧人物塑造的空间，又适应和调动了观众的欣赏热情，为革命历史题材电视连续剧的创作和发展提供了可贵的经验和有益的借鉴。

在人物塑造方面,也积累了宝贵的经验。主要是[1]把人物推向绝境中去,在人物剧烈的内心冲突与煎熬中升华人物的精神境界,“七里坪之战”是整部作品中最为集中的刻画人物性格的一场戏。当时,在左倾机会主义领导的挟持下,在敌强我弱,我军饥寒不堪的极端艰难的形势下,红军竟被迫去与数倍于我的敌人决战,围攻七里坪,试图造成重大政治影响,扩大红军的声威。这当然无异于拿鸡蛋碰石头,但是左倾领导却不顾现实条件与主观愿望之间的巨大反差,迫令红军去硬拼硬碰,还对提出不同意见的同志无端怀疑、残酷打击,以所谓“第三党”“反革命”等罪名加以杀害。徐海东是坚决反对进行七里坪之战而极力主张撤围的,因而被列为审查对象,甚至列入秘密处决名单。在这种内外交迫的险恶境遇里,在外有强敌、内遭怀疑的背景下,在这种生与死的考验下,他的心灵遭受到炼狱般的煎熬,或者是生,那就只有一条路:逃跑,脱离革命队伍,这在当时并非没有先例,但这不符合这条硬汉子的性格;或者是死,死于左倾领导的刀下,或者死于与敌人的拼杀之中。徐海东选择了后者。在敌人围攻七里坪的危险关头,他怀着必死的决心与勇气,脱光衣服,一手挥刀,一手持枪,赤膊上阵,在敌群之中往来拼杀,试图以阵前的壮烈牺牲来免去屈死的命运。但竟然是吉人天相,杀退敌人,全身而归,彻底解除了对他的怀疑。在这一场次中,他对革命的赤胆忠心,他的勇敢无畏得到了充分表现,他的独特形象就由此得到了浓墨重彩般的展示。一个顶天立地的英勇赤诚汉子的形象就由此崛起于观众心中。[2]在情感世界的开掘中展示人物的情怀。无情未必真豪杰。以艺术的方式来展示人的情怀和内心世界,在今天早已是文学艺术界普遍接受和认同的事情。革命英雄、领袖人物也同样具有普通人的共有的情怀,这本来是一个不成问题的问题,但是这类作品中,要放手去表现他们的情感世界,却要受到许多现实因素的制约而变得敏感和困难起来,有时甚至成为一种人为的禁区。而正是在这一方面,《徐海东大将》的成功创作,为我们提供了可贵的启迪。编创者以较多的笔力和画面去刻画人物的爱情、战友情、与人民群众的深厚的阶级情谊。有时用笔含蓄,比如与周少南的恋情;有时浓墨重彩,比如悲悼吴焕先一场戏;有时慷慨激昂,比如当得知转移掉队的群众被敌人残杀的时候;有时又悲壮愤激,比如在收到罗光的审干表知道自己已被怀疑,随时都可能被杀害的时候,他的种种非常人所能完全体会的感情就被淋漓尽致渲染出来，从而深深地打动观众的心。他的喜、怒、哀、乐就引起观众的强烈共鸣，他的形象也就更加清晰、更加丰富因而也就更具光彩。[3]在对人物率真个性的真实展示中去强化人物的形象。在现实生活中，徐海东大将是一个至情至性的人，一个一根肠子通到底的人。他直率敢言、胸怀宽广，从不计较自己个人的得失。这个个性品格也在电视剧中得到了充分的表现。他四让军长，甘当下级或者助手；在红军处在生死存亡的关键时刻，他慷慨陈词，不顾自身安危；他敢哭敢笑，敢怒敢骂，尤其是电视剧中几次刻画他的哭，这在以前同类题材的作品中是没有先例的，但却非常成功地把他的可敬可爱的形象凸显在观众的面前，使徐海东这一艺术形象得以十分鲜明、生动、不落俗套地走进观众的心灵。

在表现手法上，也有一定程度的新尝试。比如，高速镜头、慢镜头的较多使用，使观众的视觉得到调整，同时，也使作品的发展节奏有张有弛，以与作品内在的发展节律相协调，给观众留下了更为广阔的思考余地。再比如，抒情性场景和形象的使用，也给观众以十分新颖的印象——在哭祭吴焕先的场景中，就使用幻化的方式来展示徐海东与吴焕先的血肉相连般的战友情谊。在视觉上，采用电影艺术的表现手法，以让牺牲者复生，两人直接对话的方式，把他们之间的友情推向了一个新的高度。本来电影和电视连续剧在表现方式上具有相同的特点，但由于二者所面对的观众群体有所不同，篇幅也有很大的区别，这就对二者的创作提出了各自不同的要求。《徐海东大将》的创作既注意到这种差别，又注意汲取电影艺术的表现手段，来扩充、丰富电视连续剧的表现方式，取得比较令人满意的艺术效果。这对今后同类题材的电视连续剧的创作，无疑具有借鉴和启迪的意义。

创新和突破对于艺术创作来说，是一个永恒的主题，是艺术创作者内心永恒的追求。我们相信，对于《徐海东大将》的编创者来说，一定会在艺术创作道路上不懈地探索，突破创新，取得新的成果，把更加精美的艺术珍品奉献给广大观众。

1999 年 7 月于南山

痛怀往事忆斯人

——怀念张友高贤弟

友高贤弟方当壮年，罹患不治之疾，以五旬之壮龄，抛妻别子，不幸离世，思之令人心酸、心痛不已。其家人拟编辑追思文录，嘱我写些文字，我也正有此意。故人远逝，我心伤悲；长歌当哭，聊以寄怀。只是回忆往事，哀思不绝，然而思绪茫茫，竟然无从下笔。延宕数日，终于决定，就从与他相识说起吧。

一

我与友高相识，大约是1997年的春天。那时，我在南山区教育局教科中心办公室工作，友高刚刚从武汉来到深圳，在市教育局所属的《特区教育》杂志工作。适逢南山区教育局参加全省教育强区的评估，按照惯例，对于这样关乎全区和南山教育的大事，在评估之前，应该开展一次比较有声势的宣传活动，以使社会对于南山教育有个比较全面的了解，有可能还有影响评委专家们观点看法的一些不便公开说明的用意吧。虽然那时我也来南山不久，但因为一来就负责南山教育的宣传工作，对南山教育的改革发展也有了较为全面的了解，教育局就把这次的宣传任务交给我来负责了。为了保证宣传效果，更好整合资源，区政府还派了一位负责宣传工作的科长来进行统筹。这样，我们商量请了省、市电视台来做专题报道，请省和市里各家报纸的记者来写文字报道稿，还请了《中国教育报》基础教育部的一位负责人来南山。这当中，就请了《特区教育》的记者，杂志很重视，就派了张友高这位年轻的老编辑、老记者来参与这项工作了。

考虑到省、市记者们对于深圳、南山还是比较熟悉的，而北京来的记者需要更多的协助，还因为《中国教育报》在全国教育界的无可替代的权威性和影响力，我们商量，在所有记者们都得到应该掌握的信息后，重点协助《中国教育报》记者。我们确定要写一个系列三篇报道，每人分工负责写出一篇初稿提供给记者修改参考。我写的那篇就是《改革，教育现代化的动力》，友高和区政府科长写的题目现在已经记不清了，反正是三篇报道都在评估前出版的《中国教育报》刊出，产生了较大影响。后来，友高还告诉我说，其实后两篇都是他完成的，区里的科长因为忙于其他事务，就把写稿的事情委托给友高了，他们都来自湖北，有着同乡之谊，因此友高也就欣然接受了。有点遗憾的是，广东省开展的首次教育强区的评估，因为省教育厅长易人而中止，直到2002年，省里才重新启动这项工作，当然，深圳南山区和同时参评的佛山南海县也顺理成章地得到了广东省第一批教育强区的光荣称号。我们那时的努力和付出总算有了一个虽然迟到但也还令人满意的结果。

二

这就是我和友高的第一次合作。经过几天的共同工作，几个人的性格和个人情况都有了相互的了解。我知道，那时，他已经完成了电视剧《徐海东大将》的脚本，并且电视剧也已经拍摄完成。我对他的初步印象是，他是一个很有才华、很有事业心的人，很直率、很讲义气，可以说是一个任劳任怨、能够为朋友两肋插刀的人。这给我留下很深刻的印象，这个印象在以后的交往中不断得到强化，也就奠定了继续交往的情感基础。

这以后不久，友高就担任了《特区教育》的常务副主编，负责杂志的日常事务，还要负责杂志的发行，我因为管南山教育宣传的原因，要兼顾这个杂志的发行，遂多次参加《特区教育》组织的活动。在这期间，我感受到了友高强烈的事业心和开拓精神。不仅杂志办得有声有色，分成了理论和针对中学、小学各个不同阶段学生的读物，在深圳教育界赢得了很好的声誉，发行也是风生水起，据说发行量已达数十万份。对于一个教育类杂志而言，这可是一个了不起的成绩，因此在国内教育类刊物群中也具有很大的影响力。在这中间，友高的努力和贡献是巨大的。现在这个杂志还在，但是已不复当年的声威了。那个阶段的《特区教育》实际上已经成为教育界人士向往的一个传说了。

三

这以后，因为《特区教育》人事变化，友高到深圳大学工作了一个时期。这个时期与他的见面少了，对他的工作情况也知道的不多。只知道他在党办工作，他的才华得到当时深大党委书记的器重，而写作仍然不辍，写的就是《中原突围》的电视剧本。记得很多个夜晚，甚至是半夜 12 点之后，还接到他的电话，告诉我他写到什么地方了，遇到什么问题，和我商量应该怎样写，怎样处理人物关系等。我往往在迷迷糊糊之际应答几句，说说我的未必有用的意见，但第二天就记不得说了什么了，只知道这个工作狂肯定又熬了一个通宵。

还记得，这期间他做编剧的电视剧《徐海东大将》播出了，友高还让我写了一个剧评，题目叫《在个性与心灵的全方位、深层次展示中实现艺术的突破》，他拿去在《深圳商报》上发表了。

2002 年我从教科中心到南山教育局工作后，友高也调到南山教育局教科中心工作，接手了《南山教育》的编辑工作，也为南山教育做一些宣传、策划工作。这些工作他都做得很认真、很出色。同时，他的《中原突围》也拍摄完成，在中央电视台黄金时段播出。他还以南山教育改革为题材写出小说《霹雳彩虹》，也拍成了电视剧。在深圳经济特区成立 25 周年前夕，他完成了长篇小说《深圳大道》，由花城出版社出版后引起了较大反响，在北京由中国作家协会出面召开了座谈会，与会专家们发表了高度赞赏的意见。我也参加了这次座谈，谈了个人的一些意见。这些意见以《为改革开放立传，为深圳特区画魂》为题，在《光明日报》《中国信息报》和中国作家网上刊出，算是为这部为深圳特区25周年献礼的作品出了一份力，也是对友高的一种支持。

四

2007年5月，我奉调离开南山教育局，也和友高分开了。但是时常能得到友高的电话，他也有时到学校来看我，说说局里的情况，有时也发发议论。但说实在话，我对于这些并不怎么关心，而且我也很少回南山教育局去。不是对于南山教育局没感情，对友人、同事们没感情。我在南山教育局工作13年，正当壮年的好时光都奉献在那里了，人非草木，岂能无情！只是我觉得，在原单位有一定职务的人，既然已经离开那个单位，经常往原单位跑，对原单位的当下事务发议论，指手画脚，是很不应该的。经常回去会对现在的当事者形成自己都可能不觉得的干预，也给原来的同事造成麻烦和烦恼。我历来认为，离开一个单位后，不宜对于原单位当下的事务考虑太多，何论还要去干预了！中国有句古话叫"人走茶凉"，听着未必使人高兴，其实说的也是一种常态，我们应该适应这种常态。人走了，不仅茶必然凉，而且还必然要把杯子收起来。当然你去了，有一杯热茶喝也是一种礼数、一种尊重，这也就够了。

当然，友高也时常说起他的那些宏伟的写作计划，有时还让我对他写的歌词提出意见建议。我确实惊异于他的旺盛的创作力，他的不懈的对于文学事业的追求。直到有一天，他的太太李枝芳打来电话，我才知道友高病了，住在广州的南方医院，做了手术，情况还好。我到广州去看他，按照小李的嘱托，让友高安心养病，停止写作，少见客人，以保养身体为首务。但是，后来知道，友高并未真正停止写作，躺在病床上写了关注农民工的作品《春天里》，等等；不仅如此，他还不停地为朋友的事情操劳、操心。为了深圳人民医院一位医生的住房问题，他带着那位医生来我办公室介绍情况；听说还为朋友的办学问题到杭州、上海奔波，出主意、想办法、写材料。

友高啊！真是累倒的啊！想起来，真是叫人又气又恨又痛啊！你怎么不想想，你一个人走了，你遗下的年轻的妻子、你的还未成年的可爱的孩子们，他们该怎么办啊！

五

友高走了！带着无尽的遗憾和牵挂永远地离开了我们！家人呼天抢地，朋友扼腕痛惜！今天，在我写这篇怀念他的文字的时候，我的心真的很痛啊！我在想，在友高生病的这段不短的时间里，我，究竟为他做了些什么？是的，我是几次去看望过他，也为他介绍过医生，安排过一些就医的事务，发动过一些不算成功的捐助，但是在他临终前的几天，为什么就不能抽出一些时间再去多看看他呢？是人到老年，经历过亲人辞世的苦痛，见惯了友人的离世而变得麻木？还是不愿意面对即将离开这个世界的朋友的绝望、无奈、无助的神情？在友高远行前，我们竟然缘悭一面，在他的灵前做最后告别的时候，想到他临终前一天还打来电话，说到一位朋友来看他的事，那是想做最后的告别吗？我竟然还觉得他不会走，他的声音是那么清晰、有力，不像是即将不起的人呀！说到底，还是关心不够，重视不够啊！真是愧疚于心，难以言表啊！

斯人已远，精魂永存！作为友高的朋友，我们唯有永远地怀念他，也真诚地希望友高的家人能够节哀顺变，坚强起来，面对现实，走向未来。毕竟，生老病死，人之常态，人人都要面对。逝者已矣！陶渊明诗中说："亲戚或余悲，他人亦已歌，"人生如此，夫复何言！

愿逝者安息，生者节哀！扶老携幼，面向未来！子女长成，各自成才。承业继志，用报斯怀！

友高走好！

2014 年 9 月 29 日

第二篇

中国历史文化漫谈

中国历史文化是一个很大的题目。中国历史文化源远流长，我们中华民族在几千年的历史当中创造了非常悠久的文化，光辉灿烂，举世闻名，是世界上唯一未曾中断的文化，这是我们的宝贵财富。作为中华民族的子孙，我们有理由为此骄傲、自豪。光骄傲、自豪还不够，我们还要通过对于历史文化的学习来了解我们中华民族是怎样走过来的，来了解我们中华民族怎样形成的，又要向何处去。对于我们今天提升我们自己的精神，振奋我们自己的文化自信，意义也是非常重大的。尤其是当今时代，大家都知道，前些年我们这个社会，可以说拜金主义盛行，我们整个社会的道德失范了，在这种情况之下来学习和继承我们优秀的历史文化传统，意义就变得更加重大和迫切。我乐意讲这个课的原因也在这个地方。

下面，我们从四个方面来谈中国历史文化。

一、关于中国人种的起源和民族形成发展的问题。

二、中华历史文化基本概念。

三、中华历史文化的核心内涵与特点。

四、今天如何来继承和发扬优秀的中华文化。

任何一种文化都是一代代人在创造历史中形成的，中华历史文化也是这样。而且我们还要继续使它延续下去，今天的中国人和古代的中国人所处的环境是完全不同的，我们要考虑今天怎样继承、弘扬我们中国的历史文化。这也是我们讲这个问题的目的。

第一个大问题，关于中国人种的起源问题和民族形成发展的问题。

我这里大体上把这个问题梳理了一下。讲中国人种的起源必然涉及世界人种的起源问题。我们现有的理论，马克思、恩格斯他们也讲过，是劳动创造了人，是某个地方的猿猴从树上下来，慢慢地通过劳动变成了人。但是，人是从哪个地方起源的？严格地说，我不知道。有学者们说他们知道。达尔文说他知道。他说在哪儿呢？他说非洲是人类的摇篮，你想这个摇篮里面装的是婴儿，摇篮在非洲，那就是人类起源的地方。

2006 年三联书店出版过美国人史蒂夫·奥尔森写的一本书——《人类基因的历史地图》。以前达尔文他们讲人类是从猴子变来的，是从非洲起源的，在西方基本上这样说，但是他们当时主要是根据 19 世纪，20 世纪以来发现的那些化石来说的。当然今天也有说法，说那些化石是伪造的，还有网上说美国有 500 名科学家联名批判达尔文的进化论等，这些说法尚未成为共识。《人类基因的历史地图》这本书是用现代的基因理论来证明的。说人类起源于非洲，大致的意思就是说人类在非洲起源以后，经过漫长的历史年代，从非洲沿着海岸，先到了澳大利亚然后再到东南亚，然后再进入中国，另外一个方面向欧洲发展。他们是这样认为的。

史蒂夫·奥尔森根据基因的变化，根据现在的基因理论，说人类有 23 对基因，每一个基因当中有个线粒体，而这个线粒体是母系传下来的，所以从现在的人类如果一代一代往前面追溯，追溯到几百万年以前的话，我们的人就少了，就能追溯到一个老祖母的身上，50 个、100 个老字后面的老祖母。24 个夏娃，再往前追就追到老祖母那里。

也就是说，我们今天的人类其实就是起源于非洲的那一位老祖母，我们都是人类大家庭的成员。这是西方学者的说法，建议大家看一下。我认真读这本书的时候，好像也觉得挺有道理，但是我们中国的学者，根据近一百多年来我们在中国各个地方发现的古猿和古人类的化石，提出了一个人类起源的多元理论。我国的苏秉琦先生是非常大的权威，他也是这个观点。说是人类起源地是“满天星斗”，这里面也有化石的依据，在云南的禄丰发现了 400 万年以前的古猿类，发现了 170 万年左右的禄丰猿人的骨骼，这以后又有北京人，有郧阳人，有和县人，等等。整体上来讲人类起源是多元的。而且在我们中国，尤其是中国的华南地区，也很可能是人类的起源地之一。2017 年 3 月 13 日《光明日报》介绍过在河南许昌发现的 12 万年前左右的 40 多个人的化石。12 万以前在河南许昌这个地方就有人类的活动，而这个人的骨头也有欧洲人的特征。为什么有欧洲人的特征？学者们推断这可能是由于气候的变化，我们这里的人到欧洲去，遇到了欧洲的尼安德特人，然后和尼安德特人谈了恋爱，出现了融合杂交，所以遗留下他们的特征。我们这里的气候恶劣了以后就往北走，然后进入非洲、欧洲等地，又过了若干地质年代他们又从南边再次迁移到中原的地方上，大概就是这么一个说法。

在湖南道县福岩洞，去年有好几个国家专家参与的考察，也发现了古人类的骨头化石，还发现了稻谷的遗存和稻谷被烧掉以后的谷壳灰。所以可以这样说，在我们这一片土地上生存下来的人类，他们很早就开始进入了农耕时代，脱离了采集的生活方式，脱离了打鱼、打猎这种方式，可以自主地种植稻谷。传说中这也是我们先民的发现，我们的传说当中是神农、是后稷发展了农业。

这些证据也都摆在那儿了，世界也认可了。我们在浙江的良渚还发现了人工水坝，资料说这个水坝还早于大禹治水之前1000年，这是现在最新的年代测定技术，碳14技术测定出来的。那就说明在那个时期我们的生产力已经发展到一定的水平，我们的工程建造能力已经有了很大的提高。说明在中华大地上生活的中国人，那个时候就已经非常聪明了。

在历史的研究当中，我们把人类社会发展起源分成了三个大的段落——旧石器时代，新石器时代，文明时代。这个划分大体上是，在距今300万年到10 000年期间叫旧石器时代，新石器时代大概是距今10 000年到4000年，就是距今4000年的那个时代算新石器时代。这以后就进入有文字的文明时代。

说到石器时代的时候，我就想到我们伟大的领袖毛泽东同志，他曾经填过一首词，他在1964年读历史的时候写了一首词叫《贺新郎·读史》："人猿相揖别，只几个石头磨过，小儿时节。"就是人类的幼年时期就是新旧石器时代，我们把石头拿来做成工具，这是人类的幼年时代。"铜铁炉中翻火焰，为问何时猜得？不过几千寒热。人世难逢开口笑，上疆场彼此弯弓月。流遍了，郊原血"，毛主席上片是这样写的，就是说的人类在早期时代的形成和发展。文明史的时间其实是不长的，"不过几千寒热"嘛。当然词讲求美，所以用"相揖别"。"揖"是什么？是作揖，是拱手为礼。人和猿分离了，猿猴从树上下来，直立行走参加劳动慢慢就成了人，还在树上待着的就继续是猿猴。然后"铜铁炉中翻火焰，为问何时猜得？"这是说殷商时期人类已经使用铜制工具,冶铜的技术提高了,可以做成武器来使用,可以做成礼器,祭祀来使用。毛主席后边又讲"一篇读罢头飞雪,"历史一篇读完了,头发都白了,"但记得斑斑点点,几行陈迹,五帝三黄神圣事,骗了无涯过客。有多少风流人物?盗跖庄蹻流誉后,更陈王奋起挥黄钺。歌未竟,东方白。""三皇五帝神圣事"就是指传说中所谓的禅让啊,什么的,和平交权,选贤与能,大同社会,等等,都是骗人的。历史是在战争中发展的,在被压迫者的反抗中前进的。大家可以在网上查一下。我觉得毛主席这一首词可以讲就是人类起源和发展的艺术化的概括和表达,我推荐给大家,大家可以去看一看。

人类在旧石器时代,打制石器,利用天然火。旧石器时代经过几百万年进入到新石器时代,新石器时代经过几千年进入了文明时代。文明时代是以文字作为标志的,象形文字在尼罗河出现,大约在公元前 3000 年左右,两河流域的楔形文字在公元前 3200 年左右,甲骨文是黄河流域的,我们的商朝,大约在 2400 年前,可以看到有文字出来以后我们人类的发展就突飞猛进了。

当然人类从猿到人的时候,因为自己可以驯养家畜,可以种植粮食,我们的生活大大地改变了,加上直立行走,手被解放了,可以用手做很多事情,手也就灵巧了,我们的大脑脑容量增加,我们就智慧了,生活质量大大提高了。

当然我们自己的传统史学还有自己的说法。关于我们中国的历史,我们自己也有一个说法。在西周的共和时代,召公和周公共同执政的那个时代之前,经历过几个时代,一个神话时代,神话时代究竟多少年,不知道,非常漫长。就是盘古开天地的时候,史书上讲盘古开天地,太初天地混沌如鸡蛋,盘古生其中,天地开辟,阳清为天,阴浊为地,天日高一丈,地日厚一丈,天每天往上面长一丈,地每天往下面涨厚一丈,如此经过了 18 000 年,天就极高地就极厚了。盘古也长得很大很大了,然后他就死了。死了以后他的脑子就变成了遍布我们中华大地的山岳,眼睛就变成了太阳和月亮。他身上的肥肉变成了大江大海,他的头发变成了树枝,他的眼泪也就流成了江河,他呼一口气变成了风,他发一个声音出来就是隆隆的雷声,他眼睛里面的瞳孔,看你一眼就像电光火石。他一高兴天气就晴了,他一不开心的时候天就阴了。这是盘古开天地的传说。当然西方信奉的是上帝造人的说法,那是没有科学依据的,是宗教的讲法。中国人是神话的讲法。从盘古开天地以后,又经历了天皇氏、地皇氏、人皇氏、有巢氏、燧人氏，还有女娲氏、神农氏，神话时代到神农氏结束。

然后进入了传说时代。在神话时代当中有两个传说是非常重要的，一个是有巢氏，我们人类以前是洞居穴处，当时人类没有房子，没有城市，不懂建房子，更不懂建城市，尽管人类从树上下来的时间已很长了。这个时候有巢氏就开始在树上搭建房子，从洞里出来，洞里当然相对安全，但是它比较潮湿，对人的身体非常有害，所以在树上搭建房子，住在树上。既安全又远离了潮湿的损害，人类的体质就更加健康了。

由于那个时代的人健康了，才有我们今天这些人坐在这儿。我想应该是这样的。燧人氏是发明燧石取火的人，燧就是火石，就是打火的石头。在 170 万年前禄丰猿人用火的痕迹已经非常明显，但是那是自然火，发现哪个地方起山火了，火种保留下来，为人所用，煮熟食。但是不方便，人类要迁徙，你不可能把火随身携带，跟着迁移，后来发现了燧石可以取火，钻木可以取火，这样就方便了，人走到哪儿，可以利用燧石取火，钻木取火了。这是人类智慧的发展。这个我觉得很重要，因为人类吃上了熟食，避免了吃得不舒服、不卫生，身体的发育加快了，脑容量增加了，就更加聪明起来了。人类吃上了熟食，对我们身体的健康，对我们大脑的发育是有重要意义的。

然后是伏羲氏，伏羲氏开始蓄养家畜家禽，又画出了八卦，可以预测吉凶；制订了婚丧嫁娶礼仪。我觉得这个也很重要。然后是女娲氏、神农氏，种粮食，做陶器，做刀斧。这时神话时代进入传说时代，经历了七个皇帝，轩辕氏等。这是传说时代。

还有半信史时代，就是周公和召公共同执政的时代。从半信史时代又到信史时代。信史时代始于公元前 841 年，周厉王那个时代，这以后就进入有文字记载的历史。

总体上讲，在传说时代，在神话时代我们的历史都不可考据，但是我们出土的有文物，历史文化遗存不断出土，有较多的出土资料，总有一天我们对于那些个时代的认识会更加全面深入。

到了炎黄时代，黄帝与炎帝哥俩联合灭了东方的蚩尤，当然不仅是两个人的联合，而是两个族属的联合。灭蚩尤也不仅仅是消灭了蚩尤这个人，而是消灭了这个以蚩尤为首的部落联盟，剩下属于蚩尤部落的人向南方败退，成了南方各族的祖先，如苗族、瑶族等。以后又是炎黄两族的战争，阪泉之战，炎黄两族融合了，力量更大了，不知经过多少代的继续融合，经过夏商周秦汉历代王朝长期的经营，中华民族同化了东夷、北狄、西戎、南蛮、瓯越等部落集团和部族之后，完成了华夏民族和其他各个民族的多样化融合，形成了我们今天的中华民族，56个民族，56朵花，都开在一个园地里面，这个园地万紫千红。这就是我们的历史脉络。

第二个大的方面，是关于中华历史文化基本概念。

下面说几个基本的概念：中国与中华；历史、文明与文化；人文与历史；文化与文明的关系。

中国与中华。在我们编的这本教材当中，我们所说的中国和中华是一个历史的概念，与我们今天所说的中华既具有不可分割的联系，也有较为明显的区别。在历史上，中国这个词产生的是比较早的，范文澜先生曾经说过中国这个名称早在西周的初年就已经用于称呼华夏民族所居住的地区，是一个地区的概念；孔夫子删定的《诗经》当中也使用了中国的概念。大家知道《诗经》是分风、雅、颂三个部分，雅又分大雅、小雅。大雅的《民劳》这一首诗当中讲"惠此中国、以绥四方"；"惠此中国，以为民逑"；"惠此中国，俾民忧泄"；"惠此中国，国无有残"，这里中国的概念出现了，但它是一个地域的概念，既有地域代称之意，也有民族之称的内涵。商务印书馆出版过王和先生的一本书，他就讲秦以后的观念，仍然是以华夏之国为中国。他引用唐代孔颖达为《左传》中"华夏"概念所作的注，说为什么叫华夏呢？中国有礼仪之大，所以称为夏，有服饰之美，谓之华。华夏就是指这个民族的穿着很文明很美很漂亮，可知中国与华夏是二而一的概念。两词合起来就是中华。其后不论是汉族建立中原王朝的时候，还是汉族人士为了反抗入主中原的异族统治者的时候，他们所使用的中国概念，就指的是汉族之国。比如，辛亥革命时期，有个口号叫"驱除鞑虏，恢复中华"，孙中山等人所使用的中国、中华的概念，就是指汉族，汉族的国家，汉族人。应该指出，以中国、中华指代民族汉族政权是一种历史的现象。我们今天再也不能说中国就指中原，就指汉族。中华民族就包含56个民族，56个民族所居住的领域、区域就是我们中国疆土的范围。

在历史上一些特殊的时期，有些少数民族政权，进入中原，入主中原，如元朝、清朝的皇帝，他们也把这个国家叫作中国，也自称中国。是因为他们对于我们中国汉族的历史文化有一份敬畏的心思，他们认为他们也是炎黄子孙，这当然有政治的用意，但是整体上讲，他们这种称呼符合我们今天政治的要求，所以也是可以接受的，而且我们还是很肯定的。

还有一组概念，历史、文化与文明。历史是指我们人类社会发生、发展的整个过程，并对这个过程做有系统的记录。历史这个概念实际上包含两个方面。

一是历史走过来的真实状况，但是我们后代的人不可能真正看到当时的那种生活，我们只能凭借当时人们通过系统记载的文字来想象、来复原当时的历史事实。当然这种呈现的历史事实不可能是100%的历史，可能抹掉了很多细节。我国有历史记录的传统，从周朝我们就有史官，春秋战国的时候还形成了非常好的真实地记录国君的言行举止这样的史官传统。从周厉王以后，我们的历史记载从来就没有间断过了，所以我们说中华历史文化是悠久的和这个也有关系。但是这种记载也是有选择的，不可能大事小事都记下来。

二是文化，文化是人类在社会历史发展过程中所创造的物质财富和精神财富的总和。什么叫文化，概念很多。有人说有180多种，也有一个统计说200多种，但是从《辞海》上面讲的话来看，它就是指人类所创造的一切物质财富和精神财富的总和，都叫文化。今天对古代物质财富的认识是通过当时人们的生活状态来体现的，考古中通过帝王、分封的诸王、大臣以及其他人的墓葬来观察、研究。在那时，人死后下葬的东西、墓葬的形制，是很讲究的，集中反映了那时上层人士的生活，集中反映了当时的生活状况，也集中反映了那时人们的观念形态和制度特点。我们现在考古发现，我们说良渚文化、红山文化，它其实就是指那个时候那些人们的生活状态，当然也体现那时的一些制度安排和精神观念。比如，身份地位不同的人丧葬规格是不同的，陪葬的物品也不同，有的陪葬多得不得了，如现在南昌出土的海昏侯的陪葬品。墓里面的一些壁画以及墓主人安放位置，也体现了文化观念。精神财富主要指文化产品、制度设计以及其中包含的思想意识，还有审美观念。比如古代的天人观念、等级制度、政府部门设置，还有行为规范、文学作品等。人类的一切生活本身也在体现文化，甚至也在发展文化、弘扬文化、继承文化。当然我们有一些行为也可能是在破坏文化,不一定是和我们传统优秀文化相符合的。

三是文明。文化、文明有时候重复使用、交替使用。文明主要是指文化成果当中的精华部分。当然我这个说法不一定准确,我们讲文明本身是和蒙昧相对应的一个概念,我们人类处在蒙昧状态的时候,我们就像小孩一样只知道吃,饿了就哭,但是不知道用语言完整表达。三四岁的时候还不懂事,但是一旦我们掌握了文字,进入了文明状态,我们就可以借助文字工具来思考,来交流,这个时候我们就文明了。文明其实指的是一种进步状态。当然这些概念大家可以做继续研究。文明和文化两者既是相互区别,又有相互联系,但是内涵各有侧重,内涵又各有重合。

第三个大问题,中华历史文化的核心内涵与特点。

这个要着重讲一讲,中华历史文化的核心内涵是什么,特点是什么。

中华历史文化的内涵极其丰富,我们这里给大家列举了几个。北京大学金开诚教授讲了几个观点,他说中华传统文化具有四个思想的核心,就是阴阳五行、天人合一、中和中庸、修身克己。著名学者张岂之先生在《中华人文精神》一书中说是人文化成、刚柔相济、究天人之际、厚德载物、和而不同、经世致用、生生不息。钱逊先生说中华文化的核心价值是义、群、和、礼、耻。欧阳中石先生是中国书法家协会的上一任主席,书法很好。他说中华文化的核心是仁、德、礼等。北大的教授、中央文史馆馆长袁行霈讲中华文化的内涵表现为人文精神、崇尚群体、中道平和、整体思维、自强不息。近年我国在山东搞了一次世界的儒学大会。那个大会基本上统一了认识,说天、道、人是中华文化的内核;德、礼、孝体现了中国人的精神风貌;多元性、秩序、公共性、软实力是时代的维度。这就是我们今天的认识。当然绝不止这些,还有很多说法。

刚才一位博士讲,正在完成中国社科院的课题,是关于中国古代法制的。我提醒他注意,著名的法家——管子,他的一本书就叫《管子》,开篇讲过一句话,礼义廉耻,国之四维,四维不张,国将灭亡。大家可以看,《管子》开篇就这样说的。我感觉非常奇怪,本来管子是著名的法家代表人物,按说他应该讲法,应该讲严刑峻法的,但是他讲德,礼义廉耻都是德的范畴,所以我们过去时代把法家和儒家截然分开,是不对的。时代的选择,时代的要求不同,有些时候要严刑峻法,有些时候要宽厚仁和,只是因为时代的需要不同罢了。像我们今天,如果不是贪污腐败现象这么严重，党中央为什么会坚定不移地反腐呢？没事儿会大规模地反腐吗？你需要用严厉的法律来治理一个国家的时候，法家的主张就大行其道，就是问题导向嘛。今天我们要维护社会秩序的时候，我们要提倡和谐社会，我们要有序的社会，也要讲法，同时我们还要求我们的道德品质提升，当官的要有官德，做老百姓的也要有民德。治国理政就是德法并用。著名文化学者、全国人大原副委员长许嘉璐先生还提出要以礼治国。其实，礼是德的重要内容，是德的外在表现。讲以德治国的时候，礼就包含其中了。

中华历史文化有什么特点？特点有很多，也有很多不同的说法。我选一家，复旦大学葛兆光先生的《中国思想史》中非常明确地讲了儒家的特点是：汉字的阅读和思维，家族制度，家国同构，还有就是三教合一的信仰世界、天下观念。

汉字的阅读和思维，是指通过汉字来进行思维，并且用汉字来阅读来书写来交流来思维。这个很重要，我这里有一个小本子——钱穆先生的《中国文学演讲录》，当中专门讲汉字对于我们中国文化保存和弘扬的作用。他说我们有了汉字的书写工具，在很远很远的地方，尽管我们的语音不同，我现在听广东白话我还是不明白，听客家话也不懂，听潮州话也不行，但是我们要是拿一篇文章出来，大家都能够懂得这个文章说的是什么意思。西方是拼音文字，我们是方块字。八九十年代的时候，有人说我们的方块字不行，电脑上用不了，现在方块字用于电脑当中也非常流畅。当时是我们没有认识到它的规律性，所以当年我们才说汉字不能用于电脑。20世纪50年代我们搞拼音化，现在看来拼音作为通用文字也不行，其实也没必要，而且我个人认为绝对行不通的。汉字阅读、思维对于传播中华文化具有十分重要的意义，也是中华文化的特征。

家族制度。我们整个国家统治制度的显著特点是家族，是宗法制度，是以家族制度为根基的。我不知道大家注意过没有，我这里有一个材料，我个人的感觉，我们这个民族的发源，是由一个一个的家族，一个一个的氏族联结起来的。比如说黄帝，他有24个儿子，给了12个姓氏，我们今天许多姓氏的后裔都是皇子皇孙，金枝玉叶。姓张的在黄帝时代是搞高科技的。那个时候的高科技就是造弓箭。你想一想弓箭的发明在人类的发展史上具有何等重要的作用。工具改良后，使用弓箭可以远距离打猎，射鸟，射猛虎，射杀一些猎物，一箭射过去，猎物伤不了人，人就把它干掉了,就相当于我们现在的导弹。在战争中、在保卫自己的安全中、在狩猎中,弓箭的发明是十分重要的,因为可以发挥远距离杀伤的优势,赢得胜利的可能性大大增加了。

中国上古时代有上古八姓,今天的人大都是这八个姓繁衍下来的。上古这八姓帝王的子孙后代有多少呢?最近有一个关于百家姓的统计,统计了现在全国的人口,姓张的不算最多的,在我们中国境内 2016 年全国第六次普查的人口,李姓占全中国汉族人口的 7.94%,一共是 9530 万人,这是第一个大姓;姓王的占全中国汉族人口的 7.41%,一共 8890 万人口;姓张的第三,占全国汉族人口的 7.07%,8480 万人;姓刘的 6460 万人,占全国汉族人口的 5.38%;姓陈的占全国汉族人口的 4.53%,5440 万人。占比多的十个姓占全中国人口的 42%以上,如果说百家姓前 30 名加起来,早就过半了。这十大姓都来源于上古帝王,这就是家族的繁衍。大家到山西洪洞县去看大槐树,那里石碑上刻着一棵家族树,表现的就是姓氏从开始最早的发源,延续、分枝下来,子孙蔓延到全国。家族制度的本质是血缘关系。没有血缘的,统治者可以通过赐姓来巩固服从关系。比如西夏,在唐朝时李家王朝赐姓为李,到宋朝时,赵家天子又赐其姓赵了。家族制度加上天人关系的五行学说形成的宗法制度使古代这个统治比较牢固。

还要注意,家族血缘为基础的政治制度,就是儒家学说的重要内容。儒家关于国家的看法就是家国同构。“国家”,“国”是一个放大了的家,“家”是一个缩小了的国,每个家都有一个家长,每个国家都有一个皇帝。整体上讲家国同构是中国的政治文化、统治文化当中一个非常突出的特点。

中国文化当中还有三教合一的信仰世界,三教指儒佛道。鲁迅先生讲过我们中国文化的根基就是道教,这是比较早的。下来是儒家,佛教在汉代进入中国以后,这三个方面互补,形成了我们中国人的信仰世界。不管你怎么样讲,你很难动摇中国人三教合一的信仰。最有趣的是中国的阴阳五行,我们讲五行当中的相互推演、相互影响这个是从天人合一的观念来的,具体是什么内涵,大家可以自己钻研。

天下观念。中国古代的世界观跟其他国家民族的不一样,我们中国人认为天的中心是北极,地的中心是洛阳。从统治的需要出发,认为地的中心在洛阳,由此出发构建出一"五服"的概念。离洛阳中心500里的地方，是皇帝的宗族分封到那里当国王，由皇帝信任的大臣在那里辅助治理。再从那里500里，就是离洛阳中心1000里又会分封一个什么人驻扎在这个地方，成为一个国家。最后到了我们广东这一块儿，我们就是荒服，离都城最远的地方，就是五服当中的荒服，最外层的圈子，就这样构成以洛阳为中心，向外辐射影响力的统治秩序。还规定不同的地方进贡的数量。广东在古代很长时期进贡相对少得多。西藏给清朝供奉的时候就是一件狐裘做的大衣。我们唐朝的时候，韶关供竹布大概十来匹，还有当地的一些特产，很少的。但是离皇帝越近，承担的责任就越大，皇城周边的钱也出得多，劳力也出得多，他就是建构了这样的一个朝贡制度，朝贡制度本身是体现一种等级秩序、义务承担的制度。统治秩序是这样来的，这是它的特点。

关于中华文化绵延不绝内在的动力，余秋雨提出了一个说法。中华历史文化和世界其他文明比较起来，它的历史比较长，但不是最长的。我这里有一个材料来说明这样一个问题，大概在3700年前的时候印度河流域建立了王朝，我们这里还处在神话时代，3600年以前苏美尔人建立了王朝，也使用了文字，我们也还在神话时代。到2800多年以前，苏美尔国灭亡的时候，我们的神话时代刚刚结束。所以中华历史文化不是最早的，但是其他那些文明基本都没了，只有我们的中华历史文化由于自身的特点一直没有断绝过。当然我们现在也有人说南宋以后中国就没了，其实不是这个概念，那个时候是汉人统治中国没有了，但后来又有一个明朝是汉族政权。这是一个很激愤的说法，不一定对，经不起学理的研究，我们中国的典籍，我们的文化精神还是一脉相承下来的。总体上讲它是长寿的，其他的埃及文明、苏美尔文明、克利特文明包括南美的一些文明都消亡了，只有中华文明延续不断，绵延不绝，余秋雨说这叫长寿，它很长寿。为什么长寿？他归结为八个方面——体量自觉、自守自安、力求统一、惯于有序、简易思维、以德为帜、中庸为轴、特殊门径。

体量自觉。地盘大，人多。地盘大，回旋余地就大，这没问题。人多有什么好处呢？人多有很大的好处，用今天的话说，人多市场大，内需拉动很有力。当年我来南山的时候60万人，我说南山如果有120万人，南山就发展起来了，因为人多是生活的安定、产业的发展，生活好，产业发展集聚人嘛。果然如此。在古代人多是一个民族能否生存下去的至关重要的因素。我们到了抗战时期，你看我们那些英雄人物被日本鬼子抓住，他怎么说的，说中国人是杀不完的，当然这是从消极的方面说，我们中国人怎么老等着人家杀呢。南京大屠杀时日本人屠城 30 万，也没把中国人杀完。人多经得起杀。尤其在远古时代，一个民族的人太少了，这个民族就很容易被灭掉，所以我觉得体量自觉一是人多，二是认识到了自己多，认识到了多的好处，多的重大意义，所以体量自觉我觉得至关重要的是落在这儿。当然一个国家、一个民族，人口太多也是个问题，人多资源少，养不起呀，所以要搞计划生育。但是这些年又要放开二胎了，就是人又少了，劳动力不够了，人口红利没了。因此，人口的控制要适度，这是一个大问题，很复杂的问题。

自守自安。我们这个地方挺好的，不去惹人家，树敌少，在一般的情况下，人家也就很少来打我们，所以在文明时代这也说得过去。

力求统一。中国文化是力求统一的，中国政治统一也是非常重要的一个方面。凡是有点想分裂的苗头和趋向就把你灭掉。我们还有一整套的统治制度来维护统一。比如说台湾前些年要搞分裂，我们就搞个反分裂法，你要分裂我就揍你，台湾现在搞去中国化，把文化的根拔掉了，这是很危险的，我们是力求统一的。从现代中国来讲反对地方主义也很重要，古代就是防止藩镇势力坐大。历史学家总结唐朝灭亡的教训，藩镇割据是一个重要原因，就是他们要搞分裂，不听中央的。这当然是严重问题。从制度上来说，从制度安排上防止军阀割据，防止地方藩镇势力坐大，是力求统一的具体制度安排。还有维护统一、反对分裂的思想观念的贯彻，也非常重要。

惯于有序，我们中国人对于秩序的要求是非常强烈的。有序地生活就是一种安定和谐的生活，所以说无论从政治统治的角度来说，还是从各个方面来讲，中国人讲究秩序。国家各方面有序，是安定和谐、人民幸福的重要体现，也是重要保障。中国典籍非常多的是把社会生活当中秩序维护当成了一个非常重要的方面。孔夫子讲礼教，就是要大家都讲礼，践行礼的要求。人人践行这个要求，国家就安定，社会就和谐，人民就幸福了。

还有简易思维、以德为帜、中庸为轴、特殊门径。我们高举德的旗帜，强调德，强调礼。我们的思维是综合的思维、整体的思维，不搞那么复杂的逻辑思维。我们和西方人不同，中国古人不是逻辑思维，是综合思维，也是简易的思维。中庸为轴，我们强调中庸，就是不走极端，走极端容易走到反面。特殊门径讲的是科举制度。中国的科举制度历史悠久，从隋朝就开始了，一直到晚清开始实行新政时才废止。科举制度对于教育文化的促进是非常大的。当时从中央到地方各级政府都要办学，中央政府有国子监，地方有州学、府学、县学。你要想考科举进去当官，就得一层一层考上去，就得不断学习文化，而且都是学习儒家文化，儒家典籍。你要想改变自己的命运、家族的命运，那肯定要受教育、学文化，学习儒家整套东西，所以这一制度对教育的促进很大，对于文化的传承作用很大。

我个人觉得中华文化绵延不绝的内在动力还可以从其他方面考察。一方面，中华文化除了人的生生不息，科举教育，老一辈对下一辈的口耳相传，言传身教之外，物质载体至关重要。我国的史官制度，官方著书，二十五史就是这么来的，个人的著书立说。历朝历代都有翰林院、集贤馆、都有校书郎这些职务，在整理、保存古籍、传承文化方面，先秦时代有《尚书》《易经》《老子》《管子》《论语》《诗经》《荀子》《离骚》等，汉朝有《史记》《汉书》，魏晋南北朝时期有《文选》《世说新语》，唐朝有珠英学士著书立说、有唐诗，有《元和郡县志》，有一大批人对于以前时代的书籍的整理，宋朝有《文苑英华》《太平御览》《册府元龟》《太平广记》《武经七书》《元丰九域志》《乐府诗集》，明朝有《永乐大典》，清朝有《丛书集成》《四库全书》等大型丛书和地理著作，等等，作为历史文化的物质载体，也没有断绝过，做得非常到位。

第二，要考虑我们的生活环境，中国历史文化在长期的历史发展过程当中，在科技还没有这么发达的时候，这一片土地非常安全。我国的西北方是青藏高原，我们的西方是茫茫的流沙，我们的南方是大海，我们的正北方是大草原、高山。所以在这种情况下，生活在我们这个地方的人，这一片土地当中的人，生活比较安定，比较有安全感。在当时看来就非常不错了。所以就是由于这个生活环境，有大江大海、高山大川的阻隔，安全感很强。在这个大的范围内，纵横的河流，高耸的大山，又区划出不同的相对较小的区域环境。生活在各个区域当中的人又形成了不同的文化，而这种文化又是在一个大的地域单位当中，可以相互交流。大家知道深圳大学城里面出土过屋背岭文化，当时刚出土的时候深圳文研所的人去给商文化研究会的会长报告,说那里出现一个我们认为是商朝晚期的东西,就是人骨头胸口的位置有一个玉石做的矛头,就是玉石做的刺杀的矛头。一听汇报人家就笑了,说不可能。广东那个地方,不就是秦始皇平定岭南以后,才有中原人过去吗?怎么可能有商代的东西,后来把他们请来一看,他们惊讶了,认定为商代早期的东西。在岭南这样一个边缘的地方怎么会有商朝的中央王朝的东西,说明了它是有交流的。我们不要低估古代人走路的能力,他们交流的愿望是强烈的,走路的能力也还是比较强的。

制度载体,就是前面讲的家国同构的制度。还有我们从《周礼》的记载来看在尧舜时代开始分官吏治,它是设了六官,叫天官、地官、春官、夏官、秋官、冬官。六官的设置,每一段前面都有这么一段话,"惟王建国,辨方正位,体国经野、设官分职、以为民极,乃立天官冢宰,使帅其属而掌邦治,以佐王均邦国"。这说明一个问题,每一段的天官、地官,六官的职责分工前面都有这一段话,但是后边有两句话,就把官的位置是什么,你要管什么事儿,职责是什么,下面还有什么部属,每个职位指数是多少,规定得非常明白。春官宗伯部分讲,"惟王建国,辨方正位,体国经野,设官分职,以为民极。乃为春官宗伯,使帅其属而掌邦礼,以佐王和邦国。"他要帮助国君把其他周边的邦国搞得很和谐,因为我跟你以礼相待。地官是掌管农业、户籍的,夏官是掌管军事,是兵部的最高长官,秋官是司寇,是法官。冬官是搞建设的。我们的古人在很古老的时代,对于怎样治理一个国家,是有一整套十分完善的制度设计的。六官就是我国古代社会中国家六部的来源,延续了几千年。正是由于这些东西才使我们的文化能够不间断。

还要讲一点,就是迁徙。古人经常迁徙。有时是主动的,更多时候是被动的。人家杀来了,不迁徙行吗?当官的被贬了,不去也不行。但是在迁徙中,我们的文化被保留下来了,传播开来了,发扬光大了。如岭南这个地方,就是现在的广东、广西、海南,甚至还包括越南那些地方,自秦始皇时期对于岭南实行军事占领,也就是军事移民。是中原人首次大规模向岭南迁徙。大家可以到河源的龙川县老县城佗城镇看看,那是秦朝时期任嚣、尉佗进攻岭南、平定岭南后设立的龙川县所在地,由后来当南越王的赵佗当龙川县令。老县城里留下近百家祠堂,现在还有几十个。一看就知道姓什的家族是从中原什么地方来的。建祠堂就是不忘本,就是文化传承、传播。还有就是清代山东人的闯关东,山西人的走西口,唐朝河南固始人陈元光、王审知两次率领的移居闽南,明代沐英经营云贵,还有清朝初年的湖广填川,等等。广东人走得更远,是下南洋、到唐山(就是到美洲),历朝历代的移民,无论是官方组织的,还是民间自发的,都是成规模的人口迁徙,都有效地传播了中原文化、中国文化。

还有贬官现象也值得认真研究。被贬的官员去向不一,有到岭南的,有到东北的,有到新疆的,这些官员到了这些地方,都兴办教育,培养人才,传播文化。比如柳宗元到柳州,韩愈到潮州,苏东坡到惠州、海南,都是这样的。以致江山为之改姓。总的说,我国历史有几次庞大的人口迁徙,在文化的传承、传播中的作用和意义,值得高度重视,但是这一点现在还研究得很不够,应该引起注意。

第四个方面,今天我们如何继承和发扬优秀的中华文化。

这里讲几个方面的问题。就是要认识中华文化的局限性。我们前面都说好的,中华文化的特点,中华文化历史悠久源远流长,我们光辉灿烂,我们和世界文明比较起来没有断绝过,这都是好的优秀的,但是有没有问题?有没有不足?我看还是有的。

几千年的封建专制制度形成了一个根深蒂固的专制思想和制度,发展到后来,禁锢了自由的思想,限制了科学的发展,当然现在的科学发展这个问题值得琢磨,因为我们中国的科学技术其实在当时的世界比较起来,我们领先世界二千年,到了宋朝的时候发展到了光辉灿烂的时期,但是总体上讲,近代以来,由于专制制度发展到晚期,一切弊病和问题都显示出来,近现代科学技术在这一套制度的弊病之下被窒息了,这是事实。所以这是一个很大的局限。

由于我们社会几千年的封建制度,容易形成一个阶层的固化,家天下,所以官本位的思想就根深蒂固的。所以要想改变自己的地位,一是要通过科举考试进入官场。对于另外一些人,则是造反,当皇帝。项羽见到秦始皇的仪仗队伍,说“彼可取而代之”,刘邦说“大丈夫当如是也”,我们看历朝历代的农民起义,只要有点本钱了,都是要当皇帝的。陈胜、吴广如此,项羽、刘邦如此,汉朝的黄巾起义如此,一直到李自成、张献忠、太平天国,都是如此。没人想去改变制度,只是改朝换代,想到自己坐江山,追随的将士们享受荣华富贵。这就使我们的历史就是一部改朝换代的历史，每一次改朝换代，都带来人民巨大的痛苦，生产力的巨大破坏。

我们有点自我封闭，有时还是很严重的自我封闭。老子天下第一的观念，我们中国是天下中心，我们是天下第一，当年乾隆皇帝上谕跟英国人讲，我们中国地大物博，什么东西都有，不要你那些东西，我们还要赐给你很多东西。所以老子天下第一，这个老大观念，最后为了维护自己这个尊严，面子思想严重，尽管打败了，尽管要割地赔款，皇帝都说我不是赔款，不是割地，是我赏赐给你的。

还有故步自封、闭关锁国。不愿意也不能够睁开眼睛看世界，世界发展成什么样子了？不愿意看，不愿意知道。好像很有自信的样子。但是这种自信是盲目的，自以为了不起，天下第一的。在清朝的时候只有极少数的人，尤其具有典型代表意义的是李鸿章，李鸿章那个时候提出中国已经面临了“三千年未有之大变局”，中国三千年以来没有遇到过的崭新情况、崭新问题、崭新变化，为什么？就是因为人家的现代科学技术高速发展，西方已经进入了工业社会，我们还满足农业社会的田园牧歌，而且还觉得我们什么都比人家强，所以我们对人家也不去理解，不去了解、认识他们，当人家实力强过我们的时候，我们只有挨打了。但是李鸿章这样的人在当时是极少数，当时朝廷里，明白世界大势的人极少，绝大多数人都是抱残守缺的，认为中国文化是最好的。

我们处在 21 世纪，时代环境要求我们去掉这些历史文化中的毛病、问题。要继承和弘扬中华文化的优秀传统，又要扬弃落后的因素，放眼世界，汲取世界各民族的优秀文化营养。

怎样去弘扬？就是我们了解中华历史文化，弃其糟粕，发扬其中优秀的东西。因此建议大家读点经典。要继承，首先要了解。这个是从毛主席说的读点鲁迅，读点历史来的。至于什么是一点，一点是多少，我看是经典读得越多越好。你有余力，你就多读点，读点我们的经典，就我们同学们现在的情况来说，像《论语》《孟子》《庄子》都是可以读的。我们还有那么多优秀的东西。读点历史，读点诗词。中央电视台搞的综艺节目，搞诗词、成语大赛，很有意义，也是很有利的传播和继承发扬。腹有诗书气自华，无论从个人还是从国家还是从我们任何一个方面来讲，学习和发扬中华文化的优秀传统，继承中华文化的优秀传统，践行中华文化的优秀传统都有巨大好处的。因为文化是一个民族的根和魂，不学习、不继承，不知道自己从哪里来,就叫丧魂失魄,就失掉自己的精神家园,就会迷失方向。好的东西首先学习,然后要践行,践行就是实践。优秀文化的东西学习了,了解了,就要从中受到启迪,就要在自己的人生实践中,按照我们民族优秀文化的要求,去践行。要通过我们切身的体会,升华自己的精神境界,指导自己的人生实践。除了要以此为自豪之外,要按照优秀文化的要求去做,才能有真正的继承发展。如果只是满足于记诵,把这些东西作为装潢自己门面的饰物,让人家觉得你有文化,而不是深入自己的内心,按照其要求去做,也是不行的。更有甚者,说一套做一套,那就可能成为口诵圣贤之言,实行禽兽之事的伪君子,大奸大恶的人了,那就离开了我们提倡学习优秀传统文化的真正意义了。

2017 年 4 月 19 日

关于广东建设文化大省的思考

广东具有悠久的历史文化传统，广东文化是一种以岭南文化为底色的文化，也是以中原文化为主的不同地域文化背景的不断的移民文化累积起来的外源性多元文化。广东文化既是中华文化的重要组成部分，又是具有显著自身特色的地域性文化，它的特色优势是其他地区文化所不可能取代的。现就广东文化大省建设问题提出以下几点建议：

一、加强文化大省、文化强省建设，需要我们进一步加强对于广东历史文化的研究，发掘历史文化资源。历史是现实的一面镜子，只有真正认识我们的历史文化的优秀传统并从中汲取营养，我们才能谈得上认真继承和发扬的问题。研究历史不是一句空话和泛论，而是要抓住在广东历史文化发展进程中产生过重要作用和影响的事件、人物来进行深入的研究，从中找到对于我们今天的发展具有借鉴和指导意义的东西。从人物的方面来讲，广东本土产生过具有重要影响的政治、文化、文学、学术、经济、军事、科学等诸方面的人物，比如冼夫人、袁崇焕、洪秀全、康有为、梁启超、孙中山，等等，我们今天的研究和宣传还远远未达到应有的深度和广度。对于流寓广东的一些外地官员对于广东文化、文学所产生的影响和所做的贡献的研究也还需要进一步加大力度，比如，除了韩愈、苏东坡之外，我们对于李德裕、刘禹锡、寇准、苏辙、秦观、杨万里、汤显祖、翁方纲、李渔、袁枚、李调元等人就研究得甚少，但他们的文学创作，既是中华文化宝库中的重要组成部分，也是岭南文学的重要构成。他们在广东作官，对于广东的开发建设方面的建树也值得认真总结；至于他们的人格人品也对于广东历史文化精神的生成和强化，产生过相当巨大的影响。对于宗教人物的研究，比如惠能、利玛窦等的研究也要加强。在政治人物方面，如曾在广东为官或对于广东历史产生影响的人物比如陆贾、吴隐之、余靖、包拯、文天祥、张世杰、陆秀夫、翁方纲、林则徐、邓廷桢、阮元、张之洞、康有为、梁启超等等，对于他们的研究也需要加强。军事人物方面，袁崇焕，有广东三忠之称的陈子壮、陈邦彦、张家玉等人，关天培等等都有深入研究的必要。还有，即使是已经研究得比较多的历史人物，也有一个从新的视角来重新审视的问题。

对于历史事件的研究，要进一步重视对于移民现象的研究。从居民构成的状况来说，广东的人口是由不断的外来移民与本土居民不断融合而形成的。可以说，没有移民，就没有今天的广东。这个过程至今也还在继续。按照一般的看法，移民是最具有开拓创新冒险精神的群体，所以，研究历史上移民现象对于广东的开发、发展的影响，研究移民文化融入原有文化的规律和移民文化在广东文化的构建中的作用和方式，可以为我们今天建设文化大省提供一些可以借鉴的东西。

还要重视对于历史上的与海外联系、海外贸易的研究、商业文化的研究与海外移民的研究。仅就海外移民来说，现在的研究使我们看到，海外移民对于世界经济发展具有十分重要的作用。比如东南亚华侨，比如华工对于美国西部开发和加拿大的建设，产生的作用至关重要。应该注意的是，海外移民在古代和近代，主要是从广东澳门出去的。目前，在这个方面的研究尚不够深入，而对于华人在澳大利亚、新西兰等国家的移民（华工）状况的研究也不够深入系统。就我所知，早在18世纪，就有一批华人（广东顺德人）在新西兰北岛的皇后镇淘金，这个情况我们许多作这个方面研究的人尚未掌握。研究海外移民在所在国的发展，对于我们今天实施外向型发展战略具有重要借鉴意义。

此外，还要从多个方面、多种视角研究鸦片战争后广东社会的发展变化，研究鸦片战争对于中国社会心理的影响，研究广东重商文化的产生发展及其特点，等等。我一直认为，近代以来，广东文化体现了先进文化的特点，从洪秀全、康有为、梁启超、孙中山，到20世纪80年代市场经济文化，广东文化有四次北进的显著现象，一般地说，这四次文化的北进，主要是政治文化的北进。20世纪80年代以来兴起的广东商业文化在全国的影响，实质上是呼应着我国改革开放的政治要求而产生的文化现象，其政治文化的色彩也是十分鲜明的。对于这一点，我们的研究和宣传都是不够的。

二、研究广东历史文化要着眼于现实的广东文化精神或曰新世纪岭南文化精神的建设。研究岭南文化和广东历史文化，固然应该求真，研究其在历史上的本来面貌，但这是一种基础性的工作，当然也很重要，但我们应该明确，我们的历史文化研究也还是要着眼于为了今天我们构建新的岭南文化与文化精神提供历史的借鉴。任何历史的研究，实际上都不可能离开现实的影响和要求，也应该为现实的需要提供历史的经验教训，以作为我们今天的镜鉴。历史是已经过去了的现实，今天是未来的历史，未来是一种未经发生的历史，是必然会发生的历史。历史与现实有着千丝万缕的联系。我们研究历史，我们创造历史，我们就是未来的历史，我们在创造现实的过程中，也就参与了历史的创造，这样，我们也就在创造今天的同时，开启了未来历史之门。研究历史，不是为了回到过去的时代，而是为了更好地认识我们的今天，发展我们的未来。这应该成为我们今天研究广东历史文化的一种主导认识。比如，研究岭南文化中的外向开拓、强烈的冒险精神和敏感的经济意识，对于我们今天的改革开放，走向世界，建设全面的小康社会，就具有十分重要的意义和作用。这一点，相对于其他文化，如江浙文化、闽越文化和以上海为核心的海派文化而言，更有特点，更加突出。同时，随着时代的发展，岭南文化的经济意识之中，也带有一些先天的不足。这就是缺乏更加远大的目光，更加宏大的经济整体观念；地域文化观念比较强烈，忧患意识不强，吸纳和融汇其他文化的能力受到了影响；现代城市文明意识和高新技术创新原创意识还需要进一步强化；在制度创新政治文明建设方面后劲不足。

三、对于广东历史文化的研究，要组织和整合研究队伍。组织和整合广东历史文化研究队伍，现有的高校、社会科学院的研究人员、省和各地的地方志编写研究人员是一支重要的力量，但是缺乏整合和规划。要有一个整体的规划和具体的分工。各级领导应该充分重视这一工作，拿出经费，在人员上、政策上、组织上要有具体的保障措施。可以考虑加强地方志编撰委员会的力量，发挥高校、社科院专家的作用，还要提倡民间研究人员和研究机构的作用、党政宣传部门的作用。此外，大量的离退休大学、中学教师应该组织起来，纳入研究队伍的规划之中。就目前的情况，我们认为主要是队伍的建设、规划的制定和政策措施的保障。解决了这些问题，广东历史文化的研究，必将出现一种崭新的局面。

四、广东文化大省的建设，重在建设，重在实践，重在全省人民齐心协力的实践努力。在这种宏伟的实践努力中，各级党政部门的引导具有至关重要的作用。历史的事实证明，正如马克思所说，统治阶级的思想就是社会的统治思想。党和政府提倡什么，支持什么对于社会风气的形成具有极其重要的示范意义和推动作用。但这种提倡要有实际的措施，要有政策的保障，要有创新的举措，要有明确的分工。比如，教育部门可以编写广东文化的读本，纳入课程内容，作为地方教材在全省推行，加强学习型社区的建设；宣传文化部门广播影视机构可以加大对于广东历史文化名人和那些对于广东的开发发展做出重大贡献的任务的宣传介绍表彰力度；教育、文化、民政部门应该加强社区文化建设和社区群众性文化活动的引导等。还可以考虑设立文化发展基金，资助文化文学研究项目，保障文化建设项目的资金，推动各方面研究深入发展。只有引导全社会实实在在地参与，文化大省的建设才可能落到实处，产生明显的效果，而全社会的参与需要党和政府的有力的政策推进。没有具体的政策措施，没有脚踏实地、扎扎实实的实际行动，建设文化大省的口号就可能落空。此外，文化大省的建设切忌浮躁的心态，文化建设是一个长期的持续的历史进程，切忌划定硬性的任务指标。如果我们只是去追求表面上的轰轰烈烈，当然也可以造成一种声势一种氛围，但对于文化建设来说，是有害无益的。这个方面的情况，1958 年的新民歌运动的教训值得借鉴。

五、文化大省的建设要以提高全民素质为基础，以建设学习型书香社会、学习型社区和优化社区文化为载体。所以，要继续扩大高校招生，强化基础教育尤其是农村基础教育。大力推进珠江三角洲地区实施高中义务教育和高等教育大众化；在广大的农村地区实施全免费的义务教育，促进全民文化素质的大幅度提高；加快农村城市化和城镇化、工业化建设，促进社会全面发展、协调发展、可持续发展，大力推进教育信息化工程，为文化大省的建设奠定坚实的教育基础，培养学习型书香社会的忠诚实践者和参与者。我认为，全民素质的提高，必将有力地促进广东文化大省建设宏伟目标早日实现。

2004 年 2 月 3 日

李国文先生的一处笔误及由此引起的几点联想

李国文先生是我十分仰慕的作家。他的文学活动始于20世纪50年代,在20世纪80年代曾经以《花园街五号》获得茅盾文学奖,是我国当代具有重要影响的作家。而且在当代文学史上,也必然是无论谁都抹杀不了的大作家。进入21世纪以来,李国文先生笔耕不辍,写下了一系列产生过重要影响的散文,尤其是他的《中国文人的非正常死亡》一书,读来使人受到一种巨大的震撼,给人以启迪,给人以智慧,是一本不可不读的好书。还有就是近年来他在《光明日报》上发表的系列随笔,也因其洞达人情、知识丰富、妙趣横生、行文轻快而引人注目。因此,我是凡见到李国文先生的文章就必读的。

近日有幸读到了李先生发表在《光明日报》而又为《新华文摘》所转载的大作,名为《始终如一》。这是一篇立意很好的文章,但是由于行文有误,读起来就使人十分不舒服。本着求实求真的意思和免于贻误后人的考虑,本文不揣冒昧予以指出,想来李先生必当见谅的。

文章主要谈的是为人要做到"始终如一"之难,引用的是古代文人袁枚、郑燮、唐寅的印章的典故来加以说明。李先生交代过这段文字的依据是"偶读清人陆以湉《冷庐杂识》卷一《印章》条"。李先生的原文是:

> 偶读清人陆以湉《冷庐杂识》卷一《印章》条,提到了明、清3位文人的闲章,颇为别致。一为袁枚,不足四十岁就告别官场,刻"三十七岁致仕"印,表示出这位文人的风雅脱俗,不恋凡尘的清高。一为郑燮,刻"康熙秀才雍正举人乾隆进士"印,大概是对于科举应试,蹭蹬三朝的自嘲了。第三为郑板桥。

提到这位板桥先生,可谓闲章冠军。他辞官回扬州后,卖画鬻字为生,人称他的诗文书画为"三绝",推崇备至。虽然他的润笔费够高的,可买家还是舍得花钱,于是他的画品流传很多。他的闲章七七八八,有很多种,如"七品官耳",如"十年县令",如"风尘俗吏"等对仕宦生涯抱淡薄心态者;如"穿衣吃饭",如"私心有所不尽鄙陋"等不加遮掩,敢坦呈胸怀者。最令人喷饭者,因他崇拜明人徐文长,竟刻了一块"青藤先生门下走狗"的章。文人的潇洒、磊落、自在,都在他的这些闲章上表达出来。他还有一方长达10个字的闲章"恨不得填满了普天饥债",实在让我很感动,这和杜甫"安得广厦千万间"诗句,异曲同工;与他的另一首七绝:"衙斋卧听萧萧竹,疑是民间疾苦声,些小吾曹州县吏,一枝一叶总关情"一样,都可以看到他是一位时刻把老百姓生死安危、饥饱冷暖记在心上的文人。他在山东潍县做过地方官,颇有政声,后来因为灾荒,他请求放赈济民危困,多有亢直言行,为此得罪了上司,被免职回乡。回乡后照样清高耿直,不事权贵,"索我画偏不画,不索我画偏要画",从这个性格来看,郑板桥一生称得上"始终如一"这4个字了。

在《冷庐杂识》中,陆以湉还举了明人唐寅的例子,说他也有一枚经常使用的闲章,为"江南第一风流才子"。这8个字,倒也符合弹词说唱、故事传说中的唐伯虎。对历史上那个真实的唐解元来说,风流是真的,才子也不假,但"江南第一",就值得商榷了。明代全盛时期,在江南出类拔萃的文人中间,他还坐不到首席位置上,说是"吴中第一"或更贴切。不过,文人,又有几个不狂放,不自诩,不把话说得够满,甚至过头的呢?

唐寅一生,先是受科场案牵连,后又险几卷入宁王朱辰濠逆案之中,科场失意,仕进无门,倘不这样激扬文字,意气风发,做出一番不与世同的行径举止,岂不太窝囊了自己?他在《与文徵明书》中,说得清清楚楚:"岁月不久,人命飞霜,何能自戮尘中,屈身低眉以窃衣食,使朋友谓仆何?使后世谓唐生何?素自轻富贵犹飞毛,今而若此,是不信于朋友也。"所以,可以理解吃了这些苦头以后,他心志更加坚定地始终如一,不变不改,做他闲章上所说的"江南第一风流才子"了。然而,风流的唐伯虎,只不过是外在的表现形式。他写过一首诗,题曰《梦》:"二十年来别帝乡,夜来忽梦下科场,鸡虫得失心尤悸,笔砚飘零业已荒。自分已无三品科,若为空惹一番忙,钟声敲破邯郸景,依旧残灯照半床。”这首应该是晚年的作品,倒是他内心的真实写照了,透过他表象的形态上的超脱,对照他一生也未宁静过的仕进之心、魂牵梦萦的功名之想,他的这枚闲章,就有点心口不一,似是而非了。

这段话是有问题的。十分明显的是,郑燮就是郑板桥,以现在出版事业之繁荣,《清史稿》和郑板桥文集等作品早已出版,已经成为一般文化人的常识了,不需要翻书即可以确定的。李先生居然把郑燮、郑板桥视为两人来阐述,如果郑板桥先生地下有知,会是何等感想!这样的话,“所谓明、清3位文人”的说法就有问题了,既然两郑本为一人,那就三缺一,变成两位文人了。所幸的是后文又说“在《冷斋杂识》中,陆以湉还举了明人唐寅的例子。说他也有一枚经常使用的闲章,为‘江南第一才子’”。联系上文,“明、清3位文人,”如果按照李先生原来的算法,这三位是袁枚、郑燮、郑板桥的话,那就不符合“明、清”的限定了,因为这三人全是清人。如果硬要按照明、清3位文人来算,那就必须加上唐寅。但是如果算上唐寅,按照李先生的算法,又该是“明、清4位文人”。如此自相矛盾,不知李先生究竟是否自己明白:是明清3位文人还是4位文人?

问题还不止于此。陆以湉《冷庐杂识》不是什么僻书。我手中正好有中华书局《历代史料笔记丛刊》本、1997年第2次印刷的《冷庐杂识》,可以看看陆以湉先生的原文。该书9页“印章”条原文如下:

印章以切为佳。钱塘袁简斋太史枚之“三十七岁致仕”,萧山汪龙庄大令辉祖“双节母儿”,语最新确。他若兴化郑板桥大令燮之“康熙秀才雍正举人乾隆进士”,衍圣公孔庆镕之“九岁朝天子”,则自述其遭遇也。归安孙太史辰东之“其于人也,为寡发,为广颡,为多白眼,”则自道其形状也。钱塘陈云伯大令文述之“团扇诗人”,则以团扇诗受知于阮学使也。至如杨铁崖之“湖山风月福人之印”,唐六如之“江南第一风流才子”,魏叔子之“乾坤一布衣”,则尤显著于世,非此三人,要皆不能当也。

对照原文，可以看出，这段文字中涉及的人名共有九位，而不是李国文先生讲的三位，且原文中的杨铁崖应该算是跨于元明两代，所以，要讲比较准确的话，应该讲元明清三代九位文人才对。

李国文先生是当代文学大家，本不当由此失误的，但是，这种明显的失误为何又出现在大家的笔下呢？我想极有可能是由于李先生并未读过陆以湉《冷庐杂识》的原书，或者是原来读过，但是除了唐伯虎、郑板桥之外的几位，其他人都比较眼生，所以写文章时就懒得提他们。还有一种可能就是以前也读过这本书，但是写这篇文章时忘记了，也没有再去核对原书，以致出现了误人子弟之失。当然，究竟何种原因致误，恐怕只有李国文先生自己才能说得清楚了，但无论何种原因，出现这类失误，对于李先生来说，都是很不应该的。

这篇文章发表于著名的《光明日报》，又经在全国有着巨大影响的《新华文摘》加以转载，所以流传十分广泛。以一处十分明显的错误，而逃过了著名的一报一刊编辑、编审和总编们的法眼而招摇过市，糊弄世人，也是颇使人难以理解的。难道是报社和杂志都内部规定，凡是名人的文章，编辑们就不再审稿？如若没有这样的规定，那可能我们这样著名的报刊的编辑、编审和总编们就难辞其咎了。我们不知道是该为我们的编辑人员的文化素养担忧呢还是对于他们的失职感到愤慨?！就我个人而言，我情愿选择的是后者，不知诸君如何选择？

2007.6.12

（这篇文章写出之后一直没有发表。后来见到编辑在光明日报刊文说李先生本来没错，是编辑删错了，算是给读者一个交代了。但是又有多少读者能够看到呢？所以我仍然将这篇文章存在这里。）

美育与中学古典诗词教学

美育是素质教育的重要组成部分。在中学各科的教学中，利用教材中蕴含的美育资源，发掘其含蕴的美育因素对学生进行美的教育和熏陶，以陶冶学生的心灵，促使其在德、智、体、美诸方面发展，是中学教育的重要任务。本文拟就中学语文教学中美育与古典诗词教学的关系问题略陈己见，以期引起同行关注。

一、美育与古典诗词

所谓美育，指的是培养学生认识美、爱好美和创造美的能力的教育。对于它，可以分为几个层次来认识：①从目的来看，美育是要培养全面发展的、具有健全而高尚人格的人才。②从对象来看，美育的对象是学生，无论是小学生还是大学生，都是美育的对象。③从手段来看，美育主要是以生动形象的方式作用于对象的心灵，使其心灵受到陶冶。④美育既然作用于人的心理和情感世界，就必须有恰当的媒介。这个媒介本身应该是美的，只有找到了这个媒介，美育才能收到实效。⑤从实施的情况来看，美育是一个过程。从小学到大学，对象的情况在发生变化，因而实施美育的方式和途径都必然应有所变化。⑥从美育与德育、智育的关系来看，美育与人的道德思想教育有更为直接的联系。从本质上讲，这是一个美与善的关系问题。⑦还有一个美的标准问题，即什么是美的问题。社会美、艺术美、自然美都有各自的标准。综合以上的论述，我们似乎可以认为：美育的实质，就是以人类社会预成的美的图式，通过诸种手段，作用于美育对象的心理和情感，使之接受并按照这种图式去规范自身行为，改变和塑造自己的心灵。即是说，按照美的标准和规律去体验美、体现美和创造美。

按照这个认识去考察我国古代的诗歌，我们可以得出以下几个结论：①我国是一个诗的国度。几千年来，我国的诗人们创造了无以数计的优秀诗歌。这些诗歌作品是先辈们给我们留下的一笔异常丰厚的文化遗产，足以激发我们强烈的民族自豪感和爱国主义的精神。②古典诗歌的一代又一代的诗人们，从我们民族的语言特点出发，创造了辉煌灿烂的诗歌形式。他们的诗作是美的创造的产物，同时又是美的本身。学习这些优秀诗作，既可以学习继承前人丰富的、美的、艺术创造的经验，又可以得到美的享受和陶冶。③从我国深厚悠久的诗教传统来看，诗歌和道德紧密相关。古代有“诗言志”的说法。朱自清先生曾指出：“言志，非关修身，即关治国”，可见诗和政治与道德的关系。了解我国古代诗歌的这些情况，即可明白，古代诗歌对学生的美育来说，确实是一种十分合适的媒介。因此，顾振彪先生明确指出：“让学生读诗，是进行美育的一个重要途径。古典诗词对于增进学生的美的感受能力，培养学生的高尚的艺术趣味和健康的审美观念，起到重要的作用。”优秀的古典诗词，不仅能够告诉学生什么是真实的，什么是虚伪的，什么是好的，什么是坏的，同时也必然会告诉学生什么是美的，什么是丑的，从而提高学生的审美能力。

二、中学古典诗词美育资源略析

现行的中学语文教材，有统编版和义务教育版两种并行。此外，在一纲多本思想的指导下，各地都编写了一些教材。比较重要的有上海的H版和S版语文教材，浙江、江苏也有中学语文教材出版。根据笔者所掌握的材料，这些教材中出现的古代诗词共有180余首。这些作品，从时代论，起自《诗经》，下迄清代，整个中国古代社会各个重要历史时期均有作品入选。以诗人论，入选诗人近百人。这些作者，都曾在中国历史的各个领域、各个时期做出过重大贡献，产生过重大影响。从作品的风格来说，举凡中国诗歌史上重要的诗歌流派都有其代表性的作品入选，比如田园诗派、边塞诗派、婉约词派、豪放词派，等等。以诗词的体裁而言，诗、词、曲以及古代民歌，五、七言绝句，律诗，歌行，长调，小令等，无不齐备。从诗词的内容上看，抒发感情、关心民生、探寻哲理、怀乡思亲、爱国言志、模山范水、咏史怀古等，都有经典性作品入围。再加上教材中各诗的注释和有关的诗歌知识的介绍文字，可以说，虽然中学阶段这180余首诗词数量并不特别巨大，但也可以大致反映出中国诗歌发展的面貌和所取得的崇高成就。这些诗词蕴含着极为丰富的美育资源，注意发掘这些资源对学生进行美育，不仅可能而且可行。这些诗词中的美育因素主要有：

1.属于自然美的：歌颂祖国壮丽河山、秀美景物的，如贺知章《咏柳》，白居易《钱塘湖春行》，韦应物《滁州西涧》，及民歌《敕勒歌》，苏轼《饮湖上初晴后雨》，曾公亮《宿甘露寺僧舍》，等等。

2.属于社会美的，这方面又可分为几个细目：

（1）抒发爱国报国壮志的，比如岳飞《池州翠微亭》《小重山》《满江红》，辛弃疾《破阵子·为陈同甫赋壮语以寄》《永遇乐·京口北固亭怀古》，陆游《秋夜将晓出篱门迎凉有感》《十一月四日风雨大作》，文天祥《过零丁洋》，夏完淳《别云间》和秋瑾《对酒》，等等。

（2）表抒亲情友情的，这类诗词入选最多，如王维《九月九日忆山东兄弟》，高适《别董大》，李白《赠汪伦》《送友人》《送孟浩然之广陵》，王维《送元二使安西》，王勃《送杜少府之任蜀州》，孟浩然《过故人庄》，孟郊《游子吟》，等等。

（3）显露个人志向情怀的，如刘邦《大风歌》，项羽《垓下歌》，王之涣《登鹳雀楼》，苏轼《念奴娇·赤壁怀古》，张继《枫桥夜泊》，黄巢《题菊花》，辛弃疾《青玉案·元夕》，柳永《雨霖铃》，崔护《题都城南庄》等，以及乐府诗《孔雀东南飞》等，朱淑真《生查子》，于谦《石灰吟》，杜甫《旅夜书怀》，晏殊《浣溪沙》等。

（4）表现人生哲理的，如苏轼《题西林壁》，刘禹锡《乌衣巷》，常建《题破山寺禅院》等。

（5）描写生活情趣美的，如陶渊明《归田园居》，杜牧《山行》《清明》《饮酒》，欧阳修《丰乐亭游春》，陆游《小园》，杨万里《小池》，范成大《四时田园杂兴》，辛弃疾《西江月·明月别校惊鹊》等。

(6)表达对黑暗现实不满和对民生疾苦的关怀的,从《诗经》中选出的《伐檀》《硕鼠》,杜甫《兵车行》《茅屋为秋风所破歌》《石壕吏》,聂夷中《伤田家》,章碣《焚书坑》,及民歌《朝求升》《水浒》中录出的《民歌一首》《桓灵时童谣》等,郑燮《潍县署中画竹呈年伯大中丞括》等,王磐《朝天子·咏喇叭》,张养浩《山坡羊》等。

这几类诗歌在中学教材中入选较多,把握这些作品各异的美学特点,对学生进行思想、情感的陶冶、浸润,将会产生重大作用。

3.属于艺术美的。

入选的作品(包括民歌),都是从汗牛充栋的古典诗词的海洋里精选出来,思想、情感、哲理的美和艺术的美融为一体的。这里仅从艺术美的角度进行一点概括。

(1)意境美。意境是人的感情与人、事、景物的交融。在文学作品尤其诗词中,作者所写的人、事、景、物,都不再是单纯的物象,而是经过了作者审美标准的挑选、提炼和作者情感的投射、灌注,已经“人化”。因作者的感情的强度、表达方式的差异,形成的意境有很大的不同。我们读柳永词《雨霖铃》“寒蝉凄切,对长亭晚,骤雨初歇”和读苏东坡《念奴娇》“大江东去,浪淘尽,千古风流人物”的感受就有极大的差异,同是读辛弃疾的词,其《西江月》“明月别校惊鹊”和《破阵子·为陈同甫赋壮语以寄》“醉里挑灯看剑,梦回吹角连营”,也有清新和豪壮的不同感受。这些不同意境给人的美感的差异,源于不同作品激发读者不同的感情强度的差异,教师如能指导学生加以体会,对学生的美育必将起到十分有益的作用。

(2)语言美。这种美,首先是一种音韵的美。读古典诗词,我们常常为其流畅的音韵所打动。诗词中的音韵,或者流转自如,或者音节铿锵,或者深婉迭者,究其实际,是作者根据创作的需要,在韵脚、对仗、平仄方面作了精心巧妙安排,都与其内容紧密融汇,给人以美感。其次是遣词炼字的美。在诗词中,往往由于作者精选一个或一组动词,就能使作品的境界全出,成为千古名诗。同时,我们注意到,诗词中不同艺术美的表达,需要借助于不同的语言词汇。一般来说,豪放诗词表现的壮美,属于崇高美的范畴。这种美,需要选用表现巨大、高度、力度、激越、强劲的词汇来表现。试读“三万里河东入海,五千例山上摩天”,“八百里分麾下炙,五十弦翻塞外声”等，即可体会出这一点。而一些婉约、清新风格的诗词，则用表现小的、轻柔的词语来表现，如“茅檐低小，溪上青青草”“七八个星天外，两三点雨山前”“诗家清景在新春，绿柳才黄半未匀”“小荷才露尖尖角，早有蜻蜓立上头”，等等，不胜枚举。

（3）结构形式美。中国古典诗词的结构形式，可从内在结构和外部形式来考察。内在结构一般以事件线索的自然发展来结构全篇，大多是叙事诗或带有叙事性质的抒情诗，如《陌上桑》《石壕吏》《孔雀东南飞》《木兰辞》，等等。而以抒情绘景为特点的诗的结构，却较为复杂，要根据具体作品来具体分析。从外部形式来看，古典诗歌中的绝句、律诗，十分整齐，每句有固定字数，每首有固定的行数，而五古、歌行等的情况就有较大的差异，但就具体的一种体裁而言，也有相对固定的要求，显示一种参差变化的美；被称为长短句的词以及曲，虽各有特点，但同一词牌的作品，每句则有固定的字数要求。仍然从外观上给人以一种强烈的美感。综合起来，我们可以得出这样的结论，中学古典诗词蕴含着丰富的美育资源，这些资源的美的特点，也大致上体现了各类美的特点，因而，用以对学生进行美育是可能的例行的。

三、中学古典诗词教学中实施美育的途径及其方式初探

中学古典诗词的美育，一般有几个途径。

1.课堂教学。按照教材的要求，对古典诗词的教学要求不高，尤其在初中阶段，教师通常在课堂上不讲解，主要作为课外阅读。这样学生只依据课本上的注释粗知诗词的大意，其后读一读，背一背即可。这虽然也可能在学生心理上引起一点美感，但因为课本的注释太简略，学生对诗词内容的理解不可能深入，对其艺术特点与成就的把握也相应地不太深刻。因此，我们认为，在课堂教学中，还是应该充分利用课文中有关诗歌的知识短文和诗歌的注释、题解以及课后练习，对诗词课文

给予适当的讲解,并对学生进行诗词阅读欣赏方面的指导。

(1)要注意对诗人生平思想的较为全面的介绍,引导学生体会诗人创作时的特殊的情感状态,从而更准确深入地理解诗词的思想和情感内涵。比如,高三六册教材中选入苏东坡《念奴娇·赤壁怀古》一词,对其中的"人生如梦,一樽还酹江月"一句,几乎所有的教参都认为是"消极情绪",其实,只要全面了解苏东坡的遭遇和经历,就不难理解,词的这一句只不过是苏东坡在政治上遭到惨重打击后的一种正常的情绪反映。青年时代的苏东坡满怀远大抱负投身仕途,正当"雄姿英发""大显身手"之际,突然遭到"乌台诗案"的打击,连性命也都差点丢了,那种惊惶和恐惧,以及此后编管黄州,连签署公事的一点象征性权力也被剥夺,这种失落感是何等的强烈!他欲待振作,欲待奋发有为,但又何能振作奋发!回首青年时代的壮怀激烈和中年的落魄无奈,真如一场春梦,故有"人生如梦"一语,这种复杂的情怀,又怎能是一句"消极情绪"可以概括得了的。

(2)要注意对诗词特殊用语和特殊语法现象的准确解释。所谓特殊用语,一般指的是古诗词中使用的一些文言词汇,当时的一些词义今天已不再使用,如果"以今例古",按今天的词义去加以理解,就不能正确理解诗意。比如杜牧《山行》"停车坐爱枫林晚"中的"坐",意思是"因为",而不是今义的"坐下来";白居易《暮江吟》"可怜九月初三夜"的"怜"是"爱"的意思;而辛弃疾《破阵子·为陈同甫赋壮语以寄》"可怜白发生"中的"怜"却又用"可惜遗憾"之意,却不是今天的"可怜"之意。这种古今词义不同的情况,要在讲解中注意讲清楚。

(3)要深入理解诗词中的典故。古典诗词中用典用事是较为普遍的现象。比如刘禹锡《酬乐天扬州初逢席上见赠》"怀旧空吟闻笛赋,到乡翻似烂柯人",就用了两个典故。"怀旧"句用晋人向秀经过遇迫害而死的亡友嵇康的旧居,听见邻人吹笛,不胜悲叹,写下了一篇怀念友人的《思旧赋》来表达对友人的悲悼和怀念。"到乡"句用晋人王质典故,王质入山打柴见二童子下棋,便停下观看,棋局终了,王质发现手里的斧把(即"柯")已经烂掉,回到村里,才知道已过了一百年。用在诗中的典故已不仅仅是典故本身,而成为诗人抒情达意的工具。因此,理解典故就成为追寻诗人思想情感的一把钥匙。

应该明确,理解并不是美育,但却是美育的基础。只有感知的东西,才能理解它，而只有深刻地理解它，也才能更加深入地感知它的美，二者关系是相辅相成的。如果课内的教学能指导学生较为深入地理解诗歌作品，必能为美育打下牢固的基础。

2.课外美育。语文课诗词的教学虽然也能对学生进行美育，但毕竟课堂教学最主要的任务是传授和接受课本既定的知识。美育的任务，就不得不更多地依靠课堂外的活动。现在全国各地实行五天工作制，不少学校开设了有关素质教育的课程，这就为课堂外的美育提供了广阔的空间。在诗词的课外教学活动中，我们认为可以采用以下方式：

(1)加强对学生学习诗词和欣赏诗词的指导。可利用课外时间，比较系统地介绍诗词艺术的基础知识；介绍一些有关的书籍供学生阅读借鉴，指导学生欣赏古典诗词。目前，国内一些中学开设了“中国古诗鉴赏”及其近似课程，这是一种很好的美育形式，应该加以推广。

(2)应组织多种形式的朗诵会和朗诵竞赛，激发学生朗诵中国古代诗词的兴趣，并在朗诵活动中受到美的教育。古典诗词的音韵流畅，朗诵吟咏起来，更能使人体会其中蕴含的美，有人说，“书读万遍，其意自现”，读诗也是如此。

(3)可以考虑运用课前或课后的时间，开展每日一诗活动，让学生更多地接触多种风格的优秀古典诗词，积累美感和经验。还可以让学生根据自己的理解来讲解诗词作品，以激发其热爱古典诗词的兴趣。长此以往，学生的审美能力自会有所提高。

应该指出，无论课内还是课外的美育，都应根据学生接受美、欣赏美的心理过程来进行。要注意创设与诗词内容相适应的环境氛围，调动学生相同和近似的情感体验，以激发学生的情感，引起强烈的共鸣。此外，还要注意培养和调动学生的想象能力，帮助学生展开想象的羽翼，更好地接受和体验美，从而得到美的享受和陶冶。

1999 年 11 月 2 日于南山

当今旧体诗词创作之我见

毛泽东曾经说过:“旧诗一万年也打不倒”。[1]毛泽东说过很多正确的话、经典的话,也说过一些不那么正确的话,但是历史证明,他关于旧诗的这个论断是正确的。即使是经历了百年新文化运动和其他政治思潮的冲击,新诗成为诗歌创作的主流,旧体诗遭受先被视为封建文化的代表而被抛弃,后又被当作封、资、修黑货大规模批判的厄运,再又受到商品经济大潮的冲击,但旧体诗创作仍然以一种汹涌暗流的方式存在着,并且不时冲上浪尖峰顶,引起人们的关注,也似乎是在顽强地显示自己的存在,同时也是在向占据诗歌主阵地的新诗表达一种示威的姿态。当前,我们的国家正在建设文化强国,继承和发扬包括优秀传统诗歌在内的民族文化传统,已成为全国人民的共识,旧体诗的写作再次成为一种突出的文学创作现象,而且大有重占阵地、超越新诗的趋势,也似乎是在证明着毛泽东论断的正确性。

本人仅是一个旧体诗词的爱好者,本无资格谈论当今旧体诗词创作的相关问题。但是本着“愚者千虑,或有一得”的古训,仍拟不揣冒昧,说说一己之见。不当之处必然,敬请批评指正。

一、当今旧体诗词创作正在走向繁荣

我以为,当今旧体诗词创作,可能正在走向繁荣,尤其在经济发展到一定时期,国家大力提倡发展文化,继承发扬中华民族优秀文化传统,促进社会主义文化大发展大繁荣的今天，我们更有理由和信心提出这样的观点。这个意见，不仅仅是我个人的看法，中国作家协会副主席何建明在深圳就说过同样意思的话，胡迎建先生《民国旧体诗史稿》[2]也有此估计。与此相关联的事实是，旧体诗歌创作群体在不断地扩大，已经从少数人象牙之塔里的低吟浅唱走向了大众——或者说走向社会，旧体诗歌创作的人群已经或正在发生很有积极意义的变化。今年高考一个高中生以一首旧体诗赢得了阅卷教师的高度评价，证明旧体诗创作的作者已从高龄、老龄人群走向了低龄人群。当然高中生写旧体诗参加高考只是一种极个别的事例，但是却从一个新的角度启迪我们注意这个可能的创作群体，谁又能说若干年后，驰骋旧体诗词创作园地的不是他们呢?

也许还有一些事实能证明旧体诗词创作走向繁荣的事实，那就是旧体诗词的发表园地、传播媒介正在不断扩大自己的领地。现在大量旧体诗词得以出版，如2006年北京图书馆出版社就出版了一套由“类编中华诗词大系”编辑部策划编辑的《当代名家诗词集》第一辑九种，计有赵朴初《无尽意斋诗词选》、钱仲联《梦苕庵诗词》、李锐《龙胆紫集》、饶宗颐《固庵诗词选》、霍松林《唐音阁诗词选集》、刘征《风花怒影集》、沈鹏《三余诗词选》、杨金亭《虎坊居诗草》、周笃文《影珠书屋吟稿》等；此外还有海南出版社2010年3月出版的深圳大学徐晋如的《忏慧堂集》，天地出版社2012年3月出版的四川大学周啸天的《将进茶》，近日又见复旦大学出版社也连续出版了由陈思和等编著的《诗铎》两辑，宣称“意在传承，而非创新，借传统文学样式展现新的时代内容”[3]。以上这些诗词集仅是我的案头所见，如果实实在在做一番统计，其数量必定惊人；不少对于旧体诗词基本上不屑一顾的官办文学刊物、重要报刊也为旧体诗词提供了发表的机会，有的甚至专门组织旧体诗词创作的活动，如《诗刊》2010年即组织过张浦杯·首届诗词奖活动；《光明日报》《光明网》继成功开设《百城赋》活动后，近日又组织举办了名为“诗词中国”的大型诗词征文活动；其他不少报刊甚至还开设了常设旧体诗词专栏，如《诗刊》《诗神》《文汇报》等；还有不少地方还出现了民间旧体诗创作团体，内部印行出版了旧体诗词刊物；一些有着重要影响的文化刊物也在发表旧体诗词创作评价的论文，如2012年第10期的《读书》杂志，载陈宇《心灵独白和时代回声》一文，介绍了经济学家宋晓梧的旧体诗词集《梧叶集》《文汇报》介绍评价周啸天的诗歌作品[4]。

而这些现象也折射出旧体诗词作者的增多、读者的扩大和社会对于旧体诗词认同度的提升。

此外，当今旧体诗词创作，确实已经具有十分可观的数量。虽然现在尚无准确的统计数据来证明这一观点，但是也有一些迹象可以推测。我手边现有的几种当今出版的旧体诗词集子的情况可以说明一些问题。一是四川南充果州诗社编辑的纪念中华人民共和国成立六十周年的诗集《盛世涛声》[5]，据编者在其《编后记》中介绍说，这个集子中的200余首诗歌，是从2800多首诗词中选出来的。提供这些作品的作者有60余人。内地一个中等城市60余作者贡献出如此数量的作品，不得不令人惊叹。二是2006年夏天，居处南充的西华师大为纪念其建校六十周年，也组织编辑了《春音秋韵》[6]。该书载诗504首，作者380人，是从该校的金秋诗社内部印行的《春音秋韵》十余期刊物发表的7000余首诗词中选出来的，可见数量之巨。三是杨文才先生诗词选集《湖海萍踪》[7]载诗395首，据其介绍说他已在国内外各报刊发表旧体诗词800余首。四是深圳罗斯华先生，据其最新出版的《踪迹集》[8]介绍，他以退休干部之身，发表诗词作品千余首，出版了7个诗集。五是吾师四川西华大学老教授周子瑜先生80华诞之际出版《梦潭斋吟稿》[9]，录诗500余首，自述已创作发表3000余首。六是深圳黎伯忠《华瑞书房诗词集》[10]收集作者十余年来创作的诗词450余首。这些数字仅仅是几个人、几个诗词社团的创作产量，就已经是有唐一代诗歌总和的1/4。放眼宇内，我相信，当今几十年间，旧体诗的创作总量是极其庞大的。这应该不是夸张。

当然，数量并不是创作繁荣的唯一标志，大量诗人的存在，大量诗词作品的创作发表，只是创作繁荣的一个表征，一个条件。尽管现在旧体诗词创作也产生了一些高水平的作品，但也还不足以支撑旧体诗词创作繁荣的局面。真正大量、高水平的作品的出现，大量优秀诗人的产生，也还是需要拿作品来证明，需要时间的汰选。但我还是认为，真正高水平旧体诗词作品产生的前提——社会条件、经济条件、文化条件已经基本具备，预示着不仅在量的积累上，而且在质量的提升上，旧体诗词的创作必将迎来一个崭新的局面，旧体诗词创作的繁荣已然为期不远！

二、旧体诗词创作的真正繁荣需要创作观念的与时俱进

旧体诗词创作确实迎来了一个大好时期。但依我之见，旧体诗词创作仍然面临诸多观念上的制约，仍然有一个创作思想观念上的与时俱进的问题。这种与时俱进，应该包含以下几个方面。一是对于体式的包容。现在可以说创作者众多，但是水平参差不齐。各地创作者中都有一批退休的老干部，他们的整体水平当然不是太高，多为抒发感受，赞扬发展成就，歌颂大好河山，主要目的是以老有所为来达到老年自娱之目的。他们的诗作虽然难达极致，但以其丰富的人生阅历，以退位之身抒发对于社会现实的认识，抒真情、说真话，虽然词难雅驯，韵不规范，却也有一些佳作。他们的许多人生体验，是一般人无法感受因而也是无法代替的。我们不必去以“老干体”相讥。还有人讥之为附庸风雅，其实，附庸风雅正体现了对于文化的尊重，这恰恰是应该肯定的。那种试图形成唯我独尊局面的想法，对于旧体诗词在新时期振兴绝对是有害无益的。二是对于用韵、平仄的要求，要与时俱进。严格的音韵、平仄、四声八病、蜂腰鹤膝等讲求只是诗歌创作发展到一定阶段的产物，并不是诗歌创作一开始的要求。试问，《诗经》里的作品，有那么严格的音韵、平仄的讲究吗？诗的韵律是中国语言发展自然而然形成的，而且语音还是分区域、分阶段不断发展的。我们不能以几百年前的韵调语音来规范我们今天人的语言语音。因此，我们认为，只要按照今天普通话语音押韵，大致考虑平仄和谐即可，不必踵武几百年前人们的语音，不必削足适履地去以文害意、以音害意。现代人生活节奏快，生活压力大，传统文化素养偏低，过度严格地遵循古人制定的规矩，似不能适应今天的需求。

再是对于诗词用语要与时俱进。中国旧体诗词创作历来有“诗家语”“词家语”之说，有“刘郎不敢用糕字，枉负诗中一世豪”之说，讲的都是诗词创作的用词用语要雅驯。一些日常用语不能成为诗词用语，否则就是“俗”。我则认为，中国

晚清自黄遵宪以来不避俗字俗语，正是旧体诗创作反映时代生活的一种尝试，或者说是一种较为成功的尝试。我们的时代，生活丰富多彩，已经远远超过黄遵宪所处的晚清。今天的旧体诗词创作界应该有比黄遵宪更为博大的胸怀、远大的目光，去包容新的、富有时代特色的语汇进入诗词创作领域。同时，我们还认为，包容和允许新的、富有时代特色的语言语汇进入旧体诗词创作领域，也可能正是旧体诗词接近新时代读者尤其是青年读者、焕发青春活力的必需的途径。

当然我仍然认为，旧体诗的创作，学院派应该是中坚力量。因为学院派的创作，延续了中华民族文化最为精华的一部分，他们的创作，具有兴灭继绝的意义，特别值得珍视，尤其是在我们所处的时代也是一个旧体诗词创作经历百年沉寂的时代，获得广大读者的理解支持是至关重要的。但我也要说，即使是学院派，也需要与时俱进，也需要走进群众，否则，仍然可能成为象牙之塔里的低吟浅唱而失去群众的理解与支持，最后走进死胡同。

三、旧体诗词创作需要下大力气培养三大群体

做什么事情都得有群体的支持。我认为，要繁荣旧体诗创作，必须要注意培养三大群体。

一是创作群体。当今的旧体诗词作者队伍的构成，主要是中老年群体。这个群体作为主力，与旧体诗词创作的高峰形成与繁荣的要求相比，显得过于单一，一般而言较少有对于现实生活的直接真实感受，不少人的创作因为生活的匮乏、创作激情的减少而显得过于直露，佳作较少，很难担当起振兴旧体诗词创作的重任。因此，必须认真培养年轻一代旧体诗词创作的爱好者，从中培养出优秀的创作群体来。希望在高中教育、大学教育中积极开展旧体诗词创作的社团培育和课程教育，当然我们不可能像领导人讲的“计算机教育要从娃娃抓起”那样去抓旧体诗词的教育，但是在高中以上阶段开展旧体诗词教育，使传统诗词体裁的创作真正做到后继有人，对于继承民族文化优秀传统也必然是一件好事，旧体诗词创作的振兴也才

大有希望。我知道，改革开放以来，中华诗词协会已经组织过数十次中华诗词研讨会。我有幸参与了在深圳南山西丽湖召开的第十三次研讨会的筹备工作。那次会议的主题就是“让中华诗词走进中小学校园”，会议收到论文370余篇，绝大多数来自中小学教师。杨叔子院士大声疾呼高校重视人文素质教育，重视中华诗词教育。中华诗词学会还出版大批中华诗词读物，包括有声读物。前辈们的努力已经取得了巨大成效，现在不少学校里已经建立了中华诗词的社团，开展了这方面的写作和教育，令人欣喜。

我还知道，一些高校的老师们已经走向社会，为社会上旧体诗词的爱好者讲授旧体诗词创作和阅读欣赏的知识，如深圳大学的徐晋如老师就经常开展这类活动。如果更多的高校教师都能这样，持之以恒，就能加速社会尊诗崇文风气的形成。总之，寄希望于青年，寄希望于未来，寄希望于教育，这就是我对于旧体诗词创作人才群体培养的看法。

二是阅读欣赏者群体。阅读者和欣赏者群体的培育也是十分重要的工作，是基础性工作。我们的诗词创作出来是需要人来阅读、来欣赏的，没有读者、欣赏者的诗词，是没有生命力的。诗词创作的繁荣，是需要社会文化心理来支撑的，没有社会文化心理的支持、赞赏，旧体诗词的繁荣兴旺只能是一种奢望。古人之所以十分重视诗词的创作，一是社会主流文化要求的促进，一些朝代中诗词创作是科举制度的基本要求之一，要想走进仕途，必须写作诗词作品。同时也是人际交往的需求。古时的文化人以诗歌来开展社会的交际，表达思想、沟通情感、深化友谊，诗歌是一种高雅的、离不开的工具。对于创作者而言，也是自身文采修养、综合素质的一种表现形式，一种提高自身在社会群体中的地位的需要。今天的人们已经没有第一种需求了，但是后二者的需求还是存在的，所谓“腹有诗书气自华”，说的正是这种状况。如能通过教育的渠道，通过作者们自身的努力，带动社会对于旧体诗词创作的爱好，其功劳绝不仅限于旧体诗词创作界，对于全社会继承中华民族优秀文化传统，提高全民族素质，也必然功莫大焉。关于旧体诗词欣赏的方式，除了文字解析式的欣赏之外，还建议开展传统诗词朗读活动。朗读具有群体性的特征，可以带动更多的人群欣赏中华传统诗词。而且当今时代，朗读是一种更易为受众所接受的诗词欣赏方式。这里的原因可能与生活快节奏时代人们的欣赏兴趣有关。再是传统的吟诵方式。这种方式具有保存传统的意义,更偏重于艺术性,可以考虑以社团的组织形式来系统地研究与传承。

三是评论者群体。评论既是一种激发也是一种引领。优秀的评论者群体是激发和引领创作者写出高水平作品的重要促进因素。应该下大力气去培养这个群体。当然难度不小,合格进而优秀的诗论者群体的形成,不仅与社会因素有关,而且与个人素质也有极大关系。但是无论如何,诗词界都应该关注此问题,下大力气去扶持这个群体的尽快成长。

以上将三大群体分开来讲,只是为了说话的方便,其实这三大群体往往是合一的,不能划分开。我们既希望培养优秀的创作者群体,也希望培养阅读者、欣赏者群体,更希望培养出优秀的评论者群体。同时希望“学院派”老师们多做教育培养和普及工作、评论引导工作,为继承和发扬中国诗歌的优秀传统创作出更多更好地体现现实和时代精神的作品做出贡献,也为人才培养贡献心力。也许,这后者更具长远的意义。

四、旧体诗词创作需要借助新的传播平台

现在需要研究一个问题,就是旧体诗词写出来是做什么用的?是孤芳自赏还是希望有人拍掌?如果只是孤芳自赏,那当然没什么问题,写出来不时捧出来自己念念,吟唱一番,自我满足即可,或者几个爱好者小众范围相互传阅、欣赏一下,那也没有什么问题。但是如果具有振兴旧体诗创作的宏图大志,希望影响他人,那就必然需要更为广泛的传播。古人写作诗词,就是希望当时人和后世人知道的。不然,题壁干什么?编辑刻印诗文集干什么?

从当前旧体诗词传播状况来看,我认为,扩大旧体诗词的影响,首先要扩大其传播范围。要进一步扩大旧体诗词的社会影响,必须做以下几个方面的工作。一是大力拓展纸质媒体对于旧体诗词的传播空间。尽管现在不少省、市、县都建立有诗词协会,创办有自己的刊物作为传播的媒介,但是绝大多数都是内部刊物,资金无保障,编辑力量薄弱,编辑队伍老化;也有一些公开发行的官方刊物发表旧体诗

词，但是仍然缺乏合格的编辑力量，提供的发表空间狭小。因此，必须大力争取政府的支持，在继续保有旧体诗词发表的内部平台同时，争取能够适度增加国家级、省级发表旧体诗词的刊物的出现，争取官方给予经费的支持，使旧体诗词发表的园地能够得到最低限度的保障。也要大力争取现有官方媒体副刊和文学类、社会类刊物为旧体诗词创作提供更大空间，开设更多栏目，更多组织旧体诗词创作的活动，以提升其社会影响力。二是要高度重视传统综合媒体的旧体诗词传播效果，争取此类媒体的支持。这里讲的综合媒体，主要指广播、电视媒体。广播电视媒体对于受众具有远比纸质媒体更为广泛的影响，应该与广播电视部门合作，开展旧体诗词的发表传播、知识普及和诗词欣赏活动，使旧体诗词创作获得更多受众，从而进一步普及旧体诗词创作。三是要高度重视各类新媒体的运用，借助其不可限量、逐步迅速扩大、不可阻挡的影响力，来更加深入、更大范围、更具可持续能力地开拓旧体诗词创作传播的范围和空间。现在《光明日报》和《光明网》正在联手开展“诗词中国传统诗词创作大赛”活动，综合运用纸质媒体、网络媒体（包括微博、微信、手机短信）等平台，必将产生巨大的全国性影响。建议我们的各类旧体诗词创作团体要更加重视与新媒体的合作，共同推进形成旧体诗词创作的繁荣环境。

旧体诗词的传播，如果想引起更为广大的读者群体的关注，也有一个传播时机的选择问题。我们要认真研究传播学的规律，选择恰当的传播时机来传播我们的作品。现在大家都在注意一个现象，就是每临节假日，我们的手机上就会收到上千条拜年、贺节的信息，其中有部分短信是用诗词的形式创作的，很有文化内涵。如果我们诗词协会能与几大电信运营商合作，以之作为旧体诗词的传播平台，我想，旧体诗词创作的影响力必将得到极大的提高。

综上所言，我认为：我国当今旧体诗词创作的繁荣已经具备了基本前提条件，只要我们持续努力，不懈坚持，以与时俱进、创新包容的心态对待旧体诗词的各类作者，培养爱好者群体，加快全社会尊诗崇文风气的形成，旧体诗词创作的繁荣是大有希望的，旧体诗词创作一定能够在新的历史时期为继承和发扬我国优秀文化传统做出自己应有的贡献。

2012 年 11 月 4 日

【注释】

[1]梅白:《回忆毛泽东论诗》,原载《东坡赤壁诗词》,1986年第6期。

[2]胡迎建:《民国旧体诗史稿》第5页,江西人民出版社,2005年11月第1版。

[3]见《文汇读书周报》,2012年10月25日第16版。

[4]见《文汇报》,2006年5月12日载王蒙《读来甚觉畅快》,同报2006年8月29日载杨牧《唐朝以后又见诗》。

[5]《盛世涛声》:四川出版集团,天地出版社,2009年9月第1版。

[6]《春音秋韵》:西南交通大学出版社,2004年4月第1版。

[7]《湖海萍踪》:中华诗词出版社,2006年8月第1版。

[8]《踪迹集》:中国文联出版社,2012年8月第1版。

[9]《梦潭斋吟稿》:中国文联出版社,2010年8月第1版。

[10]《华瑞书房诗词集》:海天出版社,2007年8月第1版。

广告与广告文化论略

一、广告的诞生与发展概述

广告是一种既古老而又现代的社会文化现象。说它古老，是因为自从人类社会进入文明时代之后，就为了适应统治者国家治理需要而将国家的要求公之于众，以使被治理者能够知道统治者的要求、服从统治者的要求，从而更好地治理国家，稳固自己的统治，从而就有了法律条文的公布。有些时候一个国家要征服另一个国家，为了彰显自身行为的正当性，就需要公布征伐的理由、原因和必胜的信心，或者国与国之间要结盟，或者与实力相当者产生某种约定，这样政治类（或称公益类）广告就产生了。当然那个时候是不叫广告的，也没有政治类、公益类的分类，这种性质的东西，在我们国家的三代时期，比如殷商时期叫作"誓"、称"诰"。比如《尚书》所载的"汤誓"："王曰：'格尔众庶，悉听朕言。非台小子敢行称乱，又下多罪，天命殛之'！"[1]这说的意思是：警告你们诸位，都要听我的号令，不是我要造反作乱，是因为夏王罪大恶极，老天命令我去消灭他。在灭了夏朝后，又有"汤诰"："王归自克夏，至于亳，诞告万方。"[2]然后就是洋洋洒洒的诰词。这里没有用广告的说法，但是广而告之的性质是明确的。史载孙武子斩美人以正军法，终于练成一支美人军队，原因就在于斩吴王宠姬的具体行为具有强烈、清楚明白的标示意义，展示了吴国和孙武严格治军的坚定决心。因此，经孙武严格训练的吴国军队才能够成为一支攻无不克、战无不胜的军队。这种斩杀吴王宠爱的美人的行为因此而具有宣示的政治广告的鲜明含义。再如，公元前356年，秦孝公任命卫鞅（即商鞅）

为左庶长，卒定变法之令。为取信于民，立木为信，于法令为行之先，乃立三丈之木于国都南门，募民有能徙置北门者十金。民怪之，莫干徙。后又下令，能徙者予五十金，有一人徙之，遂赏五十金。国人皆信卫鞅令出必行，乃下令推行变法。终于取得“兵动而地广，兵休而国富，故秦无敌与天下，立威诸侯”的巨大成功。至于燕昭王求贤于燕台，郭隗得到礼遇而贤士毕集；吕不韦著《吕氏春秋》一字千金的典故，更是政治广告的成功实践。

同时，社会分工的出现，使人们更加专业化，从而产生了物质的交换。而要交换生活必需的物资，就必须使对方明了物资之所在、质量的高低，这样商业性质的广告也就产生了。当然最早的广告形式也就是实物广告，辅之以必不可少的叫卖广告形式。这两种广告形式流传至今，可谓源远流长。同时，这种最为原始古老的广告形式还奠定了广告的最基本的方式：实物是一种直观的展品，叫卖是把有关产品向更广大范围、更多人群传播的形式。现今的广告花样翻新，手段各异，但追本溯源，都脱不开这两种最古老的广告模式。

很显然，商业广告产生于人类的商业性活动中。大约在我国的春秋战国时代，随着人类商业活动的扩大，出现了古代的“商店”或“作坊”，从《庄子》中屡屡提及的“桂鱼之肆”“屠羊之肆”“庖丁解牛”中可以看出这种具有专业化特点的商业性实体的存在。为了招徕顾客，此时的广告形式已在实物陈列的基础上演变发展为招牌、幌子等。《晏子春秋》中说：“君使复于内，犹悬牛首于门而卖马肉于内也。”“悬牛首”以及其后之“挂羊头卖狗肉”等语，都说明了当时商肆有一种以实物某部分作广告“幌子”的现象。而《韩非子》中“自相矛盾”的寓言故事，则是口头叫卖广告的记载，虽然叫卖者广告做得并不怎么高明。

迭经秦汉而入于魏，商业得到大的发展，当时洛阳更呈繁荣。市东有“通商”“达货”二里大市，另有延酤、治卷二里，“里之人多以酿酒为业”，“河东人刘白堕者，善酿酒，季夏盛暑，以罂贮酒，暴日中一旬，酒味不动，饮之为美。”因而，此酒名声大振，“京师朝贵出郡远相馈赠，逾以千里”。这是一则成功的实物示范广告，同时也是我国关于商业广告效果的最早记载。到唐宋后，商品广告更加普及。这种盛况，在文人笔下更显生动形象。元稹《估客乐》：“经游天下偏，却到长安城。城中东西市，闻客次第迎，迎客兼说客，多财为势倾。”写出“迎客兼说客”的经营者口头广告的情形,使人感受到商业繁华的浓郁氛围。杜牧《江南春》:“千里莺啼绿映红,水村山郭酒旗风”的诗句中,水村山郭随处可见的酒旗在春风里猎猎招展,呼唤饮客,写出了幌子广告在当时的普及程度。此后,宋代是商品广告大繁荣的时代。宋代活字印刷术的发展为广告发展提供了新的技术支撑和载体。元明清时代,广告亦有发展。

综合起来看,近代以前(洋务运动之前),商业广告主要有以下五种形式:一是实物陈列与口头叫卖形式。这种原始广告形式历久不衰,作为一种最为基本的广告方式,直到今天也在商业活动中发挥着重要作用。二是幌子类广告。这是一种行业性广告,是根据行业特点,以特定的广告语言(文字或者夸张的图画)表现所出售商品的质量特点,并在显著位置设置的一种广告形式。《元曲·后庭花》:“酒店门前三尺布,过来过往寻主顾”,说的就是酒幌子广告。其形式的特点就是在酒楼门口悬挂三尺长宽的布幅,布幅上面写或者画有酒字,或者酒罐、酒瓶,以此招徕顾客。元曲中还有“满城酒店三十座,他将那醉仙高挂,酒器张罗”的句子,可见那时“醉仙”的形象也成为商业广告使用的图标。酒类幌子在当时的文学作品中记载描写甚多。三是招牌广告。唐代开始规定,市场交易,分肆集中开展,挂牌经营。商肆招牌应运而生,至今已历千年之久,而且还将继续下去。招牌广告从最早只起到物品标示作用的简易形式发展到请名人书写招牌,借名人效应扩大商品影响的方式,其中的文化内涵明显增强。比如传说中苏东坡任杭州刺史时为买扇子的人书写扇面扩大销售量传说、清代康熙皇帝书写同仁堂招牌以提升其知名度和影响力的传说等,都是这类情况。这也反映了随着商品经济的发达,竞争日趋激烈的社会生活现象。四是殿堂装饰。殿堂装饰是为了创造一种更利于经营的环境氛围,同时也是商家实力的表现。自宋代发展大市以来,商店的门面和店内装饰也成为广告竞争的重要方面。店面和店内的装饰还显示经营者的内涵和品位。与商品本身的价值相适应的内外装饰其实也是社会发展后社会消费力提高的间接反应。五是印刷广告。宋代毕昇发明木刻活字印刷,促进印刷业大大发展,也为印刷广告提供了技术支撑,促进了印刷广告的繁荣。比如出现了印刷的单张或者附在其他印刷品上的商业广告。

由上述可见,商业广告的产生源于商业活动,并随着商业活动和社会科技的发展而不断发展,形式不断翻新变化。

二、现代广告的发展与特点

我们说,广告的产生虽然古老,但又是一种最具现代性的社会现象。这里有几点理由。首先,广告产生于商业活动,并随着商业的发展而不断发展,以致成为现今世界商业社会一大突出景观,可以说,只要我们漫步街头,触目所见,广告琳琅满目。如果以广告业是否繁荣发达作为观察某个国家、某个地区的经济是否繁荣、是否活跃,社会文明是否发展进步的标志,恐怕也是有些道理的。其次,随着社会的发展,在不同的社会阶段中,广告总是以当时社会发展的最新物质载体来实施的。远的不说,宋代的印刷术发明后就为广告提供了技术支撑;近代社会报刊产生,随即成为广告载体;现代社会中,随着广播电视、网络媒体、自媒体的相继诞生,也随之成为广告业的新型载体,成为推动广告业发展的强劲动力。广告内容借助各类载体,形成了对于社会和每一个接受者极其强大的信息冲击波。20 世纪 70 年代我国第一颗卫星上天,在浩浩太空中播放《东方红》歌曲,既显示国家的科技实力,也是一个很好的政治宣传广告。根据新闻报道,现在我国的卫星上还搭载有许多科学实验的项目,那也具有很强的宣传广告效应。由此可见,广告正在向高新科技领域扩张,借助高新科技的力量,广告的载体、形式和内容都将进一步发展,形成新的广告形态,创造更好的广告效益。最后,广告手段日益综合化。这也是随着大众传播手段的现代化而产生的必然趋势。在现代广告中,声、光、电、化、网各门学科的理论知识都在广告中发挥着作用,使广告作品体现出迥于以往广告的崭新的立体风貌来,从而更为深刻地影响着社会和人们的生活。可以预言,在日趋激烈的广告大战中,广告手段的综合化、相互融合是一个必然的大趋势。谁能跟上这个大趋势,谁就可能在广告争夺战中获得制胜的先机。

这里我们主要透析我国广告产生的历史与现状,从中发现未来的发展趋势。根据我们掌握的材料,我们认为,我国广告发展与现状,也是世界广告历史文化的缩影。

上面所说，广告是现代社会一大文化景观，换言之，广告文化是现代文化的重要组成部分。作为社会文化的一个重要层面，它日益深刻地影响着人们的生活，因此，有必要认真研究作为社会文化一个重要分支，或者称为社会文化亚文化的广告文化。

我们认为，广告文化具有以下一些特点。

首先，广告文化具有无所不在、无远弗届的渗透性。在现代社会中，广告可以说是无所不在的。报刊、电台、电视、网络、自媒体上，广告大量充斥；街头巷尾，从最古老形式到最新形式的各种类型的广告，触目皆是。这些广告不停地向我们传递着社会政治、经济、文化乃至心理的各种信息，深刻、全面地影响着我们的生活。广告的无处不在、无远弗届的渗透性，不仅表现在各种可见的形式上，而且深深地嵌入我们的心里。人们愈益认识广告在传播政治、商品信息、塑造良好社会形象方面的功效，广告就愈益普遍地被加以运用。大到重大国际、国内政治生活事件，小到个人日常生活购物所需的选择，乃至求职、征婚求友，或者招聘人才，甚至招聘保姆，都可以看到广告所发挥的无可替代的作用。

其次，广告体现着传播者的导向性。广告作为一种信息传播形式，其本质上是传播者借助广告形式，或者鲜明、或者潜移默化地进行的信息传播行为。广告文化是广告活动的集中反映，既适应广告受众的心理需求，又反过来作用于社会，引导人们各类社会活动的取向，或者是各类消费的取向。或者说，公益性广告影响人们的社会生活行为，商品广告引导人们的消费行为。比如，近年来中央电视台所传播的关于社会主义核心价值观的广告，就引导全国人民按照核心价值观的要求去规范自己的行为，去践行这些价值要求；再比如，随着社会的进步、经济的发展，人们的收入水平已经有了较大提高，对于生活品质的追求提上了家庭的议事日程，与之相适应的就是各类媒体中对于高端旅游的宣传，对于高端消费的渲染，甚至于对于奢侈消费的引导等。这些都体现出广告对于社会各种生活需求的导向。

再次，现代广告载体具有多元化选择的显著特点。所谓载体的多元化，指的是人们可以根据广告所传播的信息内容，结合受众的喜好倾向，去选择不同的传播媒介，以获取最大的广告效益。当今的广告载体，即保有传统实物形式，又有纸质媒体、电子媒体平台、网络媒体、网商等不同媒介载体的多元选择。比如,当今网购盛行,人们已经习惯于网购,如果你试图将你的产品销向更加遥远的地方,那你的潜在的消费者就在于你不可确知的地方,则你必须借助网络销售平台传播信息,你就可以选择网商平台如淘宝、京东之类来实现你的销售梦想;再如,要传播社会主义核心价值观,就需要将传播的内容借助外显的文字或者是形象、语言,以综合性的媒介为载体,选择传播覆盖范围极其广大的媒体来实施,如选择中央电视台、人民日报、人民网、腾讯等来作为传播载体。你也可以在此同时,选择实物广告的形式,以街头、路边展板形式开展传播活动;如果你的广告内容专业性极强,或者受众具有特定性,那就选择专业性的媒介或者受众喜爱的媒介作为载体;等等。

最后,现代广告的成功取决于受众的文化心理及其变化。换言之,广告必须注意顺应受众的社会文化心理和消费偏好。无论是公益性广告或者是商业性广告,都是一种信息传播方式。但是,信息传播的成功与否,不仅取决于信息内容,还取决于广告的创意。所谓创意,指的是努力寻找与广告内容相适应,与受众文化心理相吻合的完美表现形式。那种毫无创意可言的千篇一律,板着脸打官腔说教,或者陈旧的传播形式,让人望而生厌,是不可能产生良好的传播效益的。我认为,公益性广告要产生良好的社会效益,必须使受众喜闻乐见,乐于接受,让受众在潜移默化中接受传播的信息内容,这样才能使传播者欲传递的信息真正深入人心。而商业广告的成功,则需要适应受众这个潜在消费者不同时期的消费需求和消费习惯心理偏好。比如,现在许多商品广告都需要找一个产品代言人,而这个代言人必须是为广大消费者所认同的。如果这个代言人不能被广大消费者所认同,则广告效益会大打折扣。有些时候,原来为受众所认同的代言人一旦出现丑闻,则其所代言的产品的销售就一落千丈。这种实例可以说是屡见不鲜。这种情况的深层原因,就在于受众文化心理及其变化,或者说,是那位代言人的社会形象与广大受众文化心理期待产生严重的错位所致。因而广告的设计者必须考虑广告的创意,也就是根据产品消费者的文化心理偏好去寻找最佳的表现形式,包括代言人的选择,这对于广告效益而言,具有决定性作用。当然新颖而出人意料的传播形式也是非常重要的创意内容之一,是不可忽视的。

综上所述,现代广告具有无所不在、无远弗届的渗透性,又体现着传播者的导向性，现代广告载体具有多元化选择的显著特点，其广告效益又取决于受众的文化心理及其变化，这就使广告的传播者在制作广告时，不得不考虑这些综合的因素，既要注意广告的社会效益，又要注意正确导向；要取得广告的成功，还需要注意传播载体的选择；在广告内容上还需要注意适应受众的社会文化心理及其变化。

【注释】

[1]《尚书·汤誓》，中原古籍出版社，2010年1月第1版第81页。

[2]《尚书·汤誓》，中原古籍出版社，2010年1月第1版第87页。

珠江三角洲企业家群体的文化特征及其发展趋势

一个人的社会文化背景，往往决定其知识结构、眼界视野和行为方式。作为企业家，其社会文化背景及其知识结构、眼界视野，也常常直接影响企业的文化和企业的管理模式，从而也就决定了企业的发展方向与发展前景。因此，对珠三角企业家群体的社会文化背景进行一番考察，对于我们认识珠江三角洲企业文化具有重要意义。当前珠江三角洲企业家群体的社会文化背景，具有以下几种情况：

一是改革开放后一批从事房地产建筑的当时文化程度不高的年轻人成长起来，成为珠江三角洲企业中十分突出的群体。比如：碧桂园集团的杨国强，京基集团的陈华、陈红天等人。

二是一批具有政府或者军人背景，在邓公南方谈话之后下海，成为珠三角企业中的一批弄潮儿。如华侨城集团的掌门人任克雷、中兴集团的侯为贵、华为公司的任正非等人。

三是20世纪90年代前后毕业的一批大学生。他们在大学毕业后，在内地抓不到发展的机遇，来到珠江三角洲区域，寻找发展的机遇，经过艰苦的奋斗，以其敏锐的视角，抓住了机遇，迅速发展起来，成为引领产业发展的排头兵。如深圳华强集团的梁光伟、海王生物集团的张思民、海普瑞的李锂、腾讯的马化腾、巨人集团的史玉柱、比亚迪新能源汽车的王传福等人。

四是21世纪从海外归来的一批留学生创业者。他们以其宽广的产业视野和新颖的知识结构，以其对于新兴产业的敏锐感觉，也以其对于新兴产业的熟悉，迅速成为新兴产业领域的产业骄子。比如深圳华大基因研究院、光启高等理工研究院的刘若鹏、研祥集团的陈志列、迅雷公司的周致隆，等等。

五是来自港澳台地区的境外和外资企业。他们是最早进入珠江三角洲地区投资的"外商",其中最著名的投资者莫过于来自台湾的富士康集团掌门人郭台铭。

从文化背景来看,当下珠江三角洲企业家群体,因不同的文化背景而形成了不同的文化系统。概略地说,活跃在珠江三角洲的企业家群体,又可分为广府企业家群体、潮汕企业家群体、外资企业家群体、海归企业家群体、外来创业型企业家群体。珠江三角洲企业家群的这种文化背景,既具有多元性,又具有移民文化的特质。

从珠江三角洲企业家的知识结构来说,应该承认,这是一个具有较高知识素质的群体。一批批海归企业家和海外企业家,无疑具有较高的学历,较为完整的文化知识与专业知识结构,具有宽广的视野,国内 90 年代走向社会的企业家也受到完整的教育,具有较高的文化程度和较为宽广的视野,这是他们企业取得成功的知识保障。即使如改革开放初打工转化而来的企业家群体,也体现出对于知识的极强追求和尊崇。他们纷纷通过各种渠道,充实自己的内心世界,完善自己的知识结构,许多人也通过 MBA 的学习,成为学历较高的群体,补上了他们早年知识结构的缺欠。可以说,这是一个学习型的群体。

从珠江三角洲企业群的发展历程来看,三十余年来,我们首先应该指出的是,这些企业是伴随着我国改革开放的历程走过的。珠江三角洲企业的时代风气之先,是在改革开放的前沿地区迅速发展、成长壮大起来的;从企业发展的依托考察,可以看出,珠江三角洲企业的发展,走过了从依靠政策优惠到依靠优良环境的过程,与政府的行为紧密相关;从产业形态来说,珠江三角洲企业走过了从"三来一补"企业到自创企业,再到高新企业,再到建立现代产业结构的不断转型发展与提升的变化过程;从地缘因素来考察,珠江三角洲企业群地处改革开放的前沿,毗邻港澳,是我国与世界交往的结合部,有着先天的地缘、人缘和信息优势与出口便利,这也是不可忽视的、影响珠江三角洲企业发展走向的决定性因素。其次,珠三角企业是在政府的大力支持下发展起来的。珠三角企业的发展离不开政府的支持。这种支持,最早主要体现在招商引资的政策优惠,体现为对于具体企业发展条件的支持。顺德人支持企业发展,赢得了"可怕的顺德人"的赞誉。在这之后主要体现为对于市场经济发展环境的优化。可以说现在珠江三角洲各级政府十分注重社会的治安环境、法制环境和营商环境的创造与优化,使企业在这样的环境中安心发展。

再以后则是政府通过产业发展规划来引领企业的发展和转型升级，比如《珠江三角洲改革与发展规划纲要》力促企业转型升级，建立现代产业体系，为珠三角企业进一步发展提供了有力的政策支持，创造了企业进一步发展的又一个有利契机。在这个过程中，企业与政府实现了双赢。企业做大做强了，创造了更多的财富，对国家的贡献就更大了；而政府也从中得到了企业上缴的税收。这些年来，广东的 GDP 连续多年居于全国首位，占全国 GDP 的 1/8；财政总收入占全国财政总量 1/7。当前，在金融危机的冲击下，政府又伸出援手，为企业发展排忧解难，使广东的企业较好地度过了危机。

下面说说珠江三角洲企业文化的历史渊源及其特点。

珠江三角洲企业产生于改革开放的特殊时代背景下，伴随着国家改革开放的深入发展，30 余年来经历了 1997 年亚洲金融危机、我国加入世界贸易组织、2008 年美国的金融危机和现在正在经历的全球金融危机。由于几代企业家的努力，珠江三角洲企业由无到有、由小到大、由弱到强不断发展变化，珠江三角洲企业群成为中国企业版图上一片突出的亮色，由此带动珠江三角洲地区成为全国最具经济活力、可与长江三角洲经济区相提并论并可争一日短长的重要区域。

我们常常听到一些人讲珠江三角洲企业的发展，主要缘于其不可取代的地缘优势，这确实是有些道理的，但是，这个说法主要着眼于经济因素，无视企业发展的文化因素，得出的结论因而显得比较浅表，不够全面。我们必须要以更加宏观的历史文化眼光来观察珠江三角洲企业发展的历史文化背景和现实文化因素，才能得出较深入的结论。这不仅仅是因为 1840 年鸦片战争的爆发，西方列强以大炮打开了中国的大门，带来了资本主义文化。更为久远的是，自秦始皇统一岭南，建立政治统治地位以来，广东地区一直是海上丝绸之路的重要起点和海外贸易的港口，自潮州启运的瓷器沿着海岸线远涉重洋，到达欧洲，传播着中华的物质文明；广州自汉唐以来即开设代表中央政府管理对外贸易的市泊司；澳门、香港很早就成为中外贸易的重要口岸；最早一批走向世界的华人，就是从澳门这个口岸出发，在海外打拼成就一番事业，从而吸引一批又一批华人去海外谋生发展，以致奠定了今天华人在世界分布的格局。今天我们还可以在历史典籍中、在文学作品中、在历史的遗迹中、在南海一号沉船中一窥历史上广东在海上丝绸之路的文化交往中产生的作用。

由此我们可以说，正是在历史上广东人经过丝绸之路的对外贸易实践、走向世界的实践，使广东尤其是珠江三角洲地区具有了根深蒂固的开放、开拓的目光和强大的能力。从另一个角度说，由于海上丝绸之路的悠久历史，广东尤其是珠江三角洲区域也是中国最早接触、接受西方文明的地区。我们可以说，比之于中国内地许多地方，珠江三角洲区域接受西方文明和西方文化，可以追溯到两千年以前。这是广东开放文化形成的更为深刻的原因。

在历史上，广东地处边远之地，在一些人的眼里，这里是蛮荒"化外"之地，濒临海洋，远离政治文化中心，这也成就了广东地域文化的特异性。但是，我们还应该看到，正是由于广东地理位置比较僻远，历史上战争较少，反倒使历史上开发较晚的广东经济得到较好的发展，加上海上丝绸之路的开通，促进了广东商业文化很早就繁荣发达起来。在中原等地发生战乱时，广东又成为内地人首选的移民地，一批一批不同时期、不同族群、由不同路径进入广东的移民，形成了一个个移民文化圈，如客家文化圈、潮汕文化圈、广府文化圈等等，成就了广东移民文化的繁荣成熟，也形成了移民文化的鲜明特点，为广东文化增添了不可或缺的亮点。总之，广东的企业是以广东文化为基础而成长起来的。我曾经总结广东文化的特点，一是开放性；二是包容性；三是多元性；四是创新性；五是坚韧性；六是务实性。我认为，广东文化的这些特点，也深深地影响着现代企业尤其是珠三角企业家的成长，或者说，珠三角企业文化的特质中包含着广东历史文化的优秀基因，并在新的历史时期中得到了前所未有的发扬光大，从而形成了珠三角企业文化的显著特点。

由于珠江三角洲企业产生的特殊背景与历史文化渊源等方面的原因，珠三角企业形成了自身特殊的文化特点。

一是珠三角企业家具有较为广阔的国际视野。研究珠三角企业家群体，我们发现，这里的企业绝大多数均为外向型企业。首先，这里积聚着大批直接承接国外订单的外向型企业。这和珠江三角洲区域是我国最早开放的地区，大批外资企业最早进入的就是这个区域，其产业形态最早也是"三来一补"企业有着直接关联，当然，随着改革开放的深入发展，学习了外资企业各种经验的本土企业也发展起来，尽管现在珠江三角洲企业中"三来一补"企业还占有较大比例，但是后期的本土企业也逐步发展起来，而且抓住了我国加入 WTO 的战略机遇期而迅速发展，比如华为、中兴通讯等企业。其次，一大批20世纪八九十年代发展起来的新兴企业，虽然最早还是属于“三来一补”的加工型企业，但是在发展中不断转型升级，并在转型升级中走向全国、走向世界。他们既发挥改革开放前沿地区产业对于内地的带动辐射作用，也扩大了中国企业在海外的影响力。比如华侨城集团在北京、成都等内地城市和在国外的发展；华强集团在文化领域走向世界的成功尝试；等等。再次，在改革开放后成长起来一批以新时代大学生为领军人物的企业的国际化特色更加鲜明，比如马化腾的腾讯公司。腾讯公司的起家主要业务是适应新时代人际交往需要的QQ业务，现在使用QQ作为人际交往和个人信息交流工具的世界各国用户已经达到5亿。不分国籍的用户需求使公司的国际化特色尤其鲜明。最后，一批留学归国人员在国内创业，以他们对于世界前沿科技的熟悉理解，以其对于国际规则的熟悉，使他们的企业无论是管理模式还是产品导向均具有明显的国际化特色。还要指出的是，珠江三角洲企业家群体中，不少人手中已经持有在国外生活的绿卡，或者是港澳或者其他国家的移民身份。他们经常来往于世界各地，对于外部世界的了解相对深入，对于国际产业发展相对熟悉，这对于他们在国内企业的管理和对产业发展方向的把握起到了十分有益的作用。

二是珠三角企业家具有强烈的忧患意识。古人云：凡事预则立，不预则废。又讲“居安思危”，讲的是对于自身处境要有长远考虑。没有长远考虑和安排，则很可能临时而乱，乱而必危。其实讲的就是忧患意识。对于一个国家如此，一个企业也如此。我们研究珠江三角洲企业，发现一个共同的特点，就是都具有十分强烈的忧患意识，就是对于自己企业未来在国际国内的激烈竞争形势具有充分的戒惧之心，对于今后可能面临的不利局面往往有较为妥善的应对之策。比如，2002年前后，华为公司已经是一个年销售200亿以上的大型国际化企业了，国内各种荣誉接踵而来，但是，华为公司的掌门人任正非却在这样一片形势大好中，发表了在当时社会上具有振聋发聩意义的著名文章《华为的冬天》，向企业及其全体员工发出了警示：如果按照现在的发展模式，华为的冬天可能马上来临，华为的竞争优势可能很快丧失，原因就在于，华为当时并没有多少核心技术，在激烈的世界市场竞争中，必然受制于人，必然会处于劣势。后来的事实证明，华为的认识和随之而采取的一系列加大自主研发力度、实施国际化战略的决策是正确的。现在华为已经成为走向世界的领头羊，在全球几乎所有国家中都占有市场份额。其根本原因，就在于华为的忧患意识帮助了企业居安思危，立于不败之地。

三是珠三角企业家具有强烈的创新精神和创新能力。企业的创新精神和创新能力是企业发展的核心竞争力。珠江三角洲企业极其重视企业创新精神和创新能力的培育。具体体现在：珠江三角洲企业这些年来极其重视技术创新，经历了从引进吸收创新再到集成创新，以致自主创新的过程。21 世纪以来，珠江三角洲企业自主创新能力得到了长足的发展。珠江三角洲企业重视创新人才的引进和培育；重视科研经费的投入；重视科研机构的建设；重视与国际国内科研机构的联系与合作；重视知识产权战略的实施。以华为为例，2010 年，华为的知识产权达到万余件，国际专利申请达到 1831 件，成为世界知识产权申请量最大的企业。以地处珠江三角洲核心地带的深圳为例，这些年来，90%以上的科研经费来自企业；90%的科技成果产生于企业，90%的科技人才在企业；90%的科研机构在企业；90%的专利技术产生于企业。这种状况居于全国首位，表明珠三角尤其是深圳企业对于科技创新的高度重视。珠三角企业还具有一个重要的特点，就是十分重视科技成果的转化，重视科技创新技术的产业化、市场化。以光启高等理工研究院和华大基因公司为例，光启高等理工研究院成立至今，只有一年时间，却取得 1000 余件国际专利，实现产业转化价值 1 亿以上；华大公司是一家以基因研究及其成果转化的研究型企业，经过五年多一点时间的发展，华大基因研究取得累累成果，已经在基因研究领域居于世界前沿地位。同时，作为一家民营高新科技企业，他们在高度重视知识产权申报保护的同时，高度重视成果的产业化，去年已经实现产值 3 亿余元。

四是珠三角企业家具有强烈的社会责任感和慈善之心。伴随着企业的发展，珠三角企业家的社会责任感和慈善之心日益增强。首先是他们十分注重企业的社会责任，珍视自己的企业形象，注重守法经营、依法纳税。他们把这些都视为是自己应尽的社会责任。其次是珠三角企业家具有乐善好施，回报社会的情怀。每当我国和世界各地发生重大自然灾害时，这些企业家们都慷慨解囊，向灾区奉献出自己的爱心。他们认为：自己的企业是在改革开放后发展起来的，依靠的是党和政府政策的支持，也是来自全国各地员工辛勤劳动、共同打拼的结果，在国家遭受自然灾害困扰的时候，作为企业家，理当出把力，献爱心。最后是这些企业家十分关注弱势群体、困难人群，实心实意为他们提供帮助。如潮商房地产集团公司董事长马少福，为广东徐闻县人民医院捐建重症监护室；捐款为徐闻县800余名白内障患者解除了病苦；还为每一位白内障患者提供2500元慰问金。最近，他又为贵州金沙县、三都水族自治县捐出500台电脑，解决了山区学生缺乏信息化设备设施的困难。对于这一切，马少福十分低调，他说：作为企业家，为困难人群提供帮助是应该的，是企业家的社会责任。还有如珠三角其他企业家，都是慈善捐款的积极响应者。如碧桂园集团等一大批珠三角企业均曾获得国家颁发的中国慈善企业的荣誉称号。据统计，这些年来来自深圳的慈善捐款达到了25亿元人民币，深圳成为全国捐款最多的大城市。这些善款90%来自企业家。来自珠江三角洲企业家的捐款也在广东省对外的捐款中占据着85%以上的份额。

五是珠三角企业家十分注重内和外顺的和谐文化精神。或许是与广东的历史文化环境相关，珠三角企业家十分重视企业内部文化氛围的创造。一是注重为员工创造感情交流、思想交换的平台。据我们了解，不少企业都办有自己企业的刊物和网站，为企业员工提供相互交流的平台，也成为企业高层与普通员工沟通的工具。比如华为董事长任正非著名的文章《华为的冬天》，就是在华为公司内部刊物和网站上首发并产生巨大影响的。这篇文章成了统一华为全体员工认识，促进华为转型升级、迈向国际化经营的号角。许多企业还经常开展各类文化活动，以促进员工之间、员工和管理人员之间、员工和企业家之间的相互了解，以融洽感情，形成良好的工作环境氛围。二是创造企业自身文化，塑造企业文化形象。珠三角企业注重对于企业形象的建设，注重企业自身核心价值观的形成和强化，注重对企业发展愿景的展示。华侨城集团是国家大型企业集团，他们十分注重对自身发展历程经验的总结，注重企业发展规划的制定，使企业形成强大的凝聚力，企业的发展由此也获得了强大的文化支撑。

同时我们也应该指出，企业文化固然是企业核心价值观的外在展现，但是不同企业的企业文化形态也因企业的不同性质而有所不同。就企业管理制度文化而言，外来的代工型企业绝大多数强调的是严格管理，流水线作业。这种企业因其生产的性质所决定，依靠的是同一产品的批量流水线生产而产生效益，是典型的向严格管理要效益的企业。比如著名的代工企业富士康即是如此。以致在富士康发生大规模的员工跳楼事件之后，郭台铭宣布，今年要以100万台机器人来取代人工生产。一批日资企业和韩资企业也是如此，我亲自考察过的一家日资企业的负责人对我讲过，在该企业务工的人员，一般三个月的流失率为90%，可见其严格的管理使员工极难长期适应。这些企业所奉行的管理经典是日本松下的管理模式。而一批文化类企业尤其是创意类企业，其管理也显示出自己的鲜明特点，这就是崇尚对员工自由度的创造。这类企业的主人充分认识到，文化创意需要的是自由的空间、自由的思想、自由的想象。有了这个自由，才可能产生创意，产生灵感。这类企业的产品是不能以流水线的生产方式来生产的。比如迅雷公司。这是一批留学美国后回国创业人员组建的软件公司，在这个企业里工作的员工具有高度的自由。企业不强调员工按时上下班，也不要求员工必须在自己的工位上工作。企业在工作场地中开设咖啡店，设置休闲设施，员工在工作时可以饮茶，喝咖啡，进行休闲运动，甚至可以睡觉。迅雷的管理者认为，这正是适合他们这类公司的管理文化类型。他们认为：只有在这种文化氛围中，才能产生出他们所需要的创意，进而生产出为消费者所需要的产品。

珠三角企业家也非常重视与政府社会的联系，努力为自己企业的发展争取和顺的外部环境。他们认识到，企业的发展离不开政府的支持、政策的支持，而要获得政府的支持，企业首先要支持政府、服从政府。他们注重政府对于自身企业的评价，积极争取进入体制内，把在体制内的各类组织中任职视为政府对于自己贡献的认同，同时也以自己取得体制内身份视为企业发展的保障，视为企业形象的一种外在的标志。这就是广东省各级人大代表、政协委员中较多企业家的原因。这在当前情况下也有其合理的因素。但是也有一些企业家走向了极端，错误地把政府、政策的支持与政府官员等同起来，因此，千方百计与政府官员搞好关系，甚至不惜动用各种手段拉官员下水，以取得对于官员的控制权，取得其对于企业的无原则的所谓支持。这也是这些年发生在广东的一些大型腐败案件中，都少不了企业家成为重要或者关键角色的原因。

六是珠三角企业家具有较强的竞争意识和能力。成功的企业家具有较强的竞争意识与能力，这是大家的共识。但是不同文化背景与区域的企业家竞争的战略、策略与方式却具有很大的区别。这主要表现在以下几个方面：一是珠江三角洲企业十分注重效率。改革开放之初出现在蛇口工业区的著名标语“时间就是金钱,效率就是生命”就是珠三角企业讲求效益的几种标志。这个口号经过邓小平同志的肯定后,成为影响中国最为深刻的口号之一。二是珠三角企业注重双赢,注重“有钱大家赚”的和谐经营。这个理念对于社会主义市场经济的完善具有重要意义。三是珠三角企业对于自己的产品十分注意品牌营销。在中国所拥有的著名品牌中,来自珠三角企业的占有率居全国之冠。今天,家用电器方面的格力、美的;网络方面的QQ、搜狗看看;来自电子方面的中兴、华为等,都是蜚声中外的著名品牌。依靠品牌战略,以“广货”为代名词的珠三角企业产品北上东进,占有全国巨大的市场。如珠宝业占有全国70%的市场份额;安防产业占有全国70%以上的市场份额;至于服装品牌,则仅仅是深圳企业就占有全国80%以上的市场份额。四是珠三角企业具有较强的忧患意识和前瞻目光。比如,蜚声中外的腾讯公司,本身在世界市场的占有率已经很高,但是其管理团队看到了虚拟产业的潜在风险,他们现在正在积极转型,计划实现多元经营,现在已经开始向新能源汽车的实体经济产业挺进。这种虚实并重的选择,使公司在相当大的程度上降低了企业的风险。再如华强文化科技公司,是一个以动漫游戏产业为主体的企业,但是这些年来,他们既立足国内市场,又积极探索国际化之路;既注重本业,又积极开创“文化+科技”“文化+园区”的新型模式,也是向实体经济转型的一种成功尝试。再比如华侨城集团,本身是一个旅游企业,但是他们不断创新“文化+旅游”的模式,在深圳这个城市里,使游客年年增长,创造了“旅游+演出展示”活动相结合的园区旅游模式,使传统旅游模式焕发出新的活力,形成长盛不衰、永不落幕的旅游旺季。

当前,珠江三角洲企业正面临着代际交替。一代新的企业领军人物已经开始活跃在企业的前台。他们将给各自企业的文化带来什么样的影响现在还很难予以判断,但是可以说,这一批新的年轻企业家比之于他们的父辈,已经具有相对的文化优势。他们都具有较高的学历,其中大多数还具有留学国外的经历,其知识结构更加完备,留学经历使之具有更加开阔的视野。他们继承了父辈们开创的事业,不需要完成资本的原始积累而具有资金的优势和占有市场的优势。相信他们必将在企业发展的同时成熟起来,加上还有父辈们从旁帮助指点,必将引领企业文化向着更加开放、更加具有国际视野的方向发展。

第三篇

刘申《谁说深圳是小渔村》序

2010年是深圳经济特区成立30周年华诞。30年的光阴是长还是短,不同年龄的深圳人会有不同的答案和感慨。

一个普遍的事实是,从最近的30年直至远古,深圳这片土地的历史很少为人所知,最常见的误读,就是把这里说成一个亘古以来的小渔村,认为深圳的历史乏善可陈。当然,也有很多人并不关心这座城市有没有历史,有怎样的历史,深圳如何从历史中走来,这片土地上所发生的一切是如何循着前因后果的历史脉络。

截至目前,发现"深圳"这个名字在史籍中最早的记载是600年前。如今深圳这片土地,在遥远的一千六百八十多年前就已经成为一座规模可观的城市。深圳沿海发掘的古代文明遗址证明,这里在7000年前就有人类活动,被认为是"珠三角之根"。

更为神奇的是,深圳湾畔的红树林以及梧桐山中的桫椤,都是白垩纪时期遗留下来的植物。桫椤的出现距今约三亿多年,比恐龙的出现还早一亿五千多万年。

没错,白垩纪是大约一亿四千万年至6550万年前的一个地质年代,那是恐龙生活的年代,那时的喜马拉雅山脉还是汪洋大海,那是以人类的时间概念难以想象的遥不可及。

相比之下,人类的历史是异常的短暂,如倏忽一瞬。从空间上说,深圳更是无比渺小的,如宇宙中的微尘。因此,关于历史的学问如同一个超级万能的显微镜,把那些值得追溯的往事放大到我们能够看清楚的程度,犹如我们每一个人都希望自己的存在能够留下一点痕迹,这也就是所谓生命的意义。

七百多年前南宋覆亡,文天祥在这里的茫茫大海上写下大义千秋的《过零丁洋》;

将近五百年前,这里打响了反抗西方殖民主义入侵的第一枪;

三百六十多年前南明覆亡，珠三角地区最后一支反清复明义军的战旗在这里倒下；

一百七十多年前，这里打响了反抗西方帝国主义侵略的第一枪；

从一百五十多年前到一百一十多年前，这里两次赶走英国殖民主义的入侵；

100 年前，这里打响了推翻封建王朝的第一枪；

70 多年前，这里打响了华南抗日第一枪；

60 多年前，这里成为拯救一代民族文化精英的大本营；

30 年前，这里响起改革开放的开山第一炮。

两千多年来，这里接纳了一代代颠沛流离的移民；三百多年前，这里历经被赶尽杀绝的悲苦，从半个世纪前到三十多年前，这里历经了数次逃离贫困的背井离乡；三十年来，这里再度成为移民热土和世界瞩目的时代先锋。

沧海桑田、岁月磨洗，漫漫的深圳历史波澜壮阔、悲喜交加，惊天地而泣鬼神，这就是关于深圳的厚重的故事。

抚今追昔，了解深圳过去的历史，会给我们一个崇敬她和热爱她的理由，给自己一个为何要将生命托付于此的理由；认识深圳的历史，会使我们懂得为什么这片土地能够承受那么多的磨难？为什么能够具有无比巨大的气度和胸怀？为什么充满力量和昂扬不屈的精神？

为什么这里会诞生奇迹——因为这里自古以来就是一个不断诞生奇迹的地方——她确确实实是一个非凡而神奇的地方，一个值得我们自豪和与之深情共处的地方，她能够给予我们一种不必自卑，不必苟且，不必狂妄的从容而淡定的生活信念。

历史上的深圳，曾经是一片与世无争、美好和谐的土地，一片不以物喜、不以己悲的土地，一片包容与宽厚的土地，一片血性阳刚的土地，一片足以托付民族命运和个人渴望的土地，一片生命再生与希望不灭的土地——这就是关于深圳的故事，她，令人感怀与铭记的前世今生……

本书就是关于深圳浩瀚历史的一个梗概式的读本，让读者能够在很短的时间和篇幅之内，了解深圳这个地方自古以来的辉煌亮点和重要的历史作用。作者刘深在深圳媒体从事新闻工作近二十年，因为职业的机缘和对本土历史的浓厚兴趣，他利用业余时间潜心研究深圳的历史文化，这种精神是值得肯定和鼓励的。这本书表达了作者对深圳的热爱，对深圳历史和人文精神的捍卫与弘扬。

当然，由于作者并非专业的历史学者，再加上很多第一手史料的散失和匮乏，书中难免会有史实和论述方面的不足之处，但是不影响本书的抛砖引玉，成为一本解读深圳历史的通俗读物。

深圳是一座移民城市，它三十年来的伟大成就是举世瞩目的，是老一代拓荒牛和每一个新移民共同劳动创造的。

"大鹏一日同风起，扶摇直上九万里。"深圳从历史走来，向未来走去。祝愿深圳经济特区百尺竿头更进一步，继续创造新的辉煌，为我们的国家和民族，为世界文明与进步做出更大的贡献。

《探寻与沟通——鲁迅作品的鉴赏性阅读》跋

我得十分感谢我的老友祁念曾先生和赵婧女士。正是因为他们的推荐，我这本书有了出版的机会，完成了我一直以来的一个心愿——就是把我写作的关于鲁迅的一批文字集中成册，出版面世。其实说是出版面世也不准确，因为收在这里的文章都曾发表过，有的也还在社会上产生过一些影响。集子中关于鲁迅的单篇小说、诗歌、书信、杂文的一些分析文章，就曾收在由我主编，于 1992 年由四川辞书出版社出版的《鲁迅作品赏析大辞典》中，关于《朝花夕拾》的分析文章收在由三秦出版社 2002 年三月出版的《中学生文学名著导读》（初中卷）中，带有综论性质的几篇文章也都分别由《四川师大学报》《成都师专学报》发表。这几篇有的被人民大学报刊复印资料鲁迅专题所复印，或者是由北京鲁迅博物馆出版的《鲁迅研究资料》（早已改名为《鲁迅研究月刊》）摘载。因此，此次把这些文章集中起来编辑成册，就有了一个保存我所作的鲁迅研究工作的资料的意义了。为此，我对于帮助此书出版的朋友充满感谢之意！

据说忆旧是衰老的表现。我想，这话也许是有道理的吧。这些年来，尤其是这次重新翻阅十年前的那一批文章，我忽然有一种对于当年在大学教书时候生活的深深的怀念。那时，我的生活是相当单纯的，备课、上课、写作，年复一年，日复一日，生活清贫，但却自得其乐。在主编《鲁迅作品赏析大辞典》的时候，正是夏季，闷在斗室之中，赤膊上阵，挥汗如雨，以一种可以称得上神圣的使命感去修改自全国各地寄来的文稿；冒着烈日奔走于各出版社之间；协调各种事宜，筹措出版经费，终于使两百万字的《鲁迅作品赏析大辞典》得以面世，其乐何似！我不能忘记在此过程中给我全力以赴帮助的那些朋友们。他们中的许多人都由此成为我的终身不忘的老朋友。所以,《鲁迅作品赏析大辞典》的编辑出版过程中,我既享受到了著作出版的快慰,也深深地体会到了友情的珍贵。我在这里不再一一指名致谢了,因为那样容易遗漏一个两个朋友,反倒伤了朋友的心。在这里,我向处在不同地域、不同岗位上的友人们致以真诚的谢意,并祝愿他们健康愉快,事业成功,家庭幸福,万事如意!

关于我这本书的编辑,要交代一下。书中的文章大都没有附录鲁迅的原文,只有诗歌和书信附有原文。这是考虑到诗歌、书信篇幅较小,附原文有助于不太熟悉鲁迅诗歌、书信的读者对于文章的理解。还有就是我未请名家为这本书写序,把《鲁迅作品赏析大辞典》的前言移来作为代序。原因是名人们实在有太多的事情,都远比为这本书写一篇序言要重要得多,他们的宝贵时间是不应该被占用的。还有就是我对于鲁迅及其作品的认识没有什么变化,我觉得那篇前言仍然可以代表我今天对于鲁迅及其作品的意义的看法,而不仅仅是为了偷懒而选择的取巧办法。这一点也是要请读者见谅的。

2002年5月3日 于深圳南山

新诗集《不屈的脊梁》前言

2008年5月12日，一个令中国人民撕心裂肺的日子！汶川地震，举国同悲！八万余生命倏然终止，数百万同胞痛失家园！

灾难无端降临，中南海忧心如焚，中国人苦痛连心。一场场抗震救灾、抢救生命的壮举在地震灾区上演，一场场史无前例的爱心义举在中国大地上漫卷，一场场感人肺腑的慈善情怀在全世界延伸！

深圳与灾区远隔千山万水，深圳人民与灾区人民紧紧相连，心心相印！在这些悲伤与感奋交集的日子里，我们的心为灾区而震颤，为灾区而哭泣，为灾区而忧伤，为灾区而祈祷！我们也为灾区人民顽强的生命意志和强烈的人性光华所感动，为全中国人民的慈心善举所感动，为我们伟大的军队不畏艰难、置生死于度外抢救生命的无私无畏行为所感动，为运筹帷幄、不顾余震危险而亲临前线指挥救灾、鼓舞士气、慰问灾民的总书记和总理的行动所感动，为我们生生不息、具有巨大凝聚力的伟大的中华民族骄傲自豪！

在这样一个特殊的时刻，我们汇集深圳民进会员及深圳诗人们近日呕心沥血、发自肺腑的作品，同时收入了全国一批著名诗人的佳作，作为对于汶川地震灾区的死者的纪念和生者的慰问，作为对于生命的礼赞，作为对于爱的歌吟，更是作为对我们伟大的军队、伟大的人民和伟大的中国共产党的衷心的礼敬！我们相信，诗的温情可以抚慰灾区人民受伤的心灵；诗的激情可以鼓舞灾区人民重建家园的信心和勇气；诗的力量可以升华人的精神；诗人的情怀与灾区人民息息相通。我们期待着来自灾区抚平伤痛、重建家园的美好音讯，更期待着我们的诗歌所展示的善良崇高和悲悯仁爱的情怀能够在我们的社会里永存！

古人说："国家不幸诗人幸，赋到沧桑句便工。"这似乎有些残忍，但是也从一个侧面反映了中国诗歌史上的一个传统，亦即国家的灾难激发了诗人们的深厚的家国情怀，他们用诗歌记录国家的灾难、人民的苦痛和个人的感伤，展示悲天悯人的慈爱情怀，反映灾难中人性的光辉，为我们留下了一笔笔宝贵的精神财富，延续着诗歌的现实主义的优秀传统。今天，我们的国家已经进入了社会主义市场经济的时代，我们的诗歌创作曾经一度远离社会现实，成为在象牙之塔里低吟浅唱、自我欣赏的摆设。但是，在我们的国家面临大灾大难的时刻，我们的不少诗人却是以他们的创作发扬光大了诗歌的现实主义的璀璨，形成了诗歌回归现实、正视苦难、关注生活的新气象，诗歌也因此重新引起了社会的关注，这也为我们的新诗创作的发展开辟了一条新的道路。从这个意义上说，这场巨灾确实是为我们的新诗创作提供了一个令人心痛的契机，而我们的诗人们也以他们的家国情怀和激越感情把新诗创作从狭小的象牙塔里推向广阔的现实社会和大众之中，回归社会、回归现实、关注大众因此而成为我们这个诗集的显著特点。

"多难兴邦"，总理如是说，古人如是说。我们的民族是一个历经万难而不屈，度尽劫波而不泯的民族。我们深信：今天我们也一定能在大灾大难面前坚强挺立，中华民族万众一心，共克时艰，众志成城，凝聚如山心力，一定能够创造奇迹和辉煌，灾区人民也一定能够战胜灾难，重建家园，灾区的明天一定更加美好！我们的诗人们也一定能够植根于社会现实丰厚的土壤，迸发出更加激越的诗情，创作出更多、更加优美的诗篇！

2008 年 6 月 24 日于深圳西丽湖畔

《荒腔闲吟录》序

余壮岁西辞巴蜀，从事南粤，恍然之间，已十七年矣！其间曾供职于南山教育十三年整，后奉命再入深圳职业技术学院，至今已历四载。岁月匆遽，时光如流；满头黑发，尽染银霜。身经人生苦痛，事见曲折磨砺，几多感慨，几多惆怅！以兢兢业业对事业，奉与人为善为准则。不竞不争，知足常乐。虽功业不彰，声名难著，略可自慰者，唯所历之处，尚称勤谨；行事待人，实少骂名，庶几无愧于心，无愧于人矣！

吾中华素称诗国，数千年来，诗统不坠。佳作名篇，浩若烟海，流传千古；才子风流，灿若星斗，代不乏人。诚所谓日月经天，江河行地，民族文化之精魂，千秋不朽之盛典也！惜余生也晚，少小之时，身历衰世：焚书灭文，数典忘祖，真可谓斯文扫地矣！所幸居处深山，偶存焚余之书，微幸有获，即欣喜不已，袖回茅舍，孤灯苦雨之下，夜深人静之时，默然展读，衷心向往，终日忘忧。遂加抄录，时所吟诵，亦乱世中一快事也！

迄至邓公复出，天清气朗，文化复兴之时，负笈果城，方得饱览图籍，快读诗书。时已届而立之年，诸事繁冗，四方奔走，难免浮躁之念；糊口养家，精力难济，岂得细研诗学。然读诗之兴，尚无衰减；吟咏之习，实难忘怀！迄近十余年间，虽身受羁绊，事务杂冗，然偶有闲暇，亦难免书生之趣，附庸风雅，信笔涂抹。或抒情怀，或纪实事，或摹山水，或相与唱和，率性而为，难求格律之严整，聊以寄情抒怀而已矣！本不欲以之示人，难敌好事者之怂恿，同好者之催促，亦敝帚自珍之意也，勉成此编。荒腔走板，诚应受打油之诮也。故命名曰：《荒腔闲吟录》，以期名实相符，表里如一也。然则祸枣灾梨，虚耗资财之议难免；无益于人，徒留笑谈之讥必然。所幸者，附录二三同好者之佳作和诗清新可喜，置之编中，当益见其光芒之闪烁。诚如是，则本编之出，可以无愧矣！

是为序。

2011 年 3 月记于深圳南山之西丽湖畔

《荒腔闲吟录二集》跋

时序更新，荒腔再吟。非关不朽之事业，记事抒情而已。偶得出版之幸，例当叙其缘由，述其始末，缀于篇尾，俾使有心之人得以审其原委，得窥全豹。

夫诗者，心声也。动乎于情，发乎于心，形诸于文，系乎于韵，可以称诗矣。余偶为诗作，已非一日，深感心、情、文、韵，诗之四维，四维斯张，可谓好诗，然唐宋以降，诗律森然，如欧阳子之巨匠，亦曾因落韵而被逐，况其余子乎！诗律渐趋谨严，固谓精益求精，然渐入象牙之塔，成少数人孤芳自赏之具。脱离大众之泥壤，势成无本之木、无根之花。旧体诗百年凋敝，因由昭昭。泥古守残者其不戒乎？

余之学诗，秉承四维之说，道心声，抒情感，究文字，系宽韵。总以达意传情为主，不太讲求平仄，不过度遵循格律，是为荒腔；不以文害意，不过度雕琢粉饰，亦是野调。虽云自觉，然功力不逮，确为实情，为人诟病难免而自乐于其中也。

本集出版之际，幸得深圳大学校长、著名古典文学专家章必功先生，原《深圳商报》高级记者、著名诗人祁念曾慷慨赐序，多有谬奖；韩树林先生居中奔走，不惮劳烦；天地出版社吴鸿先生、卢亚兵先生鼎力支持，宣力实多。至为感谢，均此一表谢忱。古语云：中心藏之，何日忘之，正合余之心情。

2012年8月23日于深圳南山西丽湖畔

《荒腔三吟》自序

岁月荏苒，物华又新。早春时节，天清气朗。和风吹拂，心旷神怡。万汇得意，百花竞发。当此时也，整理旧稿，成诗一卷。未曾细数，约二百矣。虽系荒腔闲吟，小技雕虫，然亦发自心声，抒发性情；也曾有描摹景物，酬唱友人，或者不堪卒读，亦有真情实感。罪我笑我，自当承受，岂得辞其咎也哉！

夫诗者，心声也，性情也。古往今来，未见无真性情而有真诗者。触景生情，缘事而发，记友情，录游踪，画胜景，兼及时事感受，人生情怀，形之于文辞，系之韵律，上口而读，便于记忆，便于流传，即谓之诗也。友朋之间，相互琢磨，辨析疑义，交流感情，亦乐事也。至于公之于媒体，期之以流传后世千秋，则我辈不敢闻焉！

余之为诗，非以之为事业也。年届花甲，人生近晚。对美景胜事，难免技痒；偶有余暇，随意涂抹，自娱而已，实难登大雅。偶然发送各位友人，亦本心声交流，绝无以获虚名，欺人欺世之意。故名之曰：荒腔三吟，如有注目者，确当明辨，以免虚耗功夫，收获失望。云云。

张效民癸巳年正月序于南山西丽湖畔

杨东铭《冷水泡茶慢慢浓》序

古人有云:人之患在好为人师,记不清哪位又说人之患在好为人序。我想,好为人序,在文人中也确可算作一个不大不小的特点。按我国之文化传统,一般而言,作序者应具备如下条件:一是年高德劭。在文坛上,年高德劭者一般都是学有大成,一派宗师,为人“序”一下,好比是在文坛上又插一面旗帜,为自己一派又扩张了一点地盘,自己的地位也由此提高了星星点点。因此求序者越多,就写得越多,而写得越多,就证明自己门派实力增强,自己的地位高峻。有如许好处,自然如韩信将兵,多多益善,故而来者不拒,下笔千言,离题万里了。二是官职尊崇。官位代表地位。官越大,权威越大,地位也就越尊崇。但这类人的序难求,原因是难以接近,这类人侍从云集,自身亦不自由,不相干的求序者绝大多数当然只能望洋兴叹,不得已而退避三舍了。当然也有能突破重重阻碍者求得其序,但一般亦非个人所为。其实是他对于所序之书的内容,实亦不甚了了,加之多年依赖秘书,难于亲力亲为,又因一言九鼎,能起枯朽而肉白骨,自当慎之又慎,自然难求了。但一旦求到,那就非同小可了。以其尊崇地位所挟之声威,自然使所序之书声价倍增,洛阳纸贵,一纸风行了。这种事例这些年也确有所见,也为一些人所向往。三是同行师友。同行作序,本为正途。主要因为,同行比那些与作者书的价值较不相干者更为了解,既然能称同行,自然具有学人身份,说的自然也都是内行话,因此,请他们作序最为恰当。作序者在说一些勖勉鼓励之言的同时,必然对作品的研究或写作思路、学术或文学价值、未来发展方向作一番评说、指点,这对读者、作者均有助益。老师作序,更为正当,一般而言,老师对于学生,人既熟悉了解,身份所关,更能对学生所作发表真知灼见,鼓励批评,无所不可。而友人作序则又多了对作者人生历程、人品性格、爱好情趣的了解,若对作者从事之专业有所认识了解,则更具作序之条件。但这类人之序文,往往因碍于情面而难尽言真话,敷衍者多,鼓吹者多,影响了序文自身之价值。

我不具备以上三种身份，本无为人作序的资格。当东铭先生提出让我为他即将出版的大作作序时，第一反应就是婉拒。欲“拒”而“婉”，因为东铭先生是我的同事。相当长一段时间中，我们的办公室可谓“门当户对”。成天是鼻子不见眼睛见。后来他转岗于图书之府，离得远些了，但也还时有过往，有时也还能读到他发来的那也颇有人生感悟的诗章。对这样的朋友，你能板得起脸来，生硬回绝？自然只得欲拒而婉了。

婉拒仍然是拒，拒而不得，只能玩起移花接木、“移祸江东”之手段，推荐了一位确具资格者完成东铭所托。谁知被荐者态度坚决地予以拒绝，理由是：从未给人作过序，此优良传统不欲因此打破。对此“守身如玉”的优秀传统之维护者，岂是语言所能撼动的？“移祸”不成，只能自己承担东铭之重托了。

由婉拒而“移祸”他人，再到自己承担，其中有诸多不得已。首先是从委托作序者的东铭而言，其态度既真诚而又执着，你不得不因此感动。其次从己方而言，还有一层人情世故的考虑。要知道，请人作序，那肯定是作者经过多少次比选后才确定的人选，而开口时也还确信有些把握的。这对被求者而言，可谓给足了面子：一则他或者认为你有点作序的资格，二则他必以为你定然不会推辞。你如实实在在予以拒绝，那岂非是太不近人情，太伤作者的脸面！同事之间，又岂可如此不仁不义耶！而请你作序，也正是尊你、重你、信你、给你面子，为人者，又岂可如此给脸而不要乎！于是，作序之事，也就较为坦然地自承了。

实在说，这些年谋食工作的性质，已远离对于文学的专注。但对于文化文学，由于是早年衣食所自，也还有些依依不舍，并未完全弃置。在我有限的文学尤其是散文视界中，总觉得散文确是遭逢了百花齐放、万香扑鼻、万采千姿的大好时光，就文体而论，有包容千古的历史散文，有思接风云的文化散文，也有内涵丰富的知识散文，还有记录人生琐屑、个人私务、一己情怀、幽微情感、波动情绪的私性散文。抒情的、叙事的、记感的，幽默讽刺的、鞭挞嘲笑的，千姿百态；大气磅礴的、荡气回肠的、直达隐微的、低吟浅唱的、大江东去的，气象万千，更有网络上：博客的、微博的、推特的，不一而足，汇聚成好一派繁荣昌盛的盛世风光！而其中，我本人曾为余秋雨、李国文、李存葆等人大气厚重之文所倾倒！那些磅礴大气、意蕴深沉的宏文，曾经使我等读之不忍、不舍，催发过多少人一掬辛酸悲豪的泪水。

东铭这本大作，乃集多年随感、随笔而成，显然不属于上述那些雄浑催泪、金戈铁马的煌煌宏文。但六个部分，一百五十六篇随手写下的体裁各异的或长或短的散文，却让人读得颇有意味。这里没有所谓的历史的厚重，也没有多少深刻的家国命运的忧思，更没有多少悲天悯人的关乎人类未来的悠远的思索，有的也就是个人身历的一点读书的感悟，一些身边琐事的记录，当然也有一缕乡情、亲情的诉说，一种蓦然回首的隐藏于记忆深处的对于儿时生活的追怀。作者正是通过对于这些琐细的生活事件的叙述，展示出一种淡远的生活情趣和怀人忆旧的对于乡情、友情和亲情的爱恋情愫——并不浓烈，然而隽永悠远，亲切动人，颇能触动读者的共鸣。

我在内地一所高校担任过十三年的中国现代文学的教学工作。在我的教书生涯中，深感散文最难讲授。文学是语言的艺术，但同属文学一类的小说因为有人物、有故事，讲授起来颇易出彩，而诗歌则以其精练的语言、含蓄的意象，留给人巨大的想象空间，讲授起来可以天马行空，文体本身为讲授者提供了再创造的较大空间。唯独散文，尤其那些非模式化的、比较闲淡的散文，其特点尤其是语言风格则最难把握、最难表述。现在想来，恐怕这是由于散文这种文体所决定的。至今记得清楚，大学期间，讲授散文文体的老师那摇头晃脑、拖腔拽调的形象，“散文贵散”“散文不散”“形散而神不散”的声调言犹在耳。但说实在话，当时以及其后的相当长时期内，对以上关于散文特点的归纳总结之语理解并不深刻。即使到了今天，也不能说认识就有多么深刻了。最多也只能说比当年的认识确实要深化一些了。就以东铭这部书稿为例，我以为表现形式灵活多样、语言风格平实淡雅、情感表达稳重从容，乃是最可关注的特点。

说表现形式灵活多样，指的是一百五十六篇长短不一的文章，就题材分，有游记、杂谈、读后感、忆旧文、人生悟语；就文体分，有随笔、散文诗、日记体等，篇篇不同，使人读之不厌。语言风格平实淡雅，指的是文章用语不求华丽，不故作高深，娓娓叙来，从容不迫，偶尔化用古文古语，恰到好处，并无卖弄知识渊博之嫌而取淡雅点睛之效。情感表达稳重从容，说的是行文风格上的不匆迫，不急躁，不过度讲求文法上的呼应照顾，不强求在气势上压倒读者，无盛气凌人之态。读之虽无血脉贲张心潮激荡之感受，而有会心一笑，咏味再三之情趣。因而，我以为，东铭是明白此类散文写作之三昧的。

散文随笔之类的东西，条条框框少，可以自由发挥，似乎好写，许多人也爱写，也是与平常人家最为密切的一种多样化文体。但散文要写好，达到自由无拘束地表达作者的情感与主题意愿，真能有一些“精气神”体现在文章内，却并不易。历来的散文精品，都不是“刻意”写作出来的，往往是有感而发，自然天成，或个人与时代恰到好处的“结晶”，形成“天作之合”，或厚积薄发，功到自然成。东铭先生工作中写的各类文章很多，因在高校，要搞些科研，也曾从事文秘、宣传等工作，文字多以论文、公文为主。这部书收集的散文类文字，主要是他的业余所好，不能说都是精品，也不好说水平如何如何，但通篇都是他自己的真挚表达，也有散文的一些“味道”或特点在里面，这就足够值得肯定的。现在能整理成书出版，也是要向他表示祝贺的。

东铭先生曾交代说这篇文字可写多少多少字，主题可随我写。我以为字数是命题作文的要求。行文至此，似乎超过了限度。而既然是序，自己也知是很难写的一种散文，因此要叙说的一些主题或特点，也很难说很到位。就此搁笔吧。此为序。

2012 年 8 月 13 日于深圳西丽湖畔

古体诗创作不能削足适履

——与徐晋如先生谈诗歌修改

得深圳大学才子徐晋如先生短信通知，中山大学拟于2012年11月下旬在其珠海校区召开古体诗研讨会。邀请与会，并征求诗歌以成《伶仃洋雅集》。咨询后以为本次会议当为学院派诗人之高水平聚会，从议程看当含旧体诗创作推广之内容，遂决定与会。为不致贻笑大方过甚，请徐晋如兄为我几首诗作把把关。遂有几通短信往来，其间颇有值得思考玩味之处。存以记趣。

张效民：徐老师，有一事请教，中山大学来信，邀请参加11月下旬在中大珠海校区召开的传统诗词研讨会议，要求提供自己创作的诗词，请问是按照《伶仃洋雅集》命题作文呢还是随便什么诗词均可？

徐晋如：会议要求提供诗词，当为诗教之用，应该是无论新作、旧作均可。

张：发来几首旧作，请你把关。谢谢！

徐：或有偶误，自当助校。

张：发来三首，请正。谢谢！

南雄梅关[①]有感

古塞耸峙当要冲，秦关汉垒为谁雄？梅开先后分南北，地接赣粤联西东。潮起潮落两江水，云卷云舒五岭风。驿路早无驿使过，唯有游人说玄宗。

① 梅关开于秦，至唐玄宗时宰相张九龄重开，沟通南北驿路，联接东西水程。数千年间为南北东西要冲也。其地居大庾岭，水分长江珠江二系；梅开有先后南北之异。驿路上使臣往来不绝，官宦任免，商旅交通，全赖斯途。古往今来，吟咏无间。今登岭头，有感而赋。

梅岭读陈毅元帅《梅岭三章》

几回梦里到梅关，烽火苦斗忆当年。层岭尽染英雄血，市廛已消百战烟。此头何惜悬国门，尚思率部斩罗阎。今日再诵元戎赋，高山仰止更肃然！

珠玑巷①怀古

千年古街珠玑巷，中原血脉渊源长。北依梅岭来万里，南临珠原涉重洋。江水激荡凭起落，海潮浩瀚任消涨。华夏子孙满世界，寻根问祖掬心香。

徐：前辈之作慷慨沉雄，惟豪不就律，略作修削，以中音韵而已：

南雄梅关有感

古塞耸云当要冲，秦关汉垒为谁雄？梅开先后分南北，地接赣湘联粤东。潮落潮生两江水，云舒云卷五山风。驿传早废今陈迹，惟有荔枝仍自红。

梅岭读陈毅元帅《梅岭三章》

几回梦里到梅关，烽火连天忆昔年。层岭未销豪士血，市廛欣看绮罗烟。国门何惜悬魁首，旧部犹堪斩鬼阎。盥诵再三陈帅赋，高山仰止更庄然！

珠玑巷怀古

古巷无言对夕阳，中州一脉此流长。北依梅岭来炎国，南峙珠原涉远洋。江水鱼龙凭跳跃，海山云鹤自翱翔。开枝散叶三千遍，长记珠玑一瓣香。

张：晋如兄：你的改稿我捉摸再三，的确是高手，有点铁成金之效。唯有数处，拟与你一商。一是改"五岭风"为"五山风"，鄙意梅关所在之大庾岭，本为南方五

---

① 珠玑巷位于广东南雄县境。南宋时中原移民多由此地入粤。据考：岭南百七十余姓入粤均初居此地，然后开枝散叶，分居粤地各方，再赴海外，实为粤地中原人氏祖居之地也。近三十年来，各地游子寻根问祖，新修宗祠，香火鼎盛，中原人文，由此发扬光大，实盛世之盛事也。

岭之一，居此地而用“五岭”似较稳妥，改“五山”则有失据之憾。“驿传早废”第一句似太直露，第二句则有违自然之理，荔枝在北回归线以北就没有了，至于四川泸州、涪陵、三峡一带有其踪迹，乃特殊自然气候使然。总之就粤地而言，过从化即无荔枝。再讲梅关“荔枝红”，恐不妥。

《读陈毅元帅〈梅岭三章〉》中用“盥读”，意在以示恭敬，然旅游之间，见诗碑而伫足以读，再以“盥读”二字，则易遗人以作秀之口实。谨致候教。

徐：你说得对。因我只考虑了音韵，就有削足适履之憾。“盥读再三”可改为“碑字重摩”，惟“驿传”二句，用“一骑红尘妃子笑，无人知是荔枝来”之典，似可不改。第一首颈联可改为“潮落两江龙对出，云生五岭虎藏踪。”

张：这样很好。不过我们就认可了杨玉环吃的荔枝是自岭南送的了。我一直认为唐宫荔枝是从四川送的，反对岭南贡荔之说。

吟咏往来铸新词

癸巳年初五,振武兄发来诗作,不揣冒昧,和作一首。引来一段改诗交往,深有意趣。录以备忘。

五律·答梁相钦先生

阎振武

浮生过甲子,遑论度英年。
小赌无伤雅,微醺胜过仙。
居高乃错爱,怀远已虚言。
挥手从兹去,恬然甘赋闲。

张:阎兄此律,清新可喜,可以传世。佩服之至!试和一首,自况也,以博一哂。

试和阎振武《五律·答梁相钦先生》

张效民

恍然到花甲,匆匆送流年。
欲多方成魔,心静即是仙。
登高已无意,骛远更不言。
屈指计日月,悠悠好赋闲。

阎:校长过奖。都是硬憋出来的,不似校长信手拈来,轻快娴熟。主要是读的少,写的少。您的唱和激出一些兴趣,似可多学练,只是挺费功夫的。

张:兄根底深,一抓就上手!

阎：与君切磋，未知然否：

倏忽一甲子，开岁叹流年。
欲盛能引鬼，心清即是仙。
登高为假想，骛远乃空言。
屈指计时日，悠悠好赋闲。

张：好！改得好！就以此定稿了！我说你老兄根底深嘛！“为假想”不符吾意，从未想过，现更不想！

阎：我知不符君之本意，故并不满意。只是这样平仄更谐。再斟酌修改吧。

张：别过度追平仄，关键还不能以文害意。如果不能达意传情，要一堆平平仄仄何用？我们一些官员过度求平仄，以致弄得文意不畅，让人难解其意，反遗人调笑。待会儿发一首给你看看就清楚了。考其原因是生怕人家说不懂诗。其实唐以前人们的诗并不那么讲平仄的。唐诗是给人唱的，所以讲平仄音韵。今天诗不用唱而用朗诵，古今语音变化巨大，南北东西差异尤多，岂可过度泥古？所以我以为今日作诗，押大致相近的韵，讲求和谐可诵即可。赵朴初先生的旧体诗就不讲平仄而依曲韵，今天我们一些人看了，难道也讲赵老非诗人邪！当然，如能做到意、韵俱谐，当然极好，但我辈以之寄情娱已，似可不必那般着意。以上谨供参考。

阎：赞成校长意见。颈联能否积极些，比如：“居高议国是（政务），处远有诤言。”

张：如我等不可自诩“居高”、妄议“国是” 。“处远”一句好。但其实这年月“诤言“实难。拟改为“居高实无意，处远试诤言”如何？

阎：居高悲民意，处远倦诤言。

张：老兄：我这诗是自况，表达的是对在职生活的总结与对闲退生活的向往与思想准备。说自己有职位而较为尽职，未曾尸位素餐。有位，但非“高位”，因而不能用“居高”之词。铮言难，但也非不言，对此也有些勉为其难。如何表达，确实较难。所谓“心中有而言不易“也。昨夜往复后，今晨又读兄二句，再想两句，是“居位非素餐，谏争岂无言”，如何请酌。

阎：此意甚好。“居职非素餐，议政有诤言”合意否？

张:谢谢！就此确定吧。所谓“吟安一个字,拈断数茎须”也。我俩往复数日,再下去就堕入魔障了！但老兄精益求精之毅力,热情助人之风范,实堪敬佩,亦佳话也。

阎:这是做习题,交作业。君乃良师也。

张:惭愧,岂敢！所谓“疑义相与析”也！

第四篇

读书是一种“瘾”

对于读书人来说，读书是一种瘾。比如烟瘾，要花钱，掏自己的腰包，增加国家的税收，但国家还要制定一些法令来限制烟民，老婆孩子反对，社会人群讨厌。但是，对于真正的烟民来说，要把烟戒断，还是难上加难，难于上青天。

读书当然是提倡的，大家都知道要读好书，坏书是禁止出版的，就是要把毒害消灭在萌芽状态中。

我当然是读好书的。不过，我想，偶尔读一本不那么好的书，也不必视同洪水猛兽。有时也读一些禁书，感到真有一些“雪夜闭门读禁书”的快感，而且也上瘾。但是自己也知道，有些禁书纯属炒作，有的完全是编造。所以，即使读禁书，也要选择，这并不难，翻看一两页也就知道了。

但现在的好书实在太少，有时，好不容易跑一趟书店，却往往是乘兴而去，扫兴而归，弄得好几天提不起再去书店的念头！实在是真有点“他妈妈的！”

但事后还是要去书店，总感到还有盼头，还有希望，还能指望可能有好书在作家的腹中孕育，在编辑的案头产房里催生，在印刷机上难产。那么，就耐心一些吧，“面包会有的，牛奶也会有的！”

买到好书的时候也不是没有，那就欣喜若狂了，会陪上一个通宵把她读遍，如遇到久别的情人，如新婚小别的小夫妻……

好书是不借人的，不要说爱书人小气，岂不闻：“书和老婆概不外借”么！

这两种情况，都有点像烟民：买不到时，如“文革”时香烟紧缺，路过百货公司时，总要进去看一看，留意一下是否有免票证的香烟出售，结果自然多是失望；买到好书时，也如千百次的期盼中，终于如愿以偿购得免票香烟一包，那种高兴的心情是不言而喻的；因为少有遂愿之时，故而十分珍惜，难与别人分享的，就连自己抽都是惜之又惜的连烟屁股都要想方设法地抽到一摊只剩一堆白灰，恨不得连同白灰都吞下去才好，哪有与人共之的气度呢？

好书的“资源共享”与“独自享用”

——答网友

我的一篇短文《读书是一种“瘾”》,引起几位网友的关注,一位网友说好书要大家分享,怎么能够“独自享用”呢?态度友好亲切,讲得也很有道理,本人十分感谢。但是,也想为我的“自私”辩护几句,也就是说,我发出这样的议论,也有着自己的理由。

主要是不得已而为之。好书,大家都喜爱,犹如大家都喜欢美丽的女孩一般无二,爱美之心人皆有之嘛,这完全可以理解。但是,好书既然成为我的“资源”,就是说我已经办理了正当手续,这本书的所有权已经属我所有,我当然就会对她具有监护的权力与义务。正如你与某个心仪已久的美女办理了结婚手续后,你要履行你的权力与义务一般。

当然不可以“养在深闺人未识”,一点都不让人家看。但是,偏偏有那么一些人,知道你有了一本好书,就千方百计地、死皮赖脸地要借观,承诺几天几天就会完璧归赵。像我辈社会阅历浅薄者,面对人家的信誓旦旦,不免就信以为真,以为人心很古,而且以为好书与友朋共之,不亦乐乎!总之吧,就是松了口,结果是书就借了,还以为是为朋友两肋插刀呢。此后呢,情况完全发生变化,借书人一旦好书到手,就好像忘了似的,无论你怎样催促,他要么是说出差了,等几天再还吧;要么是说还没看完,看完了再还;催急了,甚至还发脾气,说:不就是一本书么,有什么了不起的。还有就是“赵巧送灯台,一去永不来”,一句话,被某某借去了,或者是不好意思,弄掉了,理直气壮,牛气冲天,好像他把借书时的可怜相忘得一干二净了,倒是反客为主了,语气也咄咄逼人起来了。你说气人不气人?面对如此朋友,你该怎么办？强要吧，真正可能伤了和气，朋友嘛，还真能为一本书就反目？但是，又有谁能真正理解你对于这本书的感情？就是找人说理去，人家也觉得你不可理解，大不了就是一本你爱的书而已，难道比朋友还重要？看看，吃了亏，你还不占理，自认倒霉吧！

还有一种情况，书是收回来了，但早已面目全非。不是书页卷了角，就是封面与正文分了家，更可气者被他给你圈点勾画，让你惨不忍睹。有点修养的，还说声对不起，没那修养的，还一点事没有地等待你对他按时归还借书，信誉卓著的表扬。对于这样的借客，就如他把你的老婆借去跳舞，还不老实，动手动脚，让你老婆花容失色，这时，内心里是杀他的心都有，但你还得故作大度地说声没关系，你说难过不难过！

我说的借书者之种种表现，实在不是揣想之辞，我是不止一次亲身经历，也不止一次听有类似经历的被借书人痛楚陈言。无论是自身经历还是他人经验，都足以引以为戒。都应该引起好书所有者的深思：一旦丧失了对于好书的拥有权、自主权，你会是何等的被动，何等的进退维谷，所谓进亦忧，退亦忧！因一本书的借出，导致如此深重的人生苦难，真是何苦来哉！因而就下了决心，好书绝对不借人！为了保证不借给人家，不为不借人而带来不必要的烦扰，那就要做到拥有好书后可别屁颠屁颠地宣扬得满世界都知道你“有了”。当然，这很难做到，但是如果做不到深藏不露，你应对借书者的麻烦就接踵而至了。

为了减少麻烦，还可以采用如此办法：一是把你买书的地点告诉借书人，请他自行购买，成为坐拥书城者；二是买书时多买几本，送给朋友，实现资源共享；三是如果你买到了印数不多的好书，喜悦不尽，极其想和人分享你的喜悦和快乐，你不妨匿名到网上去宣泄一番，但是在现实中可不能“露白”。这几种办法效果如何，你可以试试。“不试不知道，试了都说好”，不借免烦恼，好书跑不掉！

好书对几类人物慎借

昨天写的《好书的“资源共享”与“独自享用”》贴出来后，几位网友发表了意见。有的赞同，有的商量，看是否有更好的办法，来保证既可实现资源共享，又可以防止好书遗失或者受损。都是爱书人的好意，心领心领！我结合自身的体会，在尽量防止好书资源流失方面，又有了一些想法，写出来与大家共享。共享方面，想法还不成熟，想好了，也愿意和大家讨论，求得大家的指点。因为万一大家都不愿意“共享”，如果我看到朋友有一本我十分想看的好书，不是也借不成了么！

那就说说防止好书资源流失的想法。主要是对几类人物要慎借好书给他，只要把住了出口，即可无忧也。

其一，如你一样的爱书成癖者不能轻易借出。如果你爱书成癖，你可以想一想，你面对一本垂涎已久的书时，你的那种心如火燎的感受，你是恨不得想尽千方百计要据为己有者中的一个！爱书，人同此心，心同此感，一旦好书落入爱书成癖者手中，你还指望能够收得回来吗？君不见，《西游记》中金池长老是如何谋算唐僧的袈裟的？只要你想到金池长老如何从唐僧那里取得袈裟，又如何爱不忍释，希望永远占有这宝物的所有权，又如何与弟子设计谋害唐僧等惊心动魄的场面，难道你还能不有所警觉?!

其二，你的顶头上司不可轻借。你想，不要说你的顶头上司有意要谋你的一本好书，现在这种情况不会发生的了，就是顶头上司日理万机，一本书看就看了，哪里想得起来还要归还你！这种情况，你好意思三催四逼？你放得下面子，你拉得下脸来？你有那胆量去得罪他？没有，你的顾虑很多很多，你怕得罪你的顶头上司，怕他给你过不去，怕他给你穿小鞋，怕影响你的提拔重用，怕扣你的奖金，等等。既然这样，那又何必与你的顶头上司产生这种借与被借的关系？如果实在不得已要借，那你一定要有思想准备，就是这本书就没有想到要他还！这样，一旦不还，你原本就是如此想的，如果还了，你就享受到喜出望外的高兴！要我说，有了好书，而这位顶头上司又是位好书的爱好者的话，就干脆多买几本，一本自留，一本赠给他，这样彼此方便，决不会出现因一本书引起的不愉快。

其三，行踪漂浮不定的朋友不能轻易借出。朋友有通财之谊，按说，借一本书更不是什么了不得的事情，可是，现在借出去的是本好书，难以第二次买到的好书，他拿去享受了阅读的快感，人却又漂浮如云，一旦你需要了，你又到何处去找他？误了你的事是必然的，你还不好对他说什么，谁叫你借给他的呢？平白多了一些不愉快，那又何苦呢！

其四，对于女孩子不要轻易借出。一些女孩子对于好书也是有好感的。但是也往往是一借永远不还。几年前，一位千娇百媚的女记者，在我的书架上看到了刚刚出来的好书，就一定要借去“学习，学习”，我左推右挡，终于抵挡不住了，就松了口，但是提出三册书，每次只能借一本，这样，就给她借了第一册去，谁知至今也没有还回来，每当我看到书架上那套残书，不禁心中充满歉意，正是由于我的立场不够坚定，才害得这套书被那女孩子无意中处了腰斩之刑！因此，心中暗暗立下誓言，今后无论是何种女孩，无论她使出何种手段，无论她是如何信誓旦旦，担保一定按时归还，我都要以铁石心肠对待，决不松口，以保障我心爱的书不遭受损失！当然，这只是我的体会。对于像钱钟书先生名著《围城》中通过借书来结交异性者那就又当别论了！

以上所谈，只是大概而言，当然不能绝对化，所以我的题目上用的是“慎借”二字。还有哪些人需要“慎借”，以后想起来再向大家报告。

下属借书又如何

我那几篇关于借书的短文贴出来后，网友都比较关注，提出了几个问题，很有意思，有的回复容易引起误解，所以应该回应一下、澄清一下。

首先要说的是，《好书对几类人物慎借》中所讲的那位记者借书，至今未还，主要原因可能在于其职业漂浮不定，再加上小女孩记性不好，忘性大，看书只有几分钟热情，好书到手，她就留在那里慢慢看了，可能至今也还没有看完，所以没有还书。不信，等以后见了她问问，八成就是这种情况。至于其他，绝无可能，我又不是哪位名扬海内外的老人家，自信绝无那种魅力，那种本事，那种能力，可以让那千娇百媚的女孩子动心的。何况至今未曾还书，也就未曾见面的事实也明确表明了记者借书只是一时的好奇而已，绝无其他杂念！

这个事儿交代过了，松了一口气，不会引起对于借书者的误解了，我的心理负担随之减轻以至完全消失。可以说说本文的正题了。这个题目可以包含两个意思，一是下属借书给你，一是你借书给你的下属。不过这个话题不太好谈，因为是下属，就意味着与你的关系（当然是工作关系）比较直接。根据一般的人生经验，对于关系比较直接的人，一是不太好说，一是说了容易得罪人。那种指名道姓的说法，尤其不可，古话讲，说人不说姓，一辈子不遭笨，讲的就是这个道理。我的感觉，你如果说的是一种普遍现象，大家都能嘻嘻哈哈地接受了，反正也没有说我，何必自己对号入座！但是一旦把这种普遍现象和具体的人联系起来，那麻烦可就大了。

这么讲，难道是不说了？不是不说，不说对不起网友的。但是，我就说事，而不说人，甚至不说其职业，以避免一些无谓的麻烦。那我就下属借书予你和你借书给下属这两点说点看法，当然也包含我的经验在内。

我的一个基本看法是，对于顶头上司借你的好书，你千万要慎重。今天如果问我的下属借书给你的问题,就是把我定位为某个人的顶头上司了。角度变了,考虑问题就自然不同了。要我讲作为某人的顶头上司,我自然十分热烈地欢迎下属借好书给我的,因为只要好书到手,主动权就自然归我了。下属们的好书一出手,要收回去的难度可就大了。前几天还有一位同事看了我那《好书慎借几类人》,还在说去年借给我的一本很难买到的书,好像是叫"翡冷翠的什么什么",书名也给我搞忘了,你说,这书他还有收回去的希望吗?

这就要说到女下属借书给你的问题了,这事回避不了。下属中自然有很多女性,这些同胞主动借书于你当然是好意,应该感谢,笑纳,却之不恭,那么,千万不要产生受之有愧的念头,无非是爱书人一般性的交流嘛。但是当对方提出礼尚往来时,一般的书借了自然也无大碍,但是一些奇书、好书、绝版书,那是千万借不得的。书一旦收不回来,难道你还真能够逼得人家梨花带雨?即使你下得了手辣手摧花,你的书就一定收得回来?那也太没有骑士风度了嘛!为保险起见,还是就像一个守财奴一样,死死捂着你的书吧,这样庶几可以两便,减少烦恼!至于担心下属来点什么"秀",实在不必,你以为你是谁呀?既不是周润发也不是李小龙?有何可担心的?

这就已经说到了第二个问题,下属借你的书怎样对付的问题。按上面所说,一般的书借了就借了,好书万万不可。当然不可一概而论,有的下属书德很好,真正可以做到有借有还,爱书如命,也是可以借的,但是为了保险起见,可以采用绑架式的借出方式,就是借我的好书,可以,但是拿一本你的好书来吧,大家交换,对等原则,相互放心,虽然看起来似乎不近人情,但是,绝对有利于保护你的书,对于借书给你的人,实际上也保护了他的书,两利之事,何必为世俗的一些看法所困扰而不去做呢?

说来说去,还是印证了先前我的说法:"对于顶头上司借书要慎重","好书是不借人的!"不知诸君以为如何?

网上说书喜亦忧

——二答网友

呀！出差几天，我的博客上还挺热闹的。静下心来学习一遍网友的言论，很有感触，大家发表了很多对我颇有启发的观点，在此谢谢了。

归纳几种网上的意见和情况，为省点事情和时间，就在这里一并答复了。请各位网友谅解！

一是我的出发点，其实就是在网上说说爱书的心情，抒发一下书借出去后收不回来的愤懑，不针对任何特定的个人，当然要举例，但没有指望一定要通过这种形式把书收回来，须知许多人真要想“黑”你的书，你就是指着他的鼻子骂他，他也会装聋作哑的。但是没想到，我的书居然顺利地回到了我的案头——意外之喜呀！高兴之余，还应该感谢那借书的美丽女孩，让我那套很可能残破的套书能够旧梦重圆，应该说，这位借书者还是一位颇有书德的人，不错，真不错，相当不错！应该隆重地予以表扬！

二是当然应该感谢网络的力量，网络可真是无远弗届。凡是上网之人，无论远在天边，还是近在眼前，都可以几乎同时见到相同的信息，而且，远在天边，瞬时可达；近在眼前，还是神秘莫测——网上出现的大都是假名字，一条跟帖出来，你会感到就是你单位的人，你身边的人，但就是不能确认，谁也不愿意承认那骂你的话是自己讲的，这就是网络的神秘之处，神秘产生力量，所以，我成了受益者，这种力量把我的书给找回来了。应该感谢网络！

三是要感谢我的网友，大家的意见很可能给那美丽小姐弱小的心灵造成了不还书不行的压力，所以赶快把书还来，以享受心无负担的轻松之感，所以，网友们功不可没。

以上说的是网上说书带来的喜，是出于望外的喜。人生在世，往往是有喜有忧，亦喜亦忧，喜忧参半，喜就是忧，忧也可能变为喜。这不，麻烦马上就来了，马上就面临着忧了。

一位自称受害的下属，声称我借了她的书，几年未还，现在这书已不知去向了。想想真有这回事。就此事而言，正好印证了我的一个观点：不要把书借给你的顶头上司，不过是从反面印证的。但作为当事人，作为被网上控诉的对象，又是一个实际上宣称如何如何书德高尚的人，当众被人指控，可不是那么赏心悦目的事！唉呀！想起当年读到著名诗人流沙河那本《尴尬二十四》中那一段话了："沿街宣讲精神文明，却被追讨……"，你说难受不难受！但幸好我有话在先，还可以说一句，谁要你违背我的"四个慎借"理论呢？可惜那时我这个"理论"还没有提出来。

以上当然是自讨没趣的尴尬事，也是笑话，不过可以给我们的启迪是：要上网说事，自己可得比较干净！否则，那就很可能弄得自己一点退路也没有了，这应该说我又得到了一个人生的教训，要防止再出现这种情况，就要补充一句了：就是，坚决不借下属的书！坚决不借人家的书！是谓"己所不欲，勿施于人"，免得到时大家不好看。

还要补充一句：那受害者的书，我正上天入地在寻找，要洗刷借书不还的"污点"，态度也很重要啊！

私家好书难共享

——再答网友

前一段时间，看见老唐的建议，是说自己的书应该建立现代化的图书馆管理模式，以办借书证的方式来借阅。还有网友说，如果一次借阅失信，即取消其终身借书资格。都是很好的设想，我也同意考虑考虑。但是，我让大家失望了，因为我的考虑结果是，虽是好设想，但是很难实行，因此，共享一说，也只怕会成为镜中月、水中花了。至少，要共享我的好书，实在是难度不小。不是我自私，确实有我的理由，试申述于下：

一、私家藏书的性质问题。简单地说，私人藏书之所以区别于公共图书馆，就在于他的私密性质。私人藏书最为直接的目的，就在于他的服务面的狭窄，就在于藏书的目的在于服务于自己的研究和兴趣爱好。私人藏书不可能承担社会服务功能，所以，私人藏书不承担外借功能是由于出资者的不同，公立的图书馆之所以必须承担外借流通之功能，原因在于他的建设、购书资金和管理经费全部来源于财政资金，换句话说，来源于纳税人的贡献，其所有权应该是属于全社会。但是，私人藏书的资金来源则在于藏书者的个人收入，在于藏书者的节衣缩食，其所有权完全属于出资者自己，因此，和私人藏书者谈资源共享，可以肯定没有法律依据。换句话说，要私人藏书者把自己的资源拿出来和全社会共享，是不合法的，是没有道理的，私人藏书者是没有义务把自己的藏书一定要借给人家，来搞什么资源共享的。当然也有慈善家捐赠的图书馆，那数量较少，可以另外考虑。

二、可行性问题。如果私家藏书要外借，建立如公立图书馆那样的管理制度，借书者办理借书证，借还都要办理手续，就有个管理人员的配置问题。私人藏了点书,借给人家还要如此这般的麻烦,我相信谁也没兴趣这么去办。首先就有一个管理人员的工资来源问题。可以想象,政府不会给这笔钱。自己负担呢?我是没这能力,工资仅够养家糊口,略有剩余,还要买点书,还有点朋友间的来来往往,没办法支付这笔工资的。何况,增加家庭编制,还需要考虑诸多问题,比如,你家的图书管理员,要男性还是女性?是女性,你太太如何感想?没准想:哼,还不知道想把什么人弄到家里来呢?为防止引狼入室,难道老婆不会坚决反对?由此,这家里恐怕就永无宁日了;如果是男性,总会安然无事吧,也不尽然,这男的何等来历?何人担保他没个其他想法?看来这招使不得,真使不得!

那么,自己承担借还责任如何?我看可行性不大,你想,每天打工,下了班就累得要死,哪还有这心情去开展业余经营、毫无效益可言的私家书外借工作!既然开展私家书外借业务,总得按时开放、按时营业吧,像你我这种人,这种工作性质,哪天能够保准按时回家?开展私家书外借,信誉必失无疑,所以还是不外借为好。

还可以设想,让老婆兼管此事如何?如果有老婆的话。我看这也不太可能,因为现在的老婆都有自己的工作,少有全职太太,人家在自己的工作岗位上忙乎一天,回到家还要做做家务,本来也就应该牢骚满腹了,没找你发作,已经是你几代人积德了,你还敢把应付你那帮“狐群狗党”借书的事强加给她?别自找没趣吧!

三、必要性问题。从现在的情况来看,私家书确实没有外借的必要。现在到处都是公立图书馆,购书的方式多种多样,人们购书的能力也普遍提高,真没有必要向私人借书。知道有好书,就去书店买一本呗!何必一定要借人家视为珍宝的书呢?给人家找不快,也给自己添麻烦,此事实在不必去干。也有人引用古人的话,“书非借不能读也”,不借书,就读不了书,那古人就没安好心,还堂而皇之地找借口要享用人家的资源,可恶之极也!

当然,老唐建议现代化管理,整个电脑、编个目录,便于查找使用,我举双手赞成。

好了,写得比较长了。就此打住,下次有话再说吧。

第五篇

难以忘怀的记忆

——我心中的南山教育

全景扫描:我视野中南山教育的发展历程

说南山教育的改革发展,我个人其实没什么好讲的,因为没有多大贡献。这不是谦虚,事实确实如此。但是我在南山从事教育工作十三年,对于南山教育的改革发展还是比较了解的,尤其是对于1994年至2007年期间的南山教育,许多事情参与过,可以说说我的一些看法。1994年以前的情况,由于我相当长时间负责南山教育的宣传工作,耳濡目染,也有一些了解,有自己的认识。就先说说我对南山教育发展的总体认识吧。南山教育走到今天,已创造了众多的光辉业绩,它是集体力量的张扬喷发。区委区政府和市教育局积极支持,历任局领导班子在他们任内,坚持不懈地推动改革创新,都做出了突出贡献,全体校长和教师团结一心,无私奉献,才铸就了南山教育今日的辉煌。这不是官话,是我的切身体会。在我们国家,没有领导支持,是什么事情也干不好、干不成的。

南山教育的崛起,有着鲜明的时代轨迹和烙印,它是在特区经济社会文化不断发展的背景下发展起来、走向辉煌的。它是南山教育人的智慧心血积淀,也是伴随着深圳特区尤其是南山区社会经济的发展,适应南山社会经济文化发展的呼唤,厚积薄发,才形成今日南山教育的恢宏版图。话虽如此说,其实不同时期的教育局领导班子的贡献也是十分重要的,主要领导思想的引领,对于事业发展的谋篇布局,推动工作的力度和工作的方式方法，都必然打上特殊的印记，都关系着事业发展的程度和水平。

追溯南山教育的发展奇迹，是从一片荒芜落后中开始的。最初在南头地区有两个公社——蛇口公社和南山公社，蛇口那边改革开放后建了蛇口工业区，就是招商局的蛇口工业区。后来南头从罗湖区独立出来后成立了南头区。那时深圳有几个这种性质的区，有行政区，有管理区，如上步区、蛇口工业区等都是管理区。罗湖区、南头区等是行政区。行政区成立，南头教育局也随之从罗湖教育局分离出来。按照教育局老领导曾建中和老同志王寿能先生的说法，这次分家得到的财产只有一张桌子、一把椅子和几个杯子，底子非常薄弱。

南头区教育局的局长是曾建中先生。那时候环境是十分艰苦的，曾局长他们所奋斗的八十年代中期，特区建设刚刚起步不久，蛇口工业区发展起来了，但南头这边的发展还没有起步，经济落后，交通不便，其艰苦状况可想而知！那时南头所属只有几所中小学，建中局长和当时的局领导班子意识到教育的积贫积弱的现状以及发展教育的紧迫性，发扬艰苦奋斗的拼搏精神，经常骑着自行车下基层、跑学校；四处奔走寻求教育经费支持，建立了一批学校，形成了南头教育的整体格局，在山林中响起了孩子们的阵阵读书声。

可以说，南山教育最初的基础是曾建中局长时代打下的。当时由于区内经济落后，教育还是农村式远郊教育，由街道办、村委来办学，属于铺摊子、打基础阶段的教育。由于教育经费有限，蛇口地区工业区、华侨城集团、南油集团的教育由企业自己办，水平很高。而区属学校水平就整体要低一些，西丽等边远区域学校更差。全区内教育水平是很不均衡的。

1994 年我刚来深圳时，南山教育条件依然很落后，尤其是西丽地区更艰苦，连公路等基础设施都很差，到处都是莽荒山林。记得我和教研室黄永宁主任去西丽小学检查“推普”工作，就是检查推广普通话的工作，坐大巴车翻越了几座山，绕着山路十八弯，颠簸了一个多小时，才到了西丽小学。90 年代尚且如此，曾局长他们那个时期的艰苦程度可想而知。但是那个时期曾局长他们就认识到了人才的重要性，开始从省内招调教师。听说从肇庆广宁调入南头中学的曾江，对于提升南头中学英语教学质量发挥了很好的作用。后来曾江又调到局里工作，担任过党办主任、人事科长、教科中心主任等职务。从广西防城港调来数学教研员谭炳麟,他担任过教研室主任。还有陶广放,他后来担任人事科长,教科中心主任、副局长,文化局局长。李陶夫妇也是那时引进的,对南山艺术教育特色的形成,发挥了重要作用。还有从韶关调到调入教育局工作的林洁。林洁十分优秀,后来到区团委工作,现在在市里担任重要领导职务。听她说,当时她并未下定决心调南山工作,是在省里出差时约曾局长,曾局长亲自从南山到广州动员她来南山,她是被感动了才来的。由此可见曾建中局长他们对于人才的重视。

曾建中老局长带领一帮人筚路蓝缕以启山林,他们以艰苦勤劳的工作作风,奠定了南山教育发展最初的基础,这是南山教育的宝贵财富,值得所有人铭记。

1990年南山区成立后,南山教育局随之成立,刘焯铿任局长。班子的核心班子成员、主要领导基本上是广东人。刘焯铿是中山人,出生于江门市,毕业于华南理工大学,当时是在深圳大学任教务处副处长,南山区领导把他调到教育局任局长。党委书记赵祝武,毕业于华南师大,他曾是韶关乳源中学校长,后来调到深圳任南头中学校长,再到教育局工作,任党委书记。副局长李忠俊,中山大学毕业后分配到海南文昌中学工作。那是一所十分著名的学校,李忠俊是那里的语文教学权威。到南山后曾任西丽中学教导主任、校长。后两位都是汕头澄海人。我之所以特别点出这几位领导的籍贯,是因为在我的心目中,广东干部的心胸开阔,富有改革激情,为人忠厚,胸怀宽广。当时局里的干部,还是以广东人居多,他们对于外来干部也是一视同仁,工作十分配合,没见有什么地域的偏见。正是在这一个时期,南山教育的改革发展驶入了快车道。

刘焯铿有着高瞻远瞩的视野和志存高远的思维,他提出了南山教育要走在全国教育前列的奋斗目标。班子成员也具有很高的水平和团结协作的精神,他们开始了锐意改革和创新,大规模地从全国引进人才。比如:从东北师大引进了李硕校长,她创建了博伦职校;引进了东北师大图书情报系副主任刘迅,后来刘迅任南山区教育局局长、宝安教育局长;引进了湖南师大的刘晓明,他任过南山区政府办副主任、南山教育局局长、南山体育局局长;引进了东北师大附中的刘根平,现在是南山区政协副主席、南山教育局长;还有吴声洛,他引进后任蛇口中学校长,后任教育局副局长、体育局长。禹明也是那个时候引进的。他任过教研室主任、教科中心主任、南山二外校长。禹明原是湖南常德市教科副所长，引进来时是英语教研员，他是英语教研的权威。是国内从事英语教研最久的教研员之一，在全国英语教研界具有很大影响力。当时刘迅向我介绍他时说他著作等身，同时又具备很强的管理能力；另外，当时还从武汉大学分校引进英语人才兰金仁；引进任过南头中学校长的戴振江；任南山实验集团总校长的李先启；任过教研室副主任、松坪学校校长的罗楚春；现在的教育局副局长陈登福，还有后来任过蛇口中学校长的李胜彰、李倩夫妇，似乎也是那时引进的。李倩任教育、机关幼儿园园长，是位工作很有魄力也很强势的女性，我亲见她为园庆事宜和局长争论，印象十分深刻。还有担任过荔香中学校长的郑季贤，也可能是那时引进的。还有后来担任南油小学校长，现在的育才四小校长陈显平也是这时期引进的。记得我刚到南山时，还在荔香中学领过几个月借调工资呢。我也可以说是焯铿局长看中，交代引进的。还引进了一大批各学科骨干教师。刘焯铿局长有个人才边际效应理论，就是用人才引进人才，他认为近朱者赤，是人才的人，一定会欣赏人才，他的身边必然会聚集一批人才，所以以才引才必然会有很大成效。现在想来，这是很有道理的。可以说，正是在这一时期引进的人才，成为90年代至新世纪以来这二十年南山教育的中坚骨干力量。他们中的一些人，至今还在南山教育中发挥着极其重要的作用。

那个时期，在区委政府支持下，南山教育改革轰轰烈烈。以改革办学体制，将各办事处的教办撤销，从街道办、村委办小学、中学的模式，改为由区政府办学的体制；发动和支持企业办学。改革德育教育，推行素质教育，把德育放在教育工作的首位。这是由党委书记赵祝武抓的工作。记得当时南山教育出的第一本书，就是《南山德育之路》，海天出版社出版的，扉页上就有一幅照片，是南山学生参加全国少年儿童摄影展受到胡锦涛主席接见的照片，还有当时国务委员、教委主任李铁映肯定南山的德育工作的一段话。南山的德育是有相当影响力的。改革教学内容、教育方式，在黄水桂副区长和主管教学的李忠俊副局长领导下，最先在荔香中学试点，然后在全区范围内逐步推广武汉师范学院黎世法的“异步教学法”，而且是所有的学科课程都采用了这一教学法；对教材进行改革，兰金仁教授主编了英语教材，在教材中融入了环保知识，后来成为全国多个省份和地区的通用教材；在教学手段上进行改革，李先启校长在赤湾小学开展电化教学，促进了南山教育在教学手段上的探索求变。教育局还支持兰金仁成立了英语教学中心、肖咸忠成立了语言艺术中心、李陶成立艺术教育中心,还有计算机教育中心等,对全区教育特色的形成发挥了极其重要的作用,是南山全面推进素质教育、教育现代化、国际化的重要构成因素。还有各个学校都积极开展教学实验,凡是在全国有一定影响的改革试验,都被南山"拿来"为我所用,真正是一片热气腾腾的改革景象啊!

南山区委、区政府领导非常重视和支持教育改革发展,主管教育的副区长黄水桂曾在全区教育改革会议上讲话,"改革允许失误,但决不允许不改革!"给教育的改革创新创造了良好宽松的政策环境。全社会也积极支持教育事业,1994 年全市开展了"教育基金百万行"的行动,号召企业、个人给教育捐款,在南山文体中心的外墙上,贴满了捐赠名单,全社会支援的力度很大,涌动着支持教育改革的浪潮,为南山教育的改革发展创造了良好的社会氛围。

在教育目标的指引下,在区领导的支持下,在全区校长和教师的努力下,南山教育做了很多富有开创性的工作,并取得了丰硕的成果。自从大面积的改革创新后,到了九十年代中后期,南山的中考、高考都狂飙疾进,成为深圳市教育的领头羊,而且还创造了精彩纷呈的"五大教育特色",后来发展到九大特色,产生了全国性的影响。振奋人心,令人激赏。我觉得,这个时期,是南山从农村教育迈向城市教育,从城市教育迈向现代化教育的十分关键的时期。那个时期形成的南山教育的改革创新精神、团结协作精神、无私奉献精神和廉洁奉公精神,至今还深刻地影响着今天的南山教育。

心灵的驿动:我被南山教育的美好前景所吸引

我就是在南山教育蓬勃向上的时候来到深圳的,那时我已年届 40 岁,在成都师专任教,还担任了成都市政协委员。成都师专在四川彭州。我的好朋友、彭州教师进修学校、电大常务副校长李先启来到深圳后,多次劝说我来深圳,给我分析南山教育的巨大潜力。拗不过好朋友的热情,我有些动心了,办好了边境通行证,又感到犹豫，找各种理由，又临时打消了到南山的念头。但是李先启不断开导我，说就当来深圳旅游一次。

当时正是1994年春节期间，火车票紧张很难买到，于是我买了飞机票。那还是我第一次坐飞机，为省钱，就买了从成都飞到广州的飞机票。等我到了广州后，才发现到深圳还有很远一段距离，只好坐部队支援春运的车去深圳。

我于1994年2月27日到达深圳南山，在李先启任职的赤湾小学找到了他，当晚李先启就带我去拜访了李忠俊副局长。原来刘焯铿局长刚调到市教育局任副局长，此前经李先启介绍，得知我是搞鲁迅研究的，还有几本著作，就特别嘱咐李忠俊副局长，说是一定要好好考察，如果真有能力，就把他调过来。

在南山教育我试用了一个月多月时间，期间接到一个考核任务，要写一篇文章，准备在《中国教育报》上发表。后来知道，这是要对刘焯铿局长时期的南山教育发展做个阶段性的全面总结。这篇文章已经几位同志写作，但是刘局长和当时的教科所长刘迅同志不怎么满意，所以又让我写。当时我初来深圳，对南山教育也不熟悉，但是我知道，这是一次考核性质的写作，必须全力以赴。在翻阅了一些资料后，我写了一篇《为了明天的辉煌》的文章。这篇文章写好后，刘局长他们还比较满意。由教育局交给《中国教育报》驻深圳市教育局站长杨松审阅。杨松将其推荐到《中国教育报》，后来在《中国教育报》整版发表。据后来调入南山的一些校长和老师们说，看了这篇文章，都认为南山是一片教育沃土，是大有可为壮志可酬的理想家园，很多人心潮澎湃，对南山教育心驰神往。所以下决心调来南山。

前面说过，那时的南山教育，涌动着教育改革的春潮，催人奋进，让人激情澎湃。我冷静深思了一番，认为南山是值得寄托教育情怀的地方，可以实现我的一番梦想，我决定留在南山教育界工作。可以说，我就是被南山教育局领导求才若渴的情怀所感动，被南山教育美好的前景所吸引，才来南山的。这样我被安排到教研室做语文教研工作，并参与抓高考工作。作为从高校过来的文学教师，改行从事基础教学研究，还要指导全区语文的教学改革，指导全区的语文高考，压力是很大的，刚开始还有些不适应。但是在改革开放的前沿，你不得不打起全副精神来应对工作。局里安排我协助南油中学兼任全区语文教研员的杨东辉老师学习语文教研。为了指导高考，在李忠俊局长主持下，我们还编辑出版了一套《高考指导丛书》，由四川民族出版社出版。努力工作必有成效,1994 年和 1995 年的语文高考也取得了很好的成绩,局里还同意我带着各学校的语文组长到珠三角去考察学习。那次去的有南头中学吴向东、华侨城中学薛晋城、蛇口中学高山松,南油中学杨东辉也去了,都是语文组长。我和他们既是同事,又是朋友,后来我们编写《江山多娇》《丹荔雅韵》等书时,他们是基本作者。我和唐建新一起编《高中文学名著赏析》《初中语文名篇赏析》时,也得到他们的鼎力支持。我理解,1995 年那次到珠三角学校考察,应算是对于那两年语文教研工作的一种奖赏吧,但是此前和后来各学科也未组织过这类活动了。那时教研室的同事来自五湖四海,相处和谐融洽。主任是谭炳麟,副主任是禹明、罗楚春两位,各自兼着英语教研员和小学语文教研员。还有政治教研员王振生,中学数学教研员王邦杰、石永生,小学数学教研员卢福波,中学物理教研员陆名凯,后来是陈坚,化学教研员周筱强,和我一起调来的生物教研员李冬久,幼教教研员吴慧敏、音乐教研员张开军等,还有一位地理教研员张庆祥,在中科院地理研究所工作过,很有学问,纠正了不少地理教材的错误,令人佩服。后来还有郑明江、熊开明,他们都任过教研室副主任。熊开明后调市教育局,担任过市招生办主任。他们性格各异,但很团结,相互帮助,相互支持,和他们一起工作,真是其乐融融,我至今也难忘怀。记得我和李冬久刚来深圳时,周六停电没处吃饭,禹明就请我俩在新桃园酒店旁的玻璃房子吃了一顿川菜,我还应邀到其他几位家里去聚过。那时的同事关系确实很单纯,很和谐,令人深深怀念。

改革创新:我亲历的南山教育

半年后,由于刘迅已升任南山教育局局长,他担任的教科所长就由刘晓明接任。我被调到教科所工作,做刘晓明的助理,当时这个助理未经教育局任命,就是这么一说,就成助理了。那时我也不懂得行政程序,反正晓明说是助理,就是助理吧。现在想起来可能是晓明所长觉得有个助理的名号好对外联络吧。后来又任教科所副所长,这个是有文件任命的,比较正式。南山教育局教科所是全市第一个教科所，在全国来看，区级教科所也不多。按照南山教育局刘迅局长的要求，全区每一所中小学、幼儿园都必须要开展教育模式研究，由教科所组织开一次教育模式研讨会，也就是根据学校各自实际情况，拿出办学的“顶层设计”方案，对学校的定位、目标、条件、改革、创新等做系统性规划。教科所负责对各所学校进行指导，或直接帮学校写作。召开研讨会的时候，市里的教科所长曾凡礼亲自参加，大加赞赏。这次会议的成果，我写过一篇综述文章，发表在《深圳特区报》上，产生了一定的影响。

南山区这场大规模的建立教育模式的举措，使各学校、幼儿园建立教育模式深入人心，促使校长和老师们思考一些前瞻性的问题。比如，你要办一所什么样的学校、学校现在什么情况、如何实现办学目标、路径如何等，校长老师们就要去思考。这样，校长老师们就把精力集中到办学上了。因此，教育模式的研讨对于南山教育的改革发展是具有重要作用的。教科所还发挥了指导全区学校开展教育科研的作用，引领教师队伍开展扎实的教育科研工作，鼓励校长、教师成名成家，促进了各学校的教育改革创新，成效是显著的。明显的标志是教育局教科中心和各学校出版了一大批教育教学研究性著作，可以说是万紫千红，琳琅满目。

南山还十分重视对于校长的培训，教育界有句话，就是一个好校长就是一所好学校。南山每年学期即将开始的时候，都要对校长们进行集中培训，一方面是布置工作，另一方面请国内外专家来讲课，以开阔校长们的视野，使他们总是站在最前沿。我至今还觉得，这些举措是十分有效的。

南山还十分注意开阔校长教师的视野，在深圳大学召开了全国性的美育学术研讨会，一大批来自全国高校、科研机构的高水平学者参加会议，研讨美学和美育问题，虽然看起来有点“跨界”，但是开阔了南山各位校长和教师的视野，增长了见识，开拓了思路。那时我们还承办了中华诗词学会的一次年会，来自全国各地的古体诗词爱好者、写作者齐集深圳南山西丽湖，研讨弘扬中华民族优秀传统文化，促进诗词进课堂的问题。南山教育是李忠俊具体负责，我和唐建新等几位老师共同做会务工作。顺便说一句，唐建新老师也是这个时期引进的人才，他是四川乐山教科所副所长，也是全国著名的语文教育专家，多次参加人民教育出版社语文教材编写。来南山后任教研室副主任，在语文教研中发挥了十分重要的作用。会议上著名经济学家于光远，古典文学学者叶嘉莹、霍松林，还有华中科技大学老校长杨叔子、中华书局著名学者周笃文等出席并发表演讲，产生了很大影响。今天我们更加重视发扬优秀文化传统，现在看来，我们南山教育当时还是具有超前眼光的。其实，南山教育从来没有忽视我们的传统文化，我们还有一些学校很早就开展了诵读古典的活动，并且很好地坚持下来了。这也体现了南山教育人的文化情怀。

刘迅来自高校，曾是东北师范大学图书情报系副主任，由李硕引荐来到深圳后，在教科所任所长，从事教育科研工作，带动南山教育科研形成了浓厚的风气，同时也使他思考教育发展的一些重大问题。刘迅继承了刘焯铿的改革创新之风，进行大刀阔斧的改革创新。我感觉，他最为突出的贡献是提出了"区域教育现代化"的理念，对南山教育的现代化崛起至关重要，它拓宽了南山教育的内涵和外延，确立了教育现代化的标准，明确了南山教育的发展方向，对南山教育发挥着战略性引领作用，使南山教育界精神振奋，鼓舞人心。

1996年，广东省开始教育强区建设督导评估，选定深圳南山区和佛山南海县作为试点。教育厅组织对南山区进行考评，南山区教育局展览了90多种公开出版的各类教育论著，表现了南山区在教育改革创新和教育科研方面的突出成就，参加督导评估的人员对此给予高度评价，南海的同志们也表示，讲硬件，我们不比南山差，但是讲软件，讲教育科研，我们的差距很大。省教育督导也对南山教育科研高度重视，在修改全省的教育督导条例时，参考了南山经验，加大了教育科研在评估中所占的分量。那时的教育评估，虽然着重硬件，但对南山教育的促进作用仍然十分巨大。记得那几年间，南山的省一级学校占全市百分之四十以上，市、区一级学校就更多了。可以说，教育督导评估推动了南山教育整体水平的迅速提升。

南山区从推进教育改革创新肇始，就对教育的硬软件发展并重，既依靠政府政策和资金升级教育设备设施，推动教育信息化，又大力开展教育和教学科研工作，两翼齐飞相互助力，使南山教育展开羽翼开始腾飞。由刘迅、刘晓明、刘根平和我一起编著的《南山教育与教育人》一书，对南山教育的阶段性成果作了系统性总结，对十几年来南山教育人的接力传承有了一次全景扫描。这本书由南海出版集团出版。

1998年刘迅局长调任宝安区教育局局长后，由李忠俊任局长。在我眼里，李忠俊是一位学识渊博的忠厚长者、贤人。他待人诚恳，与人为善，工作作风务实细致，不尚空谈。经过刘焯铿、刘迅两任局长大刀阔斧的改革创新后，需要有一位掌舵人来引领南山教育做实、做细，把改革的举措转化为实际的累累硕果。李忠俊局长工作扎实负责、谦和低调，但同时也富有改革创新精神，无疑是绝佳人选。

李忠俊局长抓住了全省开展教育现代化、信息化实验的重大机遇。广东省教育厅在中山召开全省教育工作会议上，他力争使教育现代化、信息化示范区落户南山。他要求我连夜起草这两个规划，于是我和李禾田一起连续熬夜加班，殚精竭虑来写这两份材料，后经李忠俊局长召开局务会，组织大家充分细致讨论，逐条审改每一项条文。南山教育现代化、信息化的建设，对南山教育意义非凡，可以说是功能强大的发动机，使南山教育现代化、信息化水平迅速提升，占据了深圳市区域教育版图的首要地位。

其实，南山区开展教育现代化、信息化建设是有条件基础的。李先启任南头小学校长时，美国副总统戈尔刚刚提出"信息化高速公路计划"，他深受启发，在教育局指导下，与北京师范大学何克抗教授合作，开展基于信息化背景的八岁能读会写改革实验，率先在南山实验学校开展了教育信息化的试点工作，取得十分突出的成绩，学校也成为深圳的名校，在广东乃至全国也有十分重要的影响力。他本人也成为全国著名校长。在南山实验学校带动下，后来南山区各学校都开展了信息化建设，设备设施条件也上去了，利用教育信息化教育教学也取得了丰富的经验，可以在全区铺开推广。这些在李局长是了然于心的。可以说，南山教育局在信息化建设上，是有充分信心和底气的。其实，这是南山教育的优良传统，很多教育上的改革创新，我们都是先行先动主动摸索，等别的地区开始做这些工作时，我们已遥遥领先了。而且，经过曾建中、刘焯铿、刘迅三任局领导及其班子和南山教育人的努力，南山教育已经从当年的农村教育跨进了城市教育的大门。尤其是两位刘局长大刀阔斧地朝着现代教育方向的改革创新，使南山教育已经在全国产生了相当的影响。所以说，李局长决心使南山成为教育信息化、现代化实验区，是有相当的底气的，这也体现了李局长的敏锐和胆识。

去年，我作为广东省政府参事，曾去浙江、山东的一些地区做调研，也到粤东西北的一些市调研，发现现在这些地方信息化基本上处于起步的阶段，而南山区二十年前就开始做了。南山区开展教育信息化建设，是为了教学需要和促进学生自主网上学习，方便老师和学生沟通互动。我看到一些地方的信息化建设，把重点放在教育管理上，而不是教育教学应用上，这就有点本末倒置了。我认为这样做，既造成教育信息化资源的巨大浪费，也必然仅仅成为政绩工程。

在李忠俊局长时期，经过他努力争取，南山成为全国综合课程改革实验区，是全国四个综合课程改革实验区之一，也是广东省唯一课程改革试验区，开始在全区内开展综合课改，这项工作由贾非副局长来具体执行，在全国引起了巨大影响。贾非是南山教育系统第一个博士，他先在人事局任副局长，后调入教育局任副局长，后来担任督导室主任。由他来操盘课改，当然是知人善任。同时，开始于90年代后期的广东教育强省建设，2002年重新启动，南山区毫无疑问地获得了教育强区的光荣称号。

李局长也是一位求贤若渴的领导，在他的任内，也十分注重引进优秀校长和优秀教师。我记得，担任过黄冈中学校长、黄冈市教委主任的曹衍清就是那个时候引进的。曹校长是一个著名的教育家，引进后担任育才中学校长、育才教育集团总校长，后来市里看中他，又让他担任了实验教育集团的总校长。他为南山的教育做出了突出的贡献。还有来自湖北水果湖中学的曾令格，他当过西丽二中校长、教育局副局长，继刘晓明之后当过南山教育局局长，现在是南山区人大的副主任。担任过华侨城中学校长的刘良斌，罗任重夫妇，还有当过后海学校校长的袁晓峰等一大批人才，也是那个时候引进的。注重引进和培养优秀校长和教师，是南山教育的优良传统。记得从1997年开始那几年，南山面向全国大规模招聘优秀教师，应者如云，一次招聘百八十个岗位，报名者上千。这批教师成为南山教育从城市教育向现代教育发展的十分重要的师资基础。后来，他们中的一些人走向市属中学，走向全市各区，成为教学骨干，有的还担任了教研部门负责人，在那些地方和学校发挥着十分重要的作用。

那时还有田柳青副局长。他是一位十分严谨正派的干部，平时不苟言笑，实则平易近人。他负责基建财务工作，对局里的钱看得紧，管得严，是有名的好管家。他常说我们干工作要对得起那份工资，对得起自己的良心。他后来调区里任审计局长，发改局长。

这个时期我还担任过教科中心的负责人，主持工作。对于基础教育，我是一个外行，教科中心的各位教研员都是各学科的专家、权威。我只能依靠他们，让他们大胆工作。我说，你们放手工作，取得成绩是你们的，有问题由我承担。现在想来，这样说有些取巧，有问题了作为领导承担的只是所谓领导责任，不会伤筋动骨的。但是当时这样说却有效地鼓舞了大家。我还说过希望大家都成名成家。我是这么想的，如果大家都成名成家，我作为他们的“头儿”，统率的是一帮专家，不是也很光荣吗？如果大家都默默无闻，作为领头的，又有什么光彩呢?！因此，调动了大家的积极性，工作开展得很顺利。

2002 年，刘晓明从区政府调回来任南山区教育局局长，面对前面几任局长的累累硕果，他思索如何让南山教育迈上新台阶，提出了“抢占教育的三个制高点”，记得是抢占教育信息化、教育国际化和课程改革的制高点。晓明局长是很有教育情怀的人。他提出了南山教育的三个主义，就是“理想主义、现实主义、浪漫主义”，要求南山教育不仅要站在深圳市前列，也要走在全国最前列成为排头兵。与这一套理念相配套的实际措施，一是大力推动课程改革，二是积极推动教育国际化，组织大规模的国际交流，促进教师校长出国交流培训，三是继续大力引进人才，打开绿色通道，引进了一批特级教师和具有全国影响力的著名校长，比如王水发、程显栋、吴熙福、崔学红等就是那时引进的。王水发是一位教育学博士，引进后担任南山外语学校校长，后来任教育局副局长，督导室主任。他又调市教育局任处长，现在是罗湖区教育局长。程显栋是吉林石化教育处长，后任北京中加学校校长和南山中加学校校长，引进后安排到南山外语学校任副校长，后任前海学校、南山实验集团校长。记得当时引进的还有任学府中学校长的钟莉，现在任南山实验集团校长的韩军，还有蛇口幼儿园园长满晶，还有任北师大附小校长的李红霞。李红霞是人事局科长位置调来任校长的，可见她是具有很深的教育情结的。还有教研室引进了物理教研员陈坚、吴锡龙等。陈坚现在南头中学当校长，吴锡龙是教研中心副主任。他们仍然在南山教育园地里辛勤耕耘，继续发挥着重要作用。当时南山还主动到重点师范大学招收应届优秀毕业生。我曾带队到过陕西师大、华中师大、东北师大招收优秀毕业生。记得到东北师大时，我和前海学校校长程显栋、桃园中学校长李维典一行，只带了四个指标，但那里的学生太优秀了，不忍舍弃，就在征求同行的人事局刘湘晖科长同意后向刘晓明局长报告，调整了指标，一次招了十多名优秀毕业生。后来听说他们在南山干得十分出色。

关于综合课程改革，当时对南山区的教师队伍来说存在巨大压力，以往分别教历史、地理的老师们，现在要教综合后的社会课；教物理、化学、生物课的老师们，要教综合后的科学课，这需要老师们付出更多艰苦努力，很多老师们既感到吃力，也有强烈的抵触情绪，一些家长们也很不满。

教育局新班子组建，我于 2002 年 6 月任副局长。分工调整后，我有一段时间负责业务工作，推动课程改革责无旁贷。面对课程改革中的实际问题和老师们的抱怨，我宽慰鼓励他们，指出重新学习综合课的课程，是对自己教学能力素养的提升，尽管比较辛苦，但是促进了专业的进步成长，对学生的全面健康成长也具有很大意义。后来据深圳中学的校长说，进入该校的南山区学生，刚入学时看起来不是最为突出的，但是综合素质好，有很好的学习后劲和可持续能力。因为这些学生们经过了综合课程教育的浸染，在学习上会越来越得心应手游刃有余。

课程改革是南山教育史上一件大事，在李局长、贾非副局长推动下，南山课改已经产生了重大影响。我主管时主要作了一件事，就是编了一套课程改革案例集。

综合课程改革存在的问题是，没有一套可参考的标准教材教参，很多老师们对于课改觉得无所依凭，一头雾水。在哈尔滨召开的全国课程改革会议上，禹明、吴萌和我分在三个小组中，结果都被推荐为代表来作大会发言。在发言中，我指出这次课改启动比较仓促，准备明显不足，表示要编写一套南山区的课改案例集，为全国课改提供助力。回到深圳，我就和禹明一起组织了教研室所有教研员参加，不到一年时间，编写出了 20 多本供小学课改的教学案例集，由广东教育出版社出版。这套案例集后来被广东、浙江等多地采用。高中部分在我调离南山后，由禹明和当时的局长曾令格领衔编写，也正式出版了。此时，经过几年积累，南山课改硕果累累，主要体现是一大批各科教师到全国各地进行学科课改讲学。陈坚、吴萌老师分别参加了科学、社会教材的编写，他们也经常被中央电视台采访，多次在全国作课改报告。语文课程方面，学府中学屠谖老师还走进中南海向温家宝总理汇报了语文课改情况。中央电视台、中国教育电视台多次采访南山的教师。仅语文课程，就有屠谖、夏志明、马容等老师经中央电视台、中央教育电视台、人民教育音像出版社、陕西音像出版社、中央电大出版社出版或播放了一百多堂课的录像。

去年我去浙江、山东等地考察教育信息化时，当地教育部门都赞许南山的课改成就，说南山可是全国教育的一面旗帜啊。我认为，南山教育之所以具有全国性影响，课程改革是一个十分重要的原因。客观来说，南山课改立足于教育规律和实际情况，摆脱了课改中一些专家们不切实际的“高空飞行”的高谈阔论，走出了一条自己的路子，是非常接地气的，是在非常严谨的工作基础上扎实推进的。

南山教育界一直重视素质教育，十分注重学生的全面发展，但是也一直坚持咬定高考工作不放松。因为我们的学生要考上大学，这也是学生、家长和老师们共同的愿望，也符合国家培养高素质人才的需要。那时我们认为高考和素质教育、学生全面发展并不矛盾，可以相辅相成，是两手都要抓两手都要硬的关系，所以必须要抓好高考工作。在李忠俊任局长时，教育界盛行反对应试教育的呼声，但是南山没有偏废，高考一直抓得很好。当时，某省某重要城市是高考强市，因为对高考有所松懈，当年高考成绩直接滑到全省中游，这震动了该省教育界，也对深圳教育界产生了影响。那年，市里就由两位副局长来抓高考了，而南山却一直比较主动，原因就是南山不跟风，不随风倒。

我任南山教育局副局长时，分管业务工作，既抓课改，抓高考也是本分。我在各种教育工作会议上，提出抓好高考工作是落实“三个代表”精神的体现，因此一定要抓好高考。教育局组织全区所有高三班级老师参加高考工作动员大会，聚餐时主管副区长罗敏到每个饭桌给老师们敬酒，体现出从区领导到教育局领导，对抓高考都是十分重视的，也激励老师努力奉献。

备战每年的高考，对高三年级老师们来说，确实是一场艰苦的战役。我记得，南头中学的高三英语老师孙晓秀，因为身体原因坐着轮椅，辅导学生到晚上十一二点。华侨城中学校长告诉我一位参加备战高考的实习老师，因为担心学生高考不理想而哭泣。我深深感到了老师们的努力和付出，为他们的无私奉献精神所感动。

南山教育在高考上一直以“低进高出”闻名，但搞教育的人，谁不想多几个学生上大学，多考出几个高分学生来呀！而要提高升学率重点率，其实“学苗”很重要，因此大家都在抢优秀生源。面对其他区抢夺优秀生源，要保证优秀生源留住很困难。每年初中的艺术节活动，市里一些名校校长都来南山区学校观看演出，如果看到有特长的学生，他们就会找到该学生或他们的家长，要他们报考市里的高中。我们在这方面做了很多工作，将留住优秀生源直接落实到校长和班主任身上，如果能把优秀学生留在南山区读高中，学生、校长和班主任会得到奖励。这一系列举措，至今还为一些校长们传为佳话。

在任教育局副局长后期，我分管了基建、后勤、财务、计划等工作，那又是一番繁忙，又是一种新的压力。但是在大家的支持关爱下，我依然将各项工作有条不紊推进，在诸多方面推动了一些改革举措。比如清产核资，摸清了南山教育的家底；比如推进对于校长们的年度审计工作，加快学校建设等。那时的基建、审计、财务、计划科长是孙斌，从审计局调过来的，很是能干。这方面工作有他支持，开展很顺利。

在推动教育国际化方面，有几件事要说说。一是刘晓明局长在区委区政府领导支持下，举办了国际少儿艺术周，成为深圳市首届文博会的首场活动，影响很大。二是推动大规模的对校长、教师的国际化培训。这个项目是在李忠俊任局长期间开始的。我还带队去英国苏格兰和爱尔学院，格拉斯哥大学商谈过教师培训事宜，确定在这两个地方办了几期培训班。到晓明时期，国外培训规模就更大了。我还带队到德国参加中国美协组织的国际少儿艺术展。20 多名孩子和他们的家长，几名老师组成近 50 名成员的团队，最小的才 5 岁，一个大团了，带队难度很大，幸好有老区长黄水桂作顾问，虽然有些波折，总算是比较顺利平安地完成了任务。对这个任务，我印象十分深刻。

我在南山教育局工作期间，都得到教育局领导的信任和关照，工作是很顺利的。尤其是两次和刘晓明搭班子期间，都得到了他的充分信任。我也积极支持配合他的工作，合作十分愉快。晓明在多个场合中也说过我们是“黄金搭档”。和班子其他成员相处得也十分愉快。我的不同时期的同事们也给予我巨大支持。我深感南山教育的各任领导目光高远，胸怀宽广，忠厚待人，能在他们领导下工作十三年，能与班子成员和各位同事亲密无间地合作，是十分幸运、十分幸福的。

从进入南山教育局工作，我见证了刘迅、李忠俊、刘晓明三任局长时期的南山教育发展历程，体会南山教育人浓烈的教育情怀，这是一群有着“高贵的单纯、伟大的静穆"的灵魂的人们,他们的梦想和情怀让我动容,我对他们充满着敬意！与他们一起携手前行风雨兼程,我的内心充满幸福感。看着南山教育笑傲江湖,灿若披锦,我深深感到这是我人生经历中一段无法忘怀的燃情岁月。我将永远铭记这段经历中那一件件令人激动的往事,那一幅幅生动鲜明的图景,那一张张坚毅而充满着奋斗朝气的面容。

祝福:我对南山教育的期盼

作为一位耕耘南山教育多年的老同志,我认为南山教育能取得今日的成就和地位,得益于诸多方面,几代南山教育人都恪守并践行奉献教育的信仰和情怀,高举改革创新的精神旗帜,使南山教育不断崛起;南山教育人不自满、不骄傲,有一种忧患意识,永远盯着前面的目标,追赶先进,自给压力,创造性地开展工作;南山教育人志存高远高瞻远瞩,仰望星空脚踏实地,有一种超前的眼光和思维,有宏大的格局和气度,使南山教育不断走在深圳和全国前列。

多年以来,南山教育局一直政通人和风清气顺,每届领导班子都非常团结和谐,大家的工作生活作风都很正派,在严格自律中滋养了一股浩然正气,也感染了各学校的校长和教师队伍,形成了清正廉洁、和睦友爱、风清气正的南山教育良好氛围。

我准备来深圳时,想到要去拜访李忠俊副局长,便想要送点什么合适的礼物,觉得不能空手去。李先启跟我说南山教育局领导都很清正廉洁,绝对不会收受钱财礼物,建议我从成都带一些豌豆苗。于是当我拜访李忠俊副局长时,只带了一斤多豌豆苗。赵祝武书记一直分管人事工作,但是我个人一次也没有单独去他家一次,更别说送什么礼了。还有刘焯铿家里我也没有去过。他们都是我进入南山教育的恩人啊,但是我们都没有更多的私人交往,没有那些权钱交易的事情。他们的清正廉洁精神是南山教育的一笔宝贵财富,每当一些老师未能通过考试调入南山有怨言时,我总是告诉他们,南山教育调人,逢进必考,是很严格的,南山教育的人事环境是好的。后来他们调进来,也没有送什么礼,才感到果然如此。

这些年来，我总是时时以南山教育老领导们为镜子，对照自己，激励自己要廉洁奉公，决不能以私害公，收受财物，腐败变质，给南山教育遗羞，败坏南山教育的名声。这也可能就是这些年来我不管在什么岗位上，都能够洁身自守的重要原因吧。

如今，南山教育仍然在改革创新的道路上不懈前行，在教育改革发展、教育现代化、信息化、智慧校园方面做出了很多卓有成效的工作，彰显了南山教育的魅力风采。全区内教育质量比较均衡，形成你追我赶蓬勃向上的发展局面。各学校的校长和教师们都很拼搏，都尽心竭力为各项教育教学工作做出奉献。我建议，每年教师节时，都应该组织对新进教师的培训，讲讲南山教育的发展历程，讲讲历届局领导班子的教育理念和成就，讲讲他们的改革创新精神，让新一代南山教育人了解和认识前人的努力，继承南山教育的精神财富，继续砥砺前行，再创新佳绩，为南山教育的宏伟蓝图增光添彩。

我这里回忆的只是南山区教育局自己引进的人才，原来南山区是两种办学体制，就是还有企业办学那个部分。相当长时期，企业办学的质量居于南山教育的突出地位，如育才系列中小学、南油系列中小学、华侨城系列中小学。在这些学校里也汇聚了一批优秀校长和教师，如育才中学的陈难先、乔校长、王庭尧校长、黄绪信校长等，陈莹、蒋波、严凌君、肖一帆老师等，还有李建求，后来他调深圳职业技术学院，2007 年我去那里工作，又成为我的同事。华侨城中学的朱校长，薛晋城、贾笑纯老师，还有副校长郑秉捷等。贾笑纯后来当过华侨城小学校长、荔香中学校长，是位很有个性，很有才华的人。郑秉杰后任教研室副主任、主任，还任过南山外语学校校长。南油中学有李亦博校长，杨东辉老师，还有负责心理教育的刘道容老师。南油小学有黄根东校长，周兴生主任等。周新生后来任教育局基教科长，现在是副局长了。这些学校更多的人名我记不住了，但这些学校的人才确实很多。

南山教育会聚了众多人品才情俱佳的精英，是培养人才的理想摇篮。很多教育工作者来到这儿，经历了一番锻炼后，又从南山走出，成为其他地区的教育骨干。如今的罗湖区教育局局长王水发、福田区教育局局长田洪明、光明新区教研室主任张元春、坪山新区教研室主任李显明等，都是从南山教育界走出的优秀代表。我这里讲南山引进的人才，当然不可能一一点到，我只是凭记忆提到那些同志，也未必准确。这都要请大家谅解。

南山教育走到今天，是几代教育工作者努力心血的积淀，浸透着无数人的心血汗水，是来之不易的，值得所有人珍惜。我希望新时代的南山教育人牢记信仰和使命，继续不懈努力勇往直前，不断改革创新，创造南山教育更加辉煌的业绩。

2017 年 6 月 26 日

附录

祁念曾：腹有诗书气自华

——读张效民的《荒腔闲吟录》

在我的心目中，张效民始终是一个文化学者，虽然他已经当上了深圳市政协副主席。走上政坛，固然多了一个为民造福的舞台，但他对文学艺术的追求却始终如一，坚定执着地做一名文化田园的守望者。过去，我拜读过他的大作《艾芜传》《鲁迅作品赏析大辞典》，十分敬佩他在现代文学领域的深厚功力。最近，我又捷足先登，拜读了他即将出版的诗集《荒腔闲吟录》，更加深了对他的理解和敬重。

这本诗集，汇集了他近年来创作的200多首古体诗词，既有对祖国美丽山河的咏叹和赞美，又有对现实生活的针砭和反思；既有对改革开放巨大成就的讴歌，也有对古老历史沧桑风雨的感慨。内容丰富多彩，形式新颖多变。他既采用古体诗词的形式，又不拘泥于格律的束缚，不断地突破和创新，融入大量当代新的思想和语汇，使诗歌显得生动活泼，耐人寻味。

在这本诗集里，诗人对祖国山河的咏叹占了相当多的篇幅。那山清水秀，古色古香的江南水乡；那雄奇壮丽，气势磅礴的云贵高原；那海天苍茫，新潮逐浪的上海、大连；那神姿仙态，秀甲天下的桂林山水；甚至异国他乡的澳大利亚，都使他诗兴频发，佳作连篇。王国维在《人间词话》中说得好："一切景语皆情语也。"正因为效民对祖国山河满怀深情，所以在诗篇中不是孤立地写景，而是融入了浓浓的情意和深深的思索。他笔下的九寨沟：

满山碧树间红叶，一川寒流映清秋。
问我诗兴何时发，夜静更深月如钩。

他在绍兴览胜：

曲水流觞名胜地，毓出秋瑾雄烈风。
汽笛一声挥手去，越州风物萦梦中！

面对南京的沧桑变化，他感慨良多：

自古兴亡多少事，凭栏纵目思悠悠！

在蒋家故居溪口，他突发奇想：

忽听一阕深情曲，声声都唤游子还！

在改革热浪奔涌的上海浦东，他抒怀吟咏：

改革开出通天路，大江东去天际流！

张效民近年来虽身在官场政坛，但对官场的陈规陋习却十分不满，他曾自嘲那些官气十足的官员：

笔下文章皆八股，口中言语尽官腔。

他也批评那些所谓为“发展经济”而破坏环境的旅游景点：

家家办饭店，户户卖猪蹄。
污染不治理，死水铁锈色。
还望有识者，亟亟谋划策，
勿遗子孙患，还从今日始！

富有忧患意识，是中国知识分子的优良传统。“居庙堂之高，则忧其民；处江湖之远，则忧其君。”“先天下之忧而忧，后天下之乐而乐。”宋代名臣范仲淹道出了多少正直知识分子的人生追求。在效民的诗中，浸透了这种忧患意识，表现了他关心国家命运，关注民生疾苦的高尚情怀。

2008年春节，南方大雪成灾，天寒地冻，交通中断，许多百姓被困路途，进退两难。当此之际，中央一声令下，各级领导亲赴一线，军警民全面动员，迎战雪灾，共渡难关，涌现出许多可歌可泣的事迹。效民面对此情此景，浮想联翩，夜不能寐，写下长诗记录这场斗争：

莫道雪凝滑，热血化坚冰。
各界齐动员，雪中送温馨。
鼎力战严寒，众志已成城！

身为政府官员，他常常提醒自己要廉洁自律，慎用权力。他大声疾呼：“君不见，几多当年弄潮儿，铁窗高墙度残年；又不见，叱咤风云官场客，身败名裂何惨然！”他努力要求自己：

情系老百姓，利为民所谋。
一身浩然气，英风传万年！

效民是个有情有义的人，他还为朋友写了不少唱和诗。唐建新老师要退休，他满怀深情地写诗赠送。常炜校长荣退后远赴他乡履职，他也写诗相送。冯小炬老师出版诗集，他也题诗祝贺。对爱妻和亲人，他多次写诗赠送：

曾许白头比翼飞，海枯石烂等闲看。

阳台山茶始盛开，海棠深红映韵白。
爱妻喜呼家人看，春光摇曳满楼台。

情真意切，感人肺腑，扣人心弦！

诗是什么？诗有何用？这是多少年来人们争论不休的话题。中国是诗的大国，中华民族是诗的民族。从《诗经》《楚辞》到李白、杜甫；从郭沫若、艾青到贺敬之、郭小川，再到舒婷、北岛，中国诗歌的长河源远流长，中国诗人的队伍灿若群星。人生在世，总有七情六欲，而诗歌正是人类感情的结晶和宣泄。呼吸，是人身体的需要；写诗，是人灵魂的需要。真正的诗人一生与诗相伴，与诗同行。给点阳光就灿烂，给点诗歌就精彩。灿烂的日子来自阳光，精彩的诗歌来自生活。效民这些年来，写出这么多好诗，我作为一个老朋友，衷心祝贺他。并以白居易的名句共勉："天意君须会，人间要好诗！"

2011年3月25日

（本文作者系中国作家协会会员，深圳报业集团高级编辑，国际诗词艺术研究会副会长，深圳前景经典文化研究院院长。）

祁念曾：时代风雨　笔底波澜

——读张效民的《荒腔续吟集》

新春伊始，有幸一读张效民先生新作《荒腔续吟集》。洋洋洒洒八十多首古体诗词，洋溢着他对生活火热的激情和美好的憧憬，时代的风雨感、沧桑感力透纸背，笔底凝聚了壮阔波澜，激荡人心。这是继去年出版《荒腔闲吟录》后，张效民先生的又一新作。如此丰硕的创作成果，令人对他的才华和勤奋赞叹不已。正是“一颗心似火，三寸笔如枪，风云浮世绘，豪气自文章”！

诗言志，歌缘情，声依咏，律和音。在《荒腔续吟集》的字里行间，律动着脚踏实地、关注人生，又回望历史、放飞理想的诗人情怀。作为一位整日案牍劳形的现代人，能寻觅这份心灵的温馨，能执着这样的精神追求，确是难能可贵。中国是诗歌的国度，诗歌是最古老，也是最活跃的文学形式。诗人成千上万，诗体千姿百态，流派千差万别，风格千种百样。苦吟也好，醉唱也罢，婉约情致，豪放抒怀，好诗总是从心灵深处流出来的。读《荒腔续吟集》，没有苦吟的娇柔，没有雕琢的刻板，而是眼中有物，心中有情，精诚所至，笔下生花。葳蕤纸上的是勃勃生机，洋溢心中的是款款真情，这里既有他的人生哲学，又有他的生活情调，满纸葱茏，活色生香，字里行间我们读到的是一颗热情洋溢，跃动不已的勃勃诗心。

这本诗集最让人感动的是他对时代风雨的回眸，对革命先烈的缅怀，对历史沧桑的敬意，对社会现实的反思。如那首慷慨悲壮的《遥祭西路军战士》，回忆 1935 年红军西路军西渡黄河，经宁夏、新疆，联通国际，西征途中，歼灭敌军两万余人。但由于青海、宁夏马步芳、马鸿逵骑兵的阻击，再加上西安事变发生，国内国际形势突变，致使西路军弹尽粮绝，虽经不屈血战，仍然全军覆灭，只有极少数人幸存，极其惨烈。后来又蒙冤负屈六十余载，至20世纪80年代才得以昭雪。这段可歌可泣的历史风雨让诗人感慨不已：

河西走廊粮弹绝，祁连山下刀光寒。
血洒瀚海沃蓑草，骨露荒原白斑斑。
英烈悲壮吞日月，雄杰气势照祁连。
苍天有意试忠忱，六十年来竟沉冤。
铁骨铮铮经风雨，青史不亏忠良贤。
一朝改革还本目，万余英烈尽开颜。
我辈后来心沥血，脚踏陇原泪阑干。
遥酹先烈千杯酒，心潮澎湃口无言。

这首诗气势雄浑，文字悲壮，感情深沉，不禁让人想起岳飞的《满江红》、杜甫的《兵车行》等千古名篇，感叹唏嘘，令人思绪难平。

再如他的长诗《呼伦贝尔怀古》，诗人大笔如椽，回忆了"茫茫草原古战场，干戈交鸣古今响"，"成吉思汗征战急，弯弓大雕射天狼"，使呼伦贝尔草原千年征战的历史场景如历眼前。对今天的草原新貌，诗人更是欢歌吟唱："呼盟迎来新时代，草原兴盛换新装。民族和谐相聚处，欢歌处处正悠扬"，"千里草原千里歌，梦里美景呈瑞祥。蓝天白云秋正高，满目苍山叶正黄。纵情喜看秋色好，颂歌一曲正嘹亮"！这首长诗回顾历史浓墨重彩，血泪交融；描绘现实，精雕细刻，情深意切；展望未来，气势磅礴，豪情满怀。

诗心，就是爱心。没有爱就没有诗。罗素曾经说过："三种单纯而又强烈的激情支配着我们的一生，那就是对于爱的渴望，对于知识的追求，以及对于人类苦难的怜悯。"其实，这三种激情都源于一颗仁爱之心。在《荒腔续吟集》中，有大量赠给亲人和朋友的诗作，充满了人间的友爱和温情。如写给深圳大学章必功校长的诗：

皓首喜吟屈原赋，霜鬓爱诵左丘文。

莫道人生已近晚，大风豪唱抒壮心。
十万俊彦展宏图，喜看捷报满章门。
丰功秃笔难书写，尤幸倾盖即识君。

他对与他一起在教育战线披荆斩棘、开拓奋进的战友，更是一往情深，关爱有加。如南山实验学校李先启校长退休，他不禁挥笔赠诗：

肝胆相照犹如初，数十年来如手足。
忆昔豪情三千里，喜今桃李两万株。
功业盛播在人口，声名堪传记竹书。
彪炳教苑人未老，再创辉煌开新途！

张效民的爱心，还是一种博爱。无论是山川风物、古寺钟声，还是花鸟虫鱼、异域风情，都在他充满爱意的注视下熠熠生辉，楚楚可人。看到新建成的大运会"春茧"场馆，他情不自禁，诗涌心头：

海畔春茧图画中，巧思奇构夺天工。
霓虹照夜焕异彩，千条蓝光舞碧空。
霞霰射朝泛紫烟，万道瑞气披顶穹。
美轮美奂清波岸，笑迎四海来宾朋。

刘勰说得好："登山则情满于山，观海则意溢于海"。效民对自然、对社会、对大好河山有发自心底的热爱，他为延安放歌，为漓江唱晚，为大草原抒怀，为满洲里寄兴，为南国春城咏叹，为贵州支教呐喊……从大自然到大社会，不隔膜也不轻狂，不笼统也不抽象，他眼中的一花一木、一人一事、一颦一笑，都鲜活精微地写入他的诗章。他的诗歌情结，已溶入他的血液，融进他的人生，剪不断，理还乱，成为他心底最柔软的部分，也成为他的生活本身。尼采有句格言："每个人都有自己的良辰吉日"，对于效民而言，大概写诗就是他的"良辰吉日"吧！

诗心，就是良心。良心不仅是一颗善良之心，感恩之心，还是一颗敬畏之心，责任之心。作为一名知识分子，又身在官场，效民更多地了解时势、体察民意，他既有“我以我血荐轩辕”的理想，也有“哀民生之多艰”的叹息；既有“天降大任”的抱负，也有“迎来送往”的无奈。“文以载道”，“激浊扬清”，他的诗歌中有不少关注民生的黄钟大吕之音。这是诗人的良心，也是社会的良心；是诗歌的担当，也是事业的担当。他的诗歌倾诉的不单是风花雪月，更重要的是健康向上的情怀和向往真善美的心境。他的诗歌记录了时代的足音和对真理的敬畏，用敏锐的笔触映照世道人心、社会百态。他是河南巩义人，是唐代伟大诗人杜甫的同乡。今年是杜甫诞辰1300周年，他感慨良多：“世上疮痍襟怀痛，笔底波澜纸上声”，“湖湘扁舟渺茫茫，江流日夜痛咽呜”，“扁舟一叶君何处？滚滚长江天地心”！

愿伟大诗人杜甫忧国忧民的精神能够薪火相传，愿我们的后来者能沿着先贤的足迹奋力前行，愿效民的诗作能更加贴近时代，贴近民生，成为杜甫精神的传承者。“李杜文章在，光焰万丈长”！

（本文作者系中国作家协会会员，深圳报业集团高级编辑，国际诗词艺术研究会副会长，深圳前景经典文化研究院院长。）

章必功:《荒腔续吟集》序

初识效民,因酒。大约十年前,相逢南山,酬酢一席。效民酒风豪爽,谈风强劲,一见之下,倾盖如故。

深知效民,因诗。年前,获赠《荒腔闲吟》,未几,又得《荒腔续吟》,读之,由惊讶而感佩。未料效民"王事靡盬",竟有不离不弃之诗心,集腋成裘之诗才。

我读诗词,素有三喜。

一喜为诗率真。率真,即任性、纵情。为诗率真就是为情造文,情动于衷,而不是为文造情,文不由衷。效民之诗,"录心声""亦关情"[1],"情性之外,不知有文字"[2]。《答万国强》:

当年意气正风华,豪情激扬小天下。
如今回首人已老,笑谈白头满霜花。

起手两句,襟抱洞开。青春岁月,意气风发,"登东山而小鲁,登泰山而小天下"[3],情在山河,志在社稷。如此雄心,一向有之者多,宣之者少。效民坦荡,据实以宣。殿后两句,心境达观。本来,"人已老",有时光蹉跎之意,屈原《离骚》:"老冉冉其将至兮,恐修名之不立。""白头",有岁月虚度之意,曹丕《与吴质书》:"已成老翁,但未白头尔。"这等伤感,凡年过五十、心志未逞者往往强烈。陆游"早岁那知世事艰,中原北望气如山"[4],几近沮丧;苏轼"故国神游,多情应笑我,早生华发"[5],已有颓唐。效民旷达,以"笑谈"统之。"笑谈",笑谈经历遭遇,笑谈奋斗过程,笑谈人生慷慨,一个"笑"字,既有人生易老、事业未竟的遗憾,更有"古今多少事,尽付笑谈中"[6]的觉悟。是磊落忆青春,潇洒写沧桑。《再答根平》:

红尘十万丈，何处有禅心？
相逢只一笑，便是有缘人。

红尘，名利场、富贵乡、繁华地、温柔梦。禅心，禅宗的禅定之心，以“不谋其前，不虑其后，不恋当今”[7]的静思寂虑，刹那间大彻大悟，即心即佛。红尘与禅心互不兼容，看破红尘是禅定的前提。世人附庸禅风，均把“看破红尘”、参禅悟禅挂在嘴上。效民不肯附和，劈头一问，人在江湖，人在社会，贫富贵贱，不可规避；名缰利锁，无处不有；男女欢好，人之本能；不出家，不当和尚，岂可不谋、不虑、不恋？即使在佛寺禅院，也有各宗各派的争斗，哪里做得到心如止水？所谓万念俱寂的禅心禅意，不过是红尘派生的幻心幻意，是空中音、水中月、镜中像，安有立足处？安有依靠处？佛教的本质，是一种生命至上、与世无争的价值观念和积善行善、和谐交往的处世方式。就此言禅，禅心又人人应有，人人可有。进而，效民自问自答，禅心在何处？禅心在生活，禅心在善意，禅心在友爱，禅心在笑容，人世难逢开口笑，相逢一笑即禅心。这首《再答根平》破字当头，立在其中；是直言疾虚虚，达语解玄玄。

二喜长篇奔放。按长篇好诗，或沉郁，如蔡文姬《悲愤诗》、杜甫《北征》；或奔放，如李白《古风》、岑参《白雪歌》、元稹《雁歌行》。奔放，格调豪迈、语言爽快。今观效民长篇，如其酒风，偏好的正是奔放一路。《呼伦贝尔感怀》：

北境邻蒙古，市名由两湖。
万顷大草原，羊马相追逐。
牧草风低昂，碧空云漂浮。
欢歌一声远，美景入画图。
……
风物多特异，人属多民族。
猎人鄂伦春，迁徙巴尔虎。
俄罗斯豪放，鄂温克淳朴。
……
同居锦绣地，和谐共相处。

我曾来此地，感慨加叹服。
爱妻今去来，惊喜正发抒。
挥手别兹去，深情留祝福。

诗拟五言古风，语调流畅，达意为快，文字简朴，不假粉饰。素词写绚景，“牧草风低昂”，有“风吹草低见牛羊”的诱惑；“欢歌一声远”，有观山情漫、观海意溢的冲动。白话写民族，贴紧特色，令人想见鄂伦春的弯弓射虎，巴尔虎的纵马放牧，俄罗斯的载歌载舞，鄂温克的真挚热情。诗中偶有雅瞻，如“发抒”一词，语出明人袁宏道《封知县刘公墓志》：“发纾胸臆。”“挥手”一句，原本李白《送友人》：“挥手自兹去。”这并不是有心采撷，而是豪不经意的顺手牵羊。再看《巴中赞三十韵》：

史属巴子国，今日号巴中。
名城实旧邦，古俗厚民风。
……
奇山连异水，宝地灵气钟。
春来千山翠，秋时万壑红。
河川碧流漫，岭梁红叶浓。
沟谷幽草绿，山间青杠秾。
……
传说巴蔓子，碧血毓豪雄。
曾记严将军，断头志不穷。
当年根据地，犹记炮声隆。
工农齐奋起，热血沃苍松。
……
今当改革时，激情又喷涌。
……
高速并高铁，飞行待航空。
……

城邑大发展，首当重三农。
绿色基因链，产业当先行。
……
我居南海畔，佳音待飞鸿。
看君展宏图，大星照碧穹。

开篇，以史兴起，古今统揽，气势恢宏。结尾，以我入境，翘首遥望，愿景灿烂。中间诸韵，或描写巴中山水，铺翠描红，力求穷形尽象；或缅怀风云人物，舍生取义，突出奋斗传统；而重点是旧瓶装新酒，用现代词，说现代事。这是个难题，写得不好，味同嚼蜡。效民因熟悉时政，"高速""高铁""三农""基因"，虽词新、事新，却能信口入诗，巧妙组合，不显滞重。全诗六十句，篇幅较长；且说古说今，跨度较大；如何承接也有难度。效民曰"传说"、曰"曾记"、曰"今当"、曰"谁谓"，启承老辣，转合从容；显示作者于长篇古体，已得心应手。若刻意求疵，"毓"字当径用"育"字，可免查字典。"沟谷"与"万壑""山间"与"千山"，似有纠缠，亦可推敲。

三喜短章清新。清新是短诗的特点，南北朝小诗和唐人绝句的成就，要而言之，清新而已。清新，语言自然，情景生动，情趣盎然。效民七言短章，数目济济，即景之作，词清意新。《早春游梧桐山即景》：

春风春雨春色浓，东君着意染青红。
谁持造化千钧力，梧桐春深一万重。

梧桐山本是野山一座，草深林密，人迹罕至。今人筚路蓝缕，保护生态，修饰环境，已变游人如织的生态园林。效民诗用唐调，但立意与贺知章的《咏柳》不同。知章诗"不知细叶谁裁出，二月春风似剪刀"，是春风礼赞。效民诗先说"东君着意染青红"，再问"谁持造化千钧力"，这个"谁"字，指人不指东君，指人不指造化，感佩人能借助天力，发挥创意，美化自然，是人的礼赞。《万绿湖源行》其一：

清明时节天气新，万绿湖边三日行。

喧嚣一洗心自远，千重苍翠隔红尘。

头两句也是典型的唐人句法，“三月三日天气新，长安水边多丽人”[8]，适景适情适意。第三句发议论，是宋人味道。结句尤佳，既言景，亦抒情，又达意，且立意深婉。“千重苍翠”是万绿湖景，“红尘”是喧嚣世俗，“隔”是物理隔离，不是精神隔离，是地远心自偏，不是“心远地自偏”[9]，作者其实是轻松其外，牵挂其中，合乎“红尘十万丈，何处有禅心”。

清新，奔放，率真，是我之所喜，并不是《荒腔续吟》的全貌。效民诗于三者之外，另有特长。

勇于美刺。时下，刺之难，美之更难。刺时政，刺教化，当权者侧目；美时政，美教化，在野者蔑视。《荒腔续吟》美刺鲜明，当刺则刺，当美则美。《和冯永杰》：

忧患常挂怀，可驶万年船。
天地多雾霾，浮云遮望眼。
人人争微利，相向乌鸡眼。
官官互遮护，荣辱盘根联。
和谐年年唱，民怨处处现。
执政当自警，防民如防川。
唐宗有遗教，载覆岂等闲。
江海多激浪，巨舟慎行船。

雾霾蔽日，浮云遮眼，满怀忧患，针砭世风。一刺人心逐利，“乌眼鸡似的，恨不得我吃了你，你吃了我”[10]。二刺官场陈腐，盘根错节，潜伏“一损皆损，一荣皆荣，扶持遮饰，俱有照应”[11]。三刺矛盾迭出，消解无方，和谐唱在空中，怨怒起于地上。告诫防民之口甚于防川，载舟之水可以覆舟。口无遮拦，词无闪烁，刺无忌讳，秉持了《大雅》和《新乐府》的怨刺风骨。《延安有感》：

八月秋高碧云天，圣地有情访延安。

清凉山前瞻宝塔，杨家坪上仰枣园。
当年创业烽火岁，今日新程改革篇。
游客如织意如何？几人怀抱入当年。

赞美革命圣地，赞美开国伟业和改革开放，诗心热烈，诗情真挚，结句“曲终奏雅”，促请旅游延安瞻仰革命者，看于眼，刻于心，融于怀。

长于说理。《回陈国梁院长绝句》：

铁打营盘流水兵，进退流转总关情。
笑看西山白云起，人生事业不由人。

第一句说事实，寺庙依旧方丈换，国家依旧总统换。第二句表理解，得意尽欢，失意牢骚，人之常情。第三句开导，“行到水穷处，坐看云起时”[12]，自然无限，人生短暂，功利渺小。第四句宽慰，决定事业成败的力量，不在主观在客观，不由个人由老天。言下之意，个人如果尽心尽力，就无愧于己，无愧于人。短短二十八字，说理丰富，说理透彻。

乐于幽默。《寄贺春兰主编》其一：

数首小诗寄闺房，至今尚待论短长。
老杜若知千年后，必与春兰细商量。

读杜诗稿已被接纳，作品好坏尚需评说，杜甫如果地下有知，一定要求主编斟酌。是一种诙谐的谦虚，谦虚胸无成竹；也是一种幽默的感谢，感谢闺房青睐。《赠西勤委员》：

西勤小妹意气豪，呼朋唤友斗酒醪。
计筹九州无遗算，笑看四海玉山倒。

夸奖女子西勤斗酒待客，劝酒有方，一座男士，轰然醉倒。“计筹九州”，是调侃，竭尽花招的意思。“四海玉山”也是调侃，天下伟男的意思。刘义庆《世说新语·容止》：“嵇叔夜之为人也，岩岩若孤松之独立；其醉也，巍峨若玉山之将崩。”小诗雅趣，一篇欢喜。

勤于酬唱。有朋远方来，或赠之诗，或赠之词；诗友喜相逢，或倡之，或和之。我想，这也是效民诗歌积案盈箱的一个原因。酬唱须力戒敷衍。效民酬唱，推心置腹，诗义诚恳。觥筹交错，风花雪月，闲情固有；而时局时事，忧国忧民，亦猛志常在。《答柳光敏》：

谬奖过誉岂敢当，率性不畏腔调荒。
诤言不看红黑脸，只争民生一日长。

“腔调荒”，不合拍的言论。“红黑脸”，当政者的喜怒。议政凭心直言，只看民生如何，不怕别人指责，不看有司脸色。是一首肝胆相照、锋芒毕露的好诗。酬唱应该及时，甚至即席，因而讲究敏捷。据说效民作诗飞快，有时，飞快不免一疏。《答小波书记国梁院长》：“嫦娥热泪抛寂寞，吴刚冷面倒酒瓮。”冷热虽是工对，但吴刚受罚砍树，苦则苦，未必冷面待客，冷字无征。这样挑剔，也算得上“诤言不看红黑脸”了。

勇于探索。古诗原本自由歌唱，原始歌谣，《诗经》《楚辞》，汉魏民歌，都是在自由歌唱下约定俗成的诗歌体式。至六朝，骈辞俪句，四声八病，羁绊已重，及唐人近体，“回忌声病，约句准篇”[13]，虽然金镶玉振，盛极一时，终归负隅雕琢，难乎为继。王国维：“诗之唐中叶以后，殆为羔雁之具矣。故五代、北宋之诗，佳者绝少。”[14]所以，从晚清开始，诗界有意革命，黄遵宪“我手写我口，古岂能拘牵。”[15]，就是在冲击近体牢笼，倡导自由抒写。今人写古诗，若定格于唐人近体，拘泥于唐人音律，则近乎刻舟求剑，胶柱鼓瑟，不知一代有一代之文学，不知唐人也是双管齐下，一手写格律近体，一手写古风歌行。效民深知其理，自由拟之，自由写之，自称“打油歪诗”“荒腔”野调，实质似有心探索古诗的自由化。五四时期，有人已作尝试，惜未成气候。当今，古体自由写的爱好者越来越多，坚持探索，或许能为古诗创作寻找出路,蔚为大观。探索无止境,在自由抒写中,发扬古诗的韵味神气,开掘意境的深远广阔,总是方向。

我自己也作诗,比之效民,心有不及,力有不逮。今居然作序,诚如效民所言,“莫笑老叟逞愚思,敢将大斧弄班门”[16]。

谨奉。

2012 年 8 月

【注释】

[1]《荒腔续吟·读小矩同志诗有感》。

[2]元好问《陶然集诗序》。

[3]《孟子·尽心》。

[4]陆游《书愤》。

[5]苏轼《水调歌头兼怀子由》。

[6]杨慎《临江仙》。

[7]《达摩大师悟性论》慧律法师题序。

[8]杜甫《丽人行》。

[9]陶渊明《饮酒》其五。

[10]《红楼梦》第七十五回贾探春语。

[11]《红楼梦》第四回门子语。

[12]王维《终南别业》。

[13]宋祁、欧阳修《新唐书·宋之问传》。

[14]王国维《人间诗话》。

[15]黄遵宪《杂感》。

[16]《荒腔续吟·读小矩同志诗有感》。

章必功：《江湖野唱》序

效民诗如泉涌，才出《荒腔三吟》集，又作《江湖野唱》集。

荒腔、野唱，既是谦辞，自谦不登大雅；更是豪词，自豪无拘无束、快意抒写。

无拘无束、快意抒写是效民诗歌风骨，玉成效民为诗率真、长诗奔放、短章清新，勇于美刺、勤于酬唱的面貌。这一看法，来自笔者阅读效民《荒腔三吟》的感受。同好如有兴趣，可参看《荒腔续吟集》序。

这本《江湖野唱》，较之《荒腔三吟》，风骨如一，而诗艺精进。

上乘游观诗，句句在景，不言情，情在其中；不言我，我在其中；司空图《诗品》所谓"采采流水，蓬蓬远春"者。效民《青秀山》：

青山名青秀，风光在此间。苍翠吐和气，清流照江湾。

五言四句二十字，字字不离山水。"吐和气"，云蒸霞蔚；"照江湾"，崇光泛彩。作者之心旷神怡，不着一字，尽在其中。《荔园山庄》：

夜宿荔园庄，野趣正怡然。天飘潇潇雨，床透吱吱蝉。
虫鸣夜色久，鸟啼朝光鲜。路绕半湖水，溪淌三叠泉。
天鹅碧波里，孔雀纤草岸。晨早一漫步，风物仔细看。

夜宿，野趣盈耳，一个"久"字，表游兴夜动；破晓，鸟鸣山庄，一个"鲜"字，示晨光明媚；晨起，漫步山湖，"仔细看"，状流连景物；作者游观山庄的兴致，藏于景物的描写，急于夜，浓于晓，勃于晨。

议论为诗，仍须形象。离开形象发议论，则空洞呆滞；依托形象发议论，则踏实生动。《读范晓燕教授诗集》[1]：

流年心绪凭谁知？低吟浅唱夜半时。
唐风宋韵千古后，又见易安婉约词。

首句提问，时光流驰，心绪起伏，如何抒发？次句回答，夜半时分，浅吟低唱，抒情写意。这回答，富于形象。可以想见，一位女诗人独立夜色倾情吟诗的场景。三四两句，评论范诗成就，妙在比拟。借助李清照的才女形象和婉约词风，赞美范诗风格温柔、诗意婉转、出类拔萃，给人至为鲜明的印象。

世间赠答诗，下者吹捧，中者应景，上者交心。效民《赠彭建文》语重心长：

水静渊必深，人贵语尤迟。千古是真言，众生谁复知？

渊深水静，是自然之道；人贵语迟，是君子之道。《论语·里仁》："君子纳于言。"提醒进取之人，应渊停岳峙，三思而后言，方可审慎之、明辨之、笃行之。

临迹怀古，最忌抛离事迹，凭空赞叹。效民特点，赞有所据，叹有所据。《光禄第》：

山川钟灵秀，江原毓贤人。光禄有宅第，熏风惠四邻。
营商称巨子，居官极人臣。仙露遗人寰，荣华只烟云。

光禄第，指广东梅州大埔县张振勋第宅[2]。晚清张氏亦官亦商，官至一品，商至巨富，为官主办商务、铁路，为商经营酿酒、银矿，且热心公益，资助学校。效民感佩，头两句称颂大埔地杰人灵，继而句句落实张氏功业，结尾感叹，斯人已去，实业长存。读之，令人见贤思齐。

凡此，集中多有。"何时一尊酒，重与细论文"。谨祝效民野唱，唱响江湖。

章必功

2015 年 7 月 5 日于深圳淘金山

【注释】

[1] 范晓燕,女,深圳大学教授,新诗诗人,气息古典、风格柔丽、情感缠绵。(诗集《浅斟低唱》,长江文艺出版社,2013 年。)

[2]张振勋(1841—1916),字弼士,号肇燮,出生大埔。他家境贫寒,15 岁到印度尼西亚谋生。先在米店打工,后成东南亚首富。1892 年后历任清政府驻槟榔屿首任领事、新加坡总领事、中国通商银行总董、粤汉铁路总办、佛山铁路总办。1894 年后在国内投资兴办烟台张裕葡萄酿酒公司、广厦铁路公司等。1903 年获赏侍郎衔,三品京堂候补。1904 年获光绪帝第三次召见,任督办闽粤农工路矿大臣和商部考察外埠商务大臣。1905 年赏头品顶戴,补授太仆寺正卿,继任商部考察外埠商务大臣、督办铁路大臣。1910 年任全国商会联合会会长。1912 年后,历任袁世凯总统府顾问、工商部高等顾问、南洋宣慰使、华侨联合会名誉会长等。1915 年筹办中美银行,热心捐资办学。1916 年病逝。

祁念曾:江湖诗风最宜人

——读张效民的《江湖野唱》

在炎炎夏日里,友人张效民送来他厚厚的诗集《江湖野唱》,六百多首古体诗词记录着他近年来的生活轨迹,吟唱着他本人的喜怒哀乐和爱恨情仇。他虽然身居庙堂,担任深圳市政协副主席已达十年之久,但他的心仍然关注世间百态、江湖民生。正如范仲淹所说"居庙堂之高则忧其民,处江湖之远则忧其君",这是中国知识分子最宝贵的品格。读完他的诗篇,一股凉爽的清风扑面而来,让人有一种如饮清泉,如品甘露之感,真是心旷神怡,宠辱皆忘也!

对于古典诗歌的继承和创新,尤其是新格律诗的创作,闻一多先生曾提出"三美"理论,即诗歌要有听觉方面的"音乐美",视觉方面的"绘画美"和"建筑美",他以下棋作比喻,指出"棋不能废除规矩,诗也不能废除格律。"在他的诗歌理论中,所谓的格律,也就是节奏。在视觉方面,有节的匀称,句的整齐;在听觉方面,有音节、平仄、韵脚等。他在《诗的格律》中提出一个"戴着脚镣跳舞"的观点,他说"越有魄力的作家,越是要戴着脚镣跳舞才跳得痛快,跳得好,只有不会跳舞的才怪脚镣碍事。"效民喜欢古体诗词,他的诗作语言凝练,简约精悍,具有抒情性、含蓄性、精炼性、跳跃性等特点,能迅速地反映现实生活,调动自己的知识积累和人生阅历,能准确表达自己的所见所闻所思所想;另外,他通过语序倒装,立体变换,借代隐含,时空跳跃等手法,设置言外之意,弦外之音,景外之景,象外之象,给读者留下艺术想象和再创造的空间,进而达到状物抒怀、寄情言志、愉悦心灵的艺术效果。

效民近年公务繁忙,曾到各地考察调研,每到一处,总是浮想联翩,诗意盎然,如在浙江舟山,竟然写出了二十一首五律,许多都是精品,如:

引颈东望久，梦魂到舟山。
碧海万重浪，翠岛千座岩。
法雨涤尘世，普济惠人寰。
菩萨常住持，在此护平安。

东极赏日出，记中意难平。
天际霞初露，海隅涛已生。
鲸波涌红日，胥湖染彤云。
跳丸一跃起，正气满乾坤。

艺谷村里行，街巷净无尘。
墙书圣贤语，溪流金玉声。
宠犬频摇尾，锦鸡偶啼鸣。
栀子花正发，暗香浸黄昏。

美丽的舟山佛国，仿佛一幅国画长卷：碧绿的海洋，青翠的小岛，灿烂的旭日，五彩的云朵，清澈的溪流，悦耳的鸡鸣，再配上墙头的圣贤语录，古典诗词，真是一片世外桃源！诗人抓住富有特色的风物景色，寥寥几笔，勾勒出舟山海岛的崭新风貌，让人叹为观止。

刘勰在《文心雕龙》中评论山水诗要“登山则情满于山，观海则意溢于海。”王国维也在《人间词话》中说“一切景语皆情语也，”诗人在写魅力山水的同时，必须注入自己的深情厚谊，浸泡感情的乳汁，这样的诗句才能打动人，吸引人。如诗人在《俯瞰珍宝岛》一诗中写道：

登高骋远目，宝岛一望中。
二水流静静，满目郁葱葱。
弹洞记往事，垒迹存新踪。
莫道岁月久，猎猎战旗红。

遥想当年珍宝岛战斗，我边防战士爬冰卧雪，浴血奋斗，击溃了来犯之敌。诗人浮想联翩，遐思漫伸，体现了浓郁的爱国情怀，令人感慨不已。

效民的诗歌有一个显著的特点就是接地气、有生气、鼓士气，不像有些人的诗那样老气横秋，弱不禁风。所谓地气，就是生活气息，就是来自厚实生活基础的一种韵味；所谓生气，就是流动在诗中的生命旋律。生活从来就是动态的，绝对不会是一潭死水，那么诗也就不应是一团凝固的景象或情感，诗意应是跳得着生命的音符，它是不断流动的生命踪迹和心路旅痕。从这个角度看效民的诗，我们就不难发现他的作品中总是跳荡着生机勃勃的节奏和一颗赤诚律动的心灵，不时发出生命的呐喊，奋进的强音和步履的铿锵。试着他的一首《追梦吟》：

一年一度又春风，金蛇舞去马行空。
银映北国千山雪，花俏南疆万岭红。
激浊扬清快民意，打虎灭蝇正官风。
神采焕发新天地，五洲四海同追梦。

面对党的十八大以来的大好形势，目睹党中央打虎灭蝇的累累战果，看到全国人民神采焕发的精神面貌，诗人心潮激荡，不禁诗兴勃发，犹如天马行空，奋力追寻中国梦，全诗气势磅礴，活力四射！

再如《老西安朋友聚会》，浓浓友情跃然纸上：

秦风馆里说风流，笑语欢声情意稠。
晋调陕腔盈饭店，川音粤韵遍酒楼。
大河裂关润中原，长江劈峡利东州。
白头不唱归田调，意气依然贯斗牛。

效民对农村生活的关切也十分感人，田园风光，四季农活，民间习俗，农民的苦乐悲欢，追求向往都是他倾心关注的内容。如《芒种诗三首》：

芒种时节农家忙，水田耕耘正插秧。
蓑衣乡农沐风雨，如珠汗滴浇梦想。

田家五月雨如珠，抢耕抢种麦已熟。
忙季挥汗盼丰年，秋来再看仓盈谷。

梅子熟时月正忙，双抢季节正当行。
收麦蓄水插秧苗，秋野千里耀金黄。

没有丰富厚重的农村生活底蕴，没有对家乡父老乡亲的深情，是写不出这样的诗的。在诗人心中，有一片浓得化不开的乡情，有一股永恒的热爱家乡的热流，有一种关爱农民兄弟的骨肉情怀，有一曲永远唱不完的乡音乡曲，这就使他当官不像官，永远保持平民本色，草根气质，交了许多民间朋友，成了群众热爱的人民公仆。

效民的诗作在艺术上不断追求，精益求精。它既有自己的独特感受，又有心忧天下的普世情怀，像南宋大诗人辛弃疾的《青玉案》，他看到的不仅仅是"东风夜放花千树……宝马雕车香满路"的城市夜景，他的视野更看到"众里寻他千百度。蓦然回首，那人却在，灯火阑珊处"的落寞和追求，体现了诗人的品格和风骨。

总之，效民的《江湖野唱》，胸襟豪放开阔，感情真挚浓烈，语言平实质朴，行文流利畅达，韵律生动和谐，读起来朗朗上口，易于传诵。稍感不足的是酬答诗多了些，有些诗过于直白，意境不足。但这只是白璧微瑕，全集仍不失为上乘之作。

我国著名诗人贺敬之诗云："一滴敢报江海信，百折再看高潮来！"时代在前进，文学在发展，古体诗词同样能闯出一片新天地。我衷心祝愿效民老友能笔耕不辍，再谱新篇，写出广大读者喜闻乐见的艺术精品，我们热诚地期待着！

（本文作者系中国作家协会会员，深圳报业集团高级编辑，国际诗词艺术研究会副会长，深圳前景经典文化研究院院长。）

杨东铭：吟诵多余篇　著述有专攻

——著作家张效民

因要建设“深职文库”特藏书库，我奉命向几位校领导索书。找到张效民副校长，事情刚一说，他立刻表示：“好好好，这是一件大好事。”我说“您的著作……？”他声音更大：“当然要捐赠，要全力支持。等我找找，找了就送你们。”不几日，他电话来了，叫派人过去拿书，竟然有15本。还没完，过不久，电话又来了，再去拿书，又是8本。天！加起来23本了，已不少。“还有一些呢。”他说，还要再找找。

20余本著作一堆起来，真是“著作等身”了，也让我惊讶。之前我工作的办公室荣幸与他对门，但接触并不多，因他身兼各级职务太多，管的事也杂，多半经常见他是行色匆匆，会议、仪式、考察、巡视，这类场合多，以通俗的话说，是典型的“政客”。看到眼前这么多的著作，自然不可思议。于是，特别静静地翻阅了几天，也上网再搜罗了一番，真正才相信，还有另一个形象——著作家、学者张效民。

早年的他，专情于学术，在中国文学研究领域建树颇多。在四川求学期间，在导师指点下编辑《艾芜年谱》，于是开始了对现代作家的研究，这也是他用力最多的领域，成就与影响较大的领域。关于艾芜，他持续多年，先后出版了《艾芜评传》、《艾芜传——流浪文豪之谜》等专著，成了艾芜研究的权威。作为西南地区充满传奇的作家，在他的笔下，艾芜的传奇一生、突出成就等得以清晰。到1989年，他的研究重点转向了鲁迅，并倾全力编撰了《鲁迅作品赏析大辞典》，网罗120余名专家学者，最终成就一部200万字的大部头著作在1992年出版，成为研读鲁迅作品的权威读物。他关注的作家还有“四川现代最好的作家”李劼人，写过不少论著。作为文学界学者，他也关注文艺理论的创新，重点研究了人物典型化问题，出版专著《典型创造寻踪》。在古代文学方面，重点研究了孟浩然、雍陶的作品，出版了《雍陶诗注》等著作。作为大学讲授文学的老师，自然对文学教学体系方面的书籍也下尽功夫，出版了一大批教材与辞典。现在我们收集到了他主编的《中国现代文学作品选》《中国当代文学作品选》等，已有多个版本，多次再版。在他 1994 年南下深圳之前，他做过一个统计，已正式出版作品近 800 万字，自撰论文与专著有上百万字，俨然已是出版大家了。

到了市场经济气息浓厚的特区，许多人的学术之气就淡化了。张效民到深圳后，很快转入了政界，但并没有荒废他的著述专长。他进入南山区教育系统，后来到市政协，到高等职业教育领域。作为市区领导，作为教育管理者，他参与了南山教育的改革与创新历程，经历了深圳近十余年的教育的变化。工作之余，他的研究与出版就与自身工作紧密结合了，一些相关的改革成果陆续出版。他先后主编、编著了一系列有关南山教改与工作探索的书籍，如《创新：教育发展的灵魂》《教育国际化的思考与探索》《春风化雨：深圳市南山区班主任工作的实践与探索》《南山教育与南山人：区域教育现代化的构想与实践》《南山教育现代化工程综合研究》。由于主政教育，他也不忘利用自己的文学、教学专长，为教师与学生编撰一些专业书籍，如《新课程课堂教学案例》系列丛书、《高考会考解题思路·技巧》《大学生安全教育与应急处理训练》等。在繁忙的政务中，他也没有忘记自己的专业研究，出版了《探寻与沟通：鲁迅作品鉴赏性阅读》等专著，也有《孤独者的孤独》《边缘札记》等专业文集问世，还有关于艾芜、李劼人、张友高等作家的最新研究成果发表。

还没有完。以上的专著与各类编著已够多够杂的了，但想不到的是张效民还是位经常吟咏的诗人。之前，搜集到他主编的一些诗集，如《丹荔雅韵》《不屈的脊梁》等，前者歌吟南山荔枝等风物，后者汇集抗震救灾诗情。前不久我去他处办事时，他特意题赠了他新出的一本个人诗集《荒腔闲吟录》，线装，竖排，古色古香，为我所爱。拜读之下，才知他诗歌足迹极广，所凡活动、游历、生活片断，都可能记诗为怀，吟唱偶感。我曾在去年春节时收到他的诗歌贺年短信，当时觉得奇异，现在看来，就是他一路走来一路吟咏的点滴写照。他的诗，以古体七言、五言为多，足证其文学功底深厚。诗的特点，这部诗集附有友人的后记评价，评说得很到位："既有对祖国美丽山河的咏叹和赞美，又有对现实生活的针砭和反思；既有对改革开放巨大成就的讴歌，也有对古老历史沧桑风雨的感慨。"内容丰富多彩，着笔有浓情，有思索，在深圳诗坛或政坛，也算独树一帜。

还有惊讶的是，他近年还写一些专业论文，论说所指，也是多角度，多学科，多成果。作为民主党派负责人，他研究多党合作与合作共事论纲，作为主管安全、后勤、基建等事务的负责人，他写出了研究高校安全形势、高校后勤改革、高职院校管理体制改革与发展的调查与分析、高校能源消耗及节能措施、现代大学制度等方面的论文。也经常写一些书评、作家评论等。总之，他主政之余工作之余，是研究不断，歌吟不断，著述不断。

要全面了解一个人，不易。看政客，一时风光，应酬、讲话、剪彩、题词、出镜，过眼烟云也罢，辉煌片断也罢，但我想，真正纯粹的人、有追求的人不会在意这些的。著书立说，是吾国的传统，但纷繁世事之下，还能潜心著述，有所成就，这需要有一种功力，有一种精神，有一种追求，有一种毅力，有一种科学的时间调节。随着张效民更多的著作入馆入藏，我更认可他是一位著作家，一位行吟诗人，一位有专攻的文化学者，一位"文化田园的守望者"。

（几年前，收到杨东铭博士发来的这篇文章，说是要在学院的院刊发表。我感谢他的深情厚谊，但是因为我和他是同事，同在一个单位工作，这篇文章如果发表，可能会给人一种不太好的印象，似乎我们之间有一种较深的关系。这对于他的前途可能产生不利的影响，所以未同意他发表。现在我已退出学院岗位，以一介平民之身份，将杨东铭先生的文章公诸于世，似乎不会对他产生什么影响了。所以附在书后，以纪念我们之间的友谊，相信大家尤其是本单位的同事们可以理解当时的一番用心。）

致谢

本书的出版，应该感谢商务印书馆苑容宏先生，他是我30年的朋友，我们有过许多次成功的合作，正是由于他的帮助，这本书才得到了出版的机会。

感谢北京旅游教育出版社，由于该社和编辑们的宽容，本书才能够被接纳采用。

感谢深圳职业技术学院，本书出版使用深圳职业技术学院科研课题经费，使出版得以顺利进行。

责任编辑：果凤双

图书在版编目（CIP）数据

湖滨絮语 / 张效民著. -- 北京 ：旅游教育出版社，2018. 2

ISBN 978-7-5637-3694-2

Ⅰ. ①湖… Ⅱ. ①张… Ⅲ. ①中国文学—当代文学—作品综合集 Ⅳ. ①I217. 2

中国版本图书馆 CIP 数据核字（2018）第 015227 号

湖滨絮语

HUBIN XUYU

张效民 著

出版单位	旅游教育出版社
地　　址	北京市朝阳区定福庄南里 1 号
邮　　编	100024
发行电话	（010）65778403 65728372 65767462（传真）
本社网址	www.tepcb.com
E-mail	tepfx@ 163.com
排版单位	北京旅教文化传播有限公司
印刷单位	北京京华虎彩印刷有限公司
经销单位	新华书店
开　　本	710 毫米×1000 毫米　1/16
印　　张	14.125
字　　数	183 千字
版　　次	2018 年 2 月第 1 版
印　　次	2018 年 2 月第 1 次印刷
定　　价	39.00 元

（图书如有装订差错请与发行部联系）